Es geschah in
Berlin
1964

AF184944

Horst Bosetzky

Auf leisen Sohlen
Der 28. Kappe-Fall

Kriminalroman

Jaron Verlag

Horst Bosetzky alias -ky lebt in Berlin und gilt als «Denkmal der deutschen Kriminalliteratur». Mit seiner mehrteiligen Familiensaga (schließend mit «Kartoffelsuppe oder Das Karussell des Lebens», 2012), dokumentarischen Spannungsromanen und biografischen Romanen avancierte er zu einem der erfolgreichsten Autoren der Gegenwart. Für die Krimiserie «Es geschah in Berlin», die er 2007 mit dem Jaron Verlag begründete, verfasste er mehrere Bände (zuletzt «Berliner Filz», 2016). Seine amüsanten Anekdoten zum Berliner Nahverkehr («Mit Genuss in Taxe, Bahn und Bus») erschienen 2016.

Originalausgabe
1. Auflage 2017
© 2017 Jaron Verlag GmbH, Berlin
www.jaron-verlag.de
Umschlaggestaltung: Bauer +Möhring, Berlin
Satz: Prill Partners | producing, Barcelona
Druck und Bindung: CPI books GmbH, Leck

ISBN 978-3-89773-816-4

EINS

AN DEN KANÄLEN / Auf den dunklen Bänken / Sitzen die Menschen, die / Sich morgens ertränken. So depressiv wie in Joachim Ringelnatz' Gedicht *Berlin* aus dem Jahre 1927 hätte es 1964 im eingemauerten West-Berlin eigentlich zugehen müssen. Doch die Halbstadt sah die beste kollektive Therapie darin, von Januar bis Dezember zu lachen, zu singen, zu tanzen und zu feiern. Die Jugend vergnügte sich im Jazzklub «Eierschale», der in einem Keller am Breitenbachplatz zu finden war, oder in der «Badewanne» in der Nürnberger Straße. Die Erwachsenen bevorzugten die «Waldbühne», die «Stachelschweine» oder das «Ballhaus Resi». Letzteres lockte mit riesigen bunt beleuchteten Wasserspielen auf der Bühne, mit Tischtelefonen und einer Rohrpostanlage. Jeder Tisch verfügte über eine Platznummer, die schon von Weitem erkennbar war. Und so konnte jeder männliche Besucher jederzeit und ohne dass es ihm peinlich sein musste, die Dame anrufen, der er sich nähern wollte.

Uwe Dreetz ging oft ins «Resi». Weniger um sich zu amüsieren, sondern mehr aus beruflichen Gründen. Er war nur ein kleiner Gauner, wollte aber gern das werden, was man seit der Zeit Kaiser Wilhelms II. einen Gigolo nannte, das heißt sexuell geprägte Beziehungen zu älteren Damen unterhalten und sich von ihnen aushalten lassen. Dass er mehrfach vorbestraft war, auch wegen einiger Gewalttaten, störte ihn nicht, er empfand es eher als Ritterschlag. Über die Warnung eines Sozialarbeiters in der JVA Tegel — «Uwe, wenn du so weitermachst, bringst du noch mal jemanden um und landest lebenslänglich bei uns» — hatte er nur gelacht.

Heinz, der Freund, mit dem Dreetz an diesem Tag im «Resi»

war, pflegte zu sagen, er sei ein so gutaussehender Mann, dass ihn die Polizei eigentlich einsperren müsse. Manche erinnerte er sogar an Gregory Peck. Auf dem Kurfürstendamm war er schon einmal mit dem Schauspieler verwechselt und um ein Autogramm gebeten worden.

Heinz wunderte sich, dass Uwe Dreetz noch nicht zum Telefon gegriffen hatte. «Na, noch keine ältere Dame mit viel Zaster im Visier?»

«Doch, die Blondine da an Tisch 52.»

«Wahrscheinlich bezeichnet die Nummer ihr Alter. Fette Beute!»

Die Frau, die Uwe Dreetz im Visier hatte, hatte sich nach der Trennung von ihrem Mann in eine Pension in der Konstanzer Straße geflüchtet, doch dort fiel ihr die Decke auf den Kopf. Ihr Name war Gisela Wittenbeck.

«Gehen Sie doch ins ‹Resi›», hatte ihr die Pensionsinhaberin Gerda Groß geraten. «Da ist immer was los, und Sie kommen auf andere Gedanken.»

«Nur, wenn Sie mitkommen.»

«Na schön, meine Tochter kann sich um die Gäste kümmern», hatte Gerda Groß geantwortet.

Nun saßen die beiden Frauen im «Resi», hatten sich eine Flasche Riesling bestellt und warteten voller Spannung darauf, dass etwas geschehe.

Da klingelte auch schon das Telefon. Die Pensionsinhaberin riss den Hörer von der Gabel, hörte einen Augenblick zu und gab ihn dann sichtlich enttäuscht an Gisela Wittenbeck weiter. «Für Sie. Ein Süßholzraspler.»

Gisela Wittenbeck nahm den Hörer, presste ihn ans Ohr und murmelte eher abwehrend: «Ja bitte?»

«Guten Abend! Hier ist Gregory Peck. Ich bin nur nach Berlin gekommen, um Sie zu treffen. Werfen Sie doch einen Blick zu mir herüber, ich sitze am Tisch zwölf.»

Als Gisela Wittenbeck tat, wie ihr geheißen, konnte sie nicht anders, als laut auszurufen: «O Gott, das ist er wirklich: Gregory Peck!»

Die alte Dame hatte mit gefalteten Händen kerzengerade auf dem Küchenstuhl gesessen. «Haltung bewahren!» war die Devise ihres Lebens gewesen, und die hatte sie auch im Tod beherzigt. Während das Gas aus den vier Kochstellen ihres Herdes geströmt war, hatte sie gebetet.

So hatte ihr Sohn sie gefunden, und obwohl er schnell alle Fenster aufgerissen und die Feuerwehr und den Notarzt gerufen hatte, war sie nicht mehr zu retten gewesen.

Dieses Bild hatte sich in Ludwig Wittenbecks Gedächtnis eingebrannt und zerfraß seine Seele. Mit 62 Jahren hatte seine Mutter den Gashahn aufgedreht. Sie sei schwermütig gewesen, hatten die Ärzte gesagt. Wegen ihrer gedrückten Stimmung hatte man ihr ein Sedativum verschrieben. Aber «das chemische Zeugs» hatte sie nicht nehmen wollen, und lauwarme Bäder und Baldriantropfen allein hatten nicht geholfen. Sie hatte zu viel erlebt: den Tod ihres Ältesten und ihres Mannes im Krieg, die Bombennächte im Luftschutzkeller, zudem war sie viele Stunden lang verschüttet gewesen, nachdem ihr Mietshaus getroffen worden war, dann die Vergewaltigungen durch die Russen, nach Kriegsende die Berliner Blockade und schließlich den Bau der Mauer. Zu ihrem geliebten Gartengrundstück in Ost-Berlin hatte sie keinen Zutritt mehr gehabt.

Wittenbeck fürchtete, die Schwermut von seiner Mutter geerbt zu haben. Als seine Frau nach einem heftigen Streit ausgezogen war, hatte er schon einen Abschiedsbrief begonnen, ihn aber nie zu Ende gebracht und in seinem neuen Haus in der Kaubstraße versteckt.

Seit mich meine über alles geliebte Frau verlassen hat, habe ich meine gesamte Lebensenergie verloren. Ich habe zu nichts mehr Lust, kann mich auf nichts mehr konzentrieren, bin andauernd müde, kann aber nicht richtig schlafen, habe Angst,

in meinem Haus überfallen und erschlagen zu werden, sehe andauernd meine tote
Mutter vor mir, glaube, Krebs zu haben, fühle mich trotz meines Reichtums als
Versager, denn die eigentlichen Ziele meines Lebens habe ich nicht erreicht. Nicht
einmal Kinder habe ich zeugen können.

Wittenbeck hatte sich schon einmal auf dem Bahnhof Zoo vor
einen D-Zug werfen wollen, aber die Lokomotive war erst in der
Ferne, am Savignyplatz zu sehen gewesen, da war Thomas Suthfeld, sein Geschäftspartner, neben ihm aufgetaucht. Gemeinsam
hatten sie die Pharmafirma Pulmo Sanitatem Berlin GmbH, kurz
PSB, gegründet. So war Wittenbeck doch nicht gesprungen. Im
entscheidenden Augenblick hatte er wieder einmal versagt.

Niemand ahnte etwas von seinen inneren Nöten, für seine
Mitmenschen war er der überaus erfolgreiche Pharmazeut und
Geschäftsmann, der sein Glück gemacht hatte.

Es war Sonntag. Alle Welt freute sich auf diesen Wochentag,
Wittenbeck dagegen fürchtete ihn. Da saß er mutterseelenallein
in seiner alten Villa in Kladow und verfluchte Gott und die Welt.
Kladow – er konnte das Wort nicht mehr hören. Das Haus sollte
verkauft werden, aber sein Makler hatte noch keinen zahlungs-
kräftigen Käufer gefunden. Sein neues Domizil in der Nähe des
Fehrbelliner Platzes war noch nicht bezugsfertig, weshalb er immer
noch einige Tage und Nächte in Kladow verbrachte. Das wollte er
bis zum Ende des Herbstes durchhalten, da er bis dahin draußen
in der Gatower Heide und unten an der Havel noch ausgedehnte
Spaziergänge unternehmen konnte.

Heute war der 13. September. Im RIAS wurde schon den
ganzen Morgen über den Besuch Martin Luther Kings berichtet.
Der amerikanische Bürgerrechtler und Baptistenpfarrer war für
48 Stunden nach Berlin gekommen. Wittenbeck ärgerte es, dass
die Rundfunkleute nicht Martin Luther sagten, sondern «Martin
Luser», als wäre der große Reformator ein Verlierer.

Eigentlich hatte Wittenbeck noch Friedrich Lufts Theater-
kritik hören wollen – die Sätze, mit denen er seine Sendungen

beschloss, waren in West-Berlin zu einer Standardwendung geworden: «Wie immer – gleiche Zeit, gleiche Stelle, gleiche Welle.» Doch bis drei viertel elf hielt es Wittenbeck in seinem einsamen Palast nicht mehr aus. Er holte seinen Mercedes aus der Garage, um in die Gatower Heide zu fahren. Der Große Glienicker See wäre näher gewesen, aber den hasste Wittenbeck, weil die Grenze zur DDR durch seine Mitte verlief und er das Elend der deutschen Spaltung dort allzu deutlich vor Augen hatte. Wittenbeck hatte seine Frau immer gewarnt, nicht zu weit hinauszuschwimmen, um nicht als Grenzverletzerin festgenommen zu werden.

Er wohnte in der Selbitzer Straße, die vom Ritterfelddamm abging. Nachdem er ein Stück in Richtung Havel gefahren war, bog er in den Kladower Damm ein, der über Gatow nach Spandau führte, vorbei an den Kasernen der Engländer und am Krankenhaus Havelhöhe. In ein paar Minuten war er am Windmühlenberg angekommen, parkte seinen Wagen in der Nähe eines Fußballplatzes und begann seinen Spaziergang. Rechts von ihm dehnten sich endlose Felder, links lag das Waldstück mit den Hellebergen und der Revierförsterei Gatow, geradeaus kam er zur Gatower Heide. Die bekannten Ausflugsziele der eingemauerten Frontstadt waren zumeist fürchterlich überlaufen, doch hier war West-Berlin noch ruhig und idyllisch. Wittenbeck liebte dieses Fleckchen Erde so sehr, dass seine Frau gelästert hatte, er wolle sicherlich auf dem nahen Landschaftsfriedhof Gatow begraben werden.

Gerade als er hoffte, keinem bekannten Gesicht zu begegnen, lief ihm Inge Bugsin über den Weg, die Tochter seines Saunafreundes Max, der mit Büromöbeln handelte und sich nach dem Mauerbau ein Grundstück mit Laube in Kladow gekauft hatte. Sie führte einen Dobermann an der Leine, der Wittenbeck aggressiv anbellte.

«Bronco, bist du wohl ruhig!» Inge riss heftig an der Leine. «Sitz!»

Wittenbeck lachte. «Ihr seid also auf den Hund gekommen . . .»

«Ja, Vati wollte einen haben, damit der den Garten bewachen kann.»

Inge ging auf die dreißig zu, war also sechzehn Jahre jünger als Wittenbeck und hätte an seiner Seite und in seinem Bett sicher besser gewirkt als alle erdenklichen Beruhigungsmittel.

«Haben Sie an die Salbe für meinen Vater gedacht?», wollte Inge wissen.

Wittenbeck fasste sich an den Kopf. «Was für eine Salbe?»

«Na, die gegen seine vielen Falten im Gesicht.»

«Ah, die Faltenfrei!», rief Wittenbeck. Seine Pharmafirma stellte zwar primär Mittel gegen Asthma her, entwickelte aber auch noch etliche Tabletten und Salben gegen andere Leiden. «Gott, die Salbe für Max! Die haben wir in letzter Zeit gar nicht mehr hergestellt. Die Produktion wird erst wieder am Montag aufgenommen. Es dauert dann noch eine Weile, bis die Salbe wieder zur Verfügung steht. Am besten, du kommst bei mir in der Kaubstraße vorbei und holst sie dir ab.»

In der Kaubstraße stand die Stadtvilla, die er gekauft hatte, bevor seine Frau ihn verlassen hatte. Gemeinsam hatten sie hier einen neuen Lebensabschnitt beginnen wollen. Nun zog Wittenbeck alleine in das Haus ein. Immerhin blieb ihm auf diese Weise der tägliche lange Weg zu seiner Firma erspart, die sich am Südstern befand, und er kam endlich aus Kladow raus.

Die Bugsins wohnten in der Koblenzer Straße, also nicht allzu weit entfernt von der Kaubstraße. Den kleinen Fußmarsch konnte er Inge durchaus zumuten, zumal sie mit dem Hund ohnehin spazieren gehen musste. «Ich sag dir mal, wann ich in den nächsten Tagen abends in der Kaubstraße sein werde.» Er zog den Taschenkalender hervor und wollte ihr die Termine nennen.

In diesem Augenblick entdeckte der Dobermann in der Nähe ein Eichhörnchen, sprang auf und riss Inge mit sich.

Wittenbeck sah ihr lange hinterher. Das wäre die richtige Frau für ein zweites Leben gewesen. Sie wollte in Kürze heiraten und mit ihrem zukünftigen Ehemann zusammenziehen. Aber was hieß das heutzutage schon?

Er setzte seinen Spaziergang fort und hoffte, dabei in eine

Art Trancezustand zu fallen und alles, was ihn derzeit belastete, vergessen zu können. Er wollte eigentlich nichts anderes als die fließende, sonnenhelle Leere, doch immer wieder kamen unangenehme Erinnerungen in ihm hoch, sei es von einer Prüfung, die er in jungen Jahren nicht bestanden hatte, oder von einer Auseinandersetzung mit seiner Frau.

Wittenbeck gelangte zur Gatower Heide, die an der Potsdamer Chaussee endete und hinter der sich viele Kilometer lang Grenzzäune und Todesstreifen erstreckten. Auch hier hatte er das ganze deutsche Elend wieder vor Augen. Auf Höhe des britischen Schießplatzes machte er kehrt.

Als er wieder in seinen Wagen gestiegen war, zögerte er, den Zündschlüssel herumzudrehen. Es grauste ihn davor, in sein einsames Haus zurückzukehren. Und so machte er sich auf den Weg in die Firma. Fürs Theater, ein Konzert oder die Oper war es noch zu früh, und allein in einem Restaurant zu sitzen und zu speisen war nichts für ihn.

Von Gatow bis zum Südstern brauchte man auch an einem Sonntag eine gute Dreiviertelstunde. Wittenbeck fuhr die Gatower Straße hinauf Richtung Norden. Obwohl die Straße parallel zur Havel verlief, konnte er nur selten einen Blick auf den Fluss erhaschen, der hier die Breite eines Sees hatte und auf dem Ruderregatten ausgetragen wurden, seitdem den West-Berlinern und den bundesdeutschen Vereinen die olympische Strecke von 1936 in Grünau nicht mehr zur Verfügung stand. Vom anderen Ufer grüßten die Hügel des Grunewalds und der Kaiser-Wilhelm-Turm. Es war schon Jahre her, dass Wittenbeck den zusammen mit seinem Neffen Siegfried Heideblick bestiegen hatte.

Er erreichte die endlos lange Heerstraße. Bald war links die Pichelsdorfer Straße zu sehen, die in die Spandauer Altstadt führte. Während es in verschiedenen Stadtteilen, auch im Zentrum, schon das große Straßenbahnsterben gegeben hatte — denn weitsichtige Kommunalpolitiker hatten das große Ziel vor Augen, West-Berlin zu einer autogerechten Stadt zu machen —, zogen auf der Heerstraße die Züge der Linien 75 und 76 auf einem Nebenstreifen noch tapfer ihre Bahn. Auf der Freybrücke ging es nun hoch über die Havel hinweg, auf der noch immer viele Ausflugsdampfer und Sportboote zu sehen waren. Man lästerte, im eingemauerten West-Berlin könne man auf Wannsee und Havel trockenen Fußes ans andere Ufer gelangen, man bräuchte nur von einem Boot zum anderen zu springen. Unter ihm lag der dichtbewaldete Pichelswerder mit dem Siemens-Erholungsheim und seinen Ruderklubs.

Wittenbeck überfuhr die Brücke über den Stößensee und die Havelchaussee. Rechts gab es vor dem Scholzplatz noch immer ein Stück echten Grunewald. Hier hatte man im letzten Jahr einen 230 Meter hohen Sendeturm errichtet, damit die westlichen Programme besser in der DDR zu empfangen waren, als es mit dem alten Funkturm ermöglicht gewesen war. Hinter dem Scholzplatz gelangte man zum Postfenn mit seinem Schullandheim und dahinter zum Teufelsberg mit der Abhörstation der Alliierten. Bald sollte dieser aus Trümmern entstandene Berg mit Rodelbahn, Slalomstrecke und Sprungschanze ein bedeutendes Highlight West-Berlins werden. Ein solches war bereits das Le-Corbusier-Haus nahe dem Olympiastadion – West-Berlins Antwort auf Ost-Berlins Neubauten rund um die Karl-Marx-Allee. Es gab so viel zu sehen und zu entdecken, dass Wittenbeck eine Weile von seinen psychischen Nöten abgelenkt wurde.

Bald kam er zum ehemaligen Reichskanzlerplatz, der im Dezember des letzten Jahres nach dem gerade verstorbenen Theodor Heuss benannt worden war. Dort brannte die «Ewige Flamme» als Denkmal für die Opfer von Flucht und Vertreibung. Wittenbeck bog in die Masurenallee ein, und zwischen dem dunkelrot geklinkerten Funkhaus des Senders Freies Berlin und den Messehallen am Funkturm hindurch fuhr er auf die Neue Kantstraße. Weiter unten zog sich schon ein Stummel der neuen Stadtautobahn entlang, aber die reichte im Süden nur bis zum Hohenzollerndamm und brachte ihm nicht viel, wenn er nach Kreuzberg wollte. So musste er die West-Berliner Innenstadt durchqueren. Die Straßenschilder flogen an ihm vorüber: Savigny-platz, Tauentzien-, Kleist-, Bülow-, Goeben-, Yorck- und Gneise-naustraße. Endlich war er am Südstern angelangt.

Seine Firma, die Pulmo Sanitatem Berlin GmbH, befand sich in den Höfen, die in dem Winkel zwischen der Hasenheide und der Körtestraße lagen und von beiden Straßen aus betreten werden konnten. Hier waren um die Jahrhundertwende mächti-ge Fabrikgebäude entstanden, die recht schlicht gehalten und mit weißglasiertem Klinker verkleidet waren, der von Ornamenten aus grünen Kacheln durchbrochen wurde. Insgesamt gab es vier Innen-höfe. Dem Besucher fielen zuerst eine Villa im zweiten Hof und ein Glasgang im dritten Hof auf, der auf Höhe der ersten Etage die Gewerbehöfe mit der Villa verband. Und hoch über diesem Glasgang in der dritten und vierten Etage waren die Büro- und Fabrikationsräume der PSB untergebracht.

Wittenbeck suchte die nötigen Schlüssel heraus, um mit dem Außenfahrstuhl nach oben zu fahren. In seinem kleinen Reich angekommen, war ihm die sonntägliche Stille ganz ungewohnt, weil hier doch sonst große Geschäftigkeit herrschte. Er ging einen langen Flur hinunter, um sein Büro aufzuschließen, sich an den Schreibtisch zu setzen und die Liste mit den Apotheken durch-zugehen, die man demnächst als Kunden gewinnen wollte.

Da sah er plötzlich einen Schatten die Wand entlanghuschen – und Sekundenbruchteile später auch den, der ihn geworfen hatte. Ein Einbrecher. Maskiert. «Halt! Oder ...», rief er und ver-stellte dem Mann den Weg. Der zögerte nicht, ihn mit seinem Messer niederzustechen.

ZWEI

SIEGFRIED HEIDEBLICK war 1929 in Neukölln auf die Welt gekommen und hatte den Kiez um den Hermannplatz auch nie verlassen, obwohl er wusste, dass Neukölln auf der Skala der zwölf West-Berliner Bezirke ganz weit unten stand, nur Kreuzberg und Wedding galten weniger. Früher hatte man noch auf die Menschen herabblicken können, die im Scheunenviertel am Alexanderplatz, den Straßen um den Schlesischen Bahnhof und in der «Parochialritze» gelebt hatten. Doch das lag ja nun alles in Ost-Berlin, also sozusagen im Ausland, und zählte nicht mehr. Bis 1912 hatte Neukölln den Namen Rixdorf getragen. Dann hatten einige Rixdorfer Bürger gemeint, der Name ihres Ortes sei zu sehr mit proletarischen Vergnügungen verbunden, und man hatte beschlossen, sich in Neukölln umzubenennen.

Heideblick wohnte in einem alten Wohnhaus in der Hobrechtstraße, Ecke Lenaustraße, das den Krieg überstanden hatte. Schon vor einiger Zeit hatte er sich ein Grundstück draußen in Rudow gekauft, und seine Frau drängte ihn, dort endlich zu bauen. Doch er vertröstete sie Jahr für Jahr mit den Worten: «Wenn es mit der Firma wieder besser geht.»

Er hatte das Unternehmen Möbel-Heideblick in der Karl-Marx-Straße von seinem Vater geerbt. Doch im Augenblick liefen die Geschäfte schlecht. Wer im Krieg ausgebombt worden war, hatte sich schon längst neue Möbel gekauft, später auch noch Musiktruhe, Fernseher, Kühlschrank und Waschmaschine. Jetzt boomten das Auto- und das Reisegeschäft. Zudem war die Konkurrenz zu stark geworden. Heideblick versuchte es seit einiger

Zeit mit der Bestuhlung von Kino- und Theatersälen, aber das hatte ihm die leeren Kassen auch noch nicht gefüllt. Die Werbesprüche *Heideblick verhilft auch dir zum häuslichen Glück* oder *Möbelglück durch Heideblick* hatten nicht den erhofften Erfolg eingebracht. Seine Frau Ute machte sich hin und wieder darüber lustig. Auch heute fragte sie spöttisch: «Siegfried Heideblick, verhilfst du mir mal wieder zum häuslichen Glück?»

«Das werde ich tun», brummte er, «und zwar, indem ich dich gleich verlasse und zum Fußball gehe.»

Ute lachte bitter. «Gut, dann kann ich ja in Ruhe zu meiner Mutter gehen.»

Mit Letzterer war Ute sowieso zum Kaffeetrinken verabredet. Sie verabschiedete sich mit einem Küsschen und machte sich auf den Weg. Heideblick blieb allein zurück und nahm sich noch einmal die Baupläne und Kalkulationen für «Bad Rudow» vor, wie er das geplante Eigenheim gern nannte. Gott, das war im Augenblick kaum finanzierbar! Doch Ute freute sich so auf ein Haus im Grünen.

Nach einer guten halben Stunde angestrengten Brütens packte er schließlich alle Unterlagen wieder zusammen und verließ die Wohnung, um zum Fußball zu gehen. Fußball war sein Lebensinhalt. Das wussten auch seine Angestellten, die ihm zum fünfzigjährigen Firmenjubiläum eine Zeichnung geschenkt hatten, auf der sein Kopf aus einem Fußball bestand. Als geborener Neuköllner war er eigentlich verpflichtet, Fan von Tasmania 1900 zu sein, die auch gerade wieder Berliner Meister geworden waren. Doch sein Herz schlug mehr für den 1. FC Neukölln, für den er einmal selbst gespielt hatte. Von der Bundesliga hielt er nicht viel, denn Hertha BSC war in der Saison 1963/64 gerade einmal auf Platz vierzehn gelandet. Eine Schande für West-Berlin! Deutscher Meister war der 1. FC Köln geworden. Wenn schon nicht *Neu*kölln, dann immerhin Köln, dachte sich Heideblick. Die Ost-Berliner hatte es auch nicht besser getroffen, denn in der DDR war die BSG Chemie Leipzig Meister geworden.

Heideblick erreichte die Haustür und wollte sie schwungvoll aufreißen, doch irgendein Scherzbold hatte sie am helllichten Tage abgeschlossen. Um sie zu öffnen, musste er sein Schlüsselbund aus der Hosentasche ziehen und den Durchsteckschlüssel aus der Halterung lösen. Er verfluchte das Ding, das typisch für Berlin war. Nach dem Aufschließen musste man den Schlüssel durch das Schloss hindurchschieben und die Tür von der anderen Seite wieder abschließen, sonst bekam man den Schlüssel nicht wieder heraus. Nur der Hauswart hatte einen Spezialschlüssel. Also ging der Scherz wohl auf Konto dessen Sohns.

Heideblick besaß zwar zwei mit Reklame verzierte Lieferwagen, doch er hatte nie Lust gehabt, einen Führerschein zu machen. Und seinen Fahrer am Sonntag von Reinickendorf, wo der wohnte, nach Neukölln zu bestellen, hätte nur Ärger gebracht. Heideblick mochte auch nicht zur Haltestelle Sonnenallee, Ecke Hermannplatz gehen, um mit der Straßenbahn 95 zu fahren. Deshalb entschied er sich fürs Laufen. Schließlich tat er somit auch etwas für seine Gesundheit. Die Strecke von seinem Mietshaus bis zum Hertzbergplatz betrug gut zweieinhalb Kilometer. Die schaffte er spielend. Doch die Weserstraße, in die er nach ein paar Schritten einbog, war das, was sein Verkäufer, der aus Bremen stammte, einen «langen Jammer» nannte. Fast schnurgerade zog sie sich vom Kottbusser Damm bis zur Ringbahn am Bahnhof Sonnenallee.

Endlich hatte Heideblick den Hertzbergplatz und mit ihm das mehr als bescheidene «Stadion» des 1. FC Neukölln erreicht und seinen Stammplatz auf der westlichen «Tribüne» eingenommen, einen Stehplatz natürlich. Von hier aus hatte man einen weiten Blick Richtung Osten. Alle naselang tauchten die Maschinen der Pan Am und der BEA am Berliner Himmel auf, scheinbar aus dem Nichts kommend, und hatten schon die Räder ausgefahren, um wenig später in Tempelhof zu landen. Nachdem man West-Berlin eingemauert hatte, waren die drei Luftkorridore in Richtung Nord, West und Süd fast wieder so wichtig wie zu Blockadezeiten.

Jedes Flugzeug habe damit, so hatte es ihm seine vielseitig gebildete Tante Gisela aus Kladow einmal erklärt, die gleiche Bedeutung wie beim Cargo-Kult der Melanesier. Die hätten nämlich, als die ersten Flugzeuge hoch über ihren Köpfen aufgetaucht waren, geglaubt, ihre Ahnen wären aus Gräbern gestiegen, um ihnen wertvolle Waren aus dem Westen zu bringen.

Das Spiel begann, und Heideblick feuerte die «95er» in ihren blauen Hosen und gelben Hemden nach Kräften an. Bei jeder Spielunterbrechung wanderte sein Blick zum riesigen Komplex des Gaswerks Neukölln, das sich von der Sonnenallee bis zum Neuköllner Schifffahrtskanal zwischen dem Bahndamm und einer Laubenkolonie erstreckte. Gas brauchte man für die Herde und Thermen in den Wohnungen, für die Straßenlaternen, und wer unglücklich war … Doch an diese Einsatzmöglichkeit wollte er lieber nicht denken.

Kriminaloberkommissar Otto Kappe war eigens zum Zeitungskiosk am Kaiserdamm gelaufen, um sich den *Telegraf* zu kaufen. Denn heute sollte endlich der lange geplante Artikel über ihn und die Berliner Kripo erscheinen. Er konnte es nicht abwarten, bis er wieder zu Hause war, sondern fing schon auf dem Heimweg zu blättern an. Und tatsächlich fand er den Artikel mit dem Foto. Die Überschrift lautete: *Die Verbrecherjagd liegt den Kappes im Blut – Wie Hermann Kappe, so der Neffe Otto.*

Wir besuchen Kriminaloberkommissar Otto Kappe, 53, in seinem Büro in der Gothaer Straße. Er beugt sich nicht über einen Mann, der gerade erschossen worden ist, sondern über einen dicken Aktenordner. «Ich kümmere mich gerade um einige nasse Fische», erklärt er uns mit dem ihm eigenen Humor. «Das liegt daran, dass ich aus einer Fischerfamilie stamme, Wendisch-Rietz am Scharmützelsee.» Was «nasse Fische» sind, erfahren wir später: ungelöste Fälle. Immer wenn kein aktueller Mordfall anliegt, befassen sich die Beamten der Mordkommission mit ungelösten Fällen – vielleicht ist ja von den Kollegen doch etwas übersehen worden. Otto Kappe ist in Berlin geboren. Wie sein Onkel Hermann, Kriminalober-

kommissar a. D., ist er zuerst zur Schutzpolizei gegangen und von dort dann zur Kripo gekommen. 1938 hat er den Kommissarslehrgang in Charlottenburg absolviert, ist dann aber ins Abseits geraten, weil er nicht in die NSDAP und die SS eintreten wollte, und hat seinen Dienst in Litzmannstadt, heute Łódź, antreten müssen. Als seine Frau Gertrud dann schwanger wurde, durften sie wieder nach Berlin zurückkehren, wo auch der Sohn Peter zur Welt gekommen ist. Nach dem Krieg hat Otto Kappe zuerst beim englischen Sektorassistenten am Kaiserdamm gearbeitet, 1952 ist er dann zu einer der Mordkommissionen versetzt worden, sozusagen als Belohnung dafür, dass er mit einem Kollegen zusammen einen der Ganoven fassen konnte, der am Raub in der Eisenbahnverkehrskasse Unter den Linden beteiligt gewesen war.

1956 wurde Otto Kappe vom Dienst suspendiert, weil man ihn verdächtigte, bei einer Polizeirazzia aus niederen Beweggründen eine Frau niedergeschossen zu haben. Zusammen mit seinem Onkel Hermann stellte er aber Nachforschungen an und konnte seine Unschuld beweisen.

Hermann Kappe, Jahrgang 1888 und schon lange pensioniert, lobt seinen Neffen in den höchsten Tönen. Er sei intelligent, redegewandt und feinfühlig. Der Meinung sind auch Otto Kappes Kollegen, zum Beispiel sein Kriminalassistent Hans-Gert Galgenberg, dessen Großvater Gustav schon bei der Kripo gewesen ist.

Otto Kappe freute sich über das, was über ihn geschrieben worden war. Und am Kaffeetisch pflichtete ihm seine Frau Gertrud, nachdem sie alles überflogen hatte, bei. Schmunzelnd variierte sie den berühmten Spruch von Descartes: «Ich stehe in der Zeitung, also bin ich.»

«Nun ja …» Otto machte eine etwas hilflose Geste und gebrauchte einen Begriff, den sein Sohn Peter schon öfter verwendet hatte, der an der FU Psychologie studierte. «Das ist nun mal meine narzisstische Bedürftigkeit.»

Gertrud konnte sich ein mildes Lächeln nicht verkneifen. «Dabei magst du doch den SPD-nahen *Telegraf* eigentlich gar nicht, die *Morgenpost* ist schließlich dein Leib- und Magenblatt.»

Zum Glück klingelte es in diesem Moment an der Wohnungstür, und Otto brauchte den Dialog, der ihm doch ein wenig peinlich war, nicht fortzusetzen. Es war Peter, der bei einem Freund übernachtet hatte und sie nun zum gemeinsamen Zoobesuch abholen wollte, aber auch noch gern eine Tasse Kaffee mit ihnen trank.

Peter erzählte ihnen, dass er eigentlich gar keine Zeit für einen Ausflug habe, da er an einem Referat über David McClelland sitze.

Sein Vater sah ihn lächelnd an. «Spielt der in London bei Tottenham oder Arsenal?»

«Vater, das ist ein US-amerikanischer Sozialpsychologe, der in seinem Buch *The Achieving Society* herausarbeitet, dass die menschliche Motivation drei dominante Bedürfnisse umfasse: erstens das Bedürfnis nach Erfolg, zweitens das Bedürfnis nach Macht und drittens das Bedürfnis der Zugehörigkeit zu einer sozialen Gruppe. Die subjektive Bedeutung jedes Bedürfnisses variiert von Individuum zu Individuum und hängt auch vom kulturellen Hintergrund des Einzelnen ab.»

«Das hätte ich auch ohne jahrelanges Psychologiestudium an der FU zusammenbekommen», murmelte Otto.

Sein Sohn grinste. «Und was ist der TAT?»

Da musste Otto nicht lange überlegen. «Der Tathergang aus Tätersicht.»

«Denkste! TAT ist der Thematische Auffassungstest von Murray und Morgan, den McClelland weiterentwickelt hat. Bei diesem Test werden den Probanden Schwarz-Weiß-Fotografien vorgelegt, zu denen sie sich Geschichten ausdenken sollen: Was führte zu der gezeigten Situation? Was geschieht gerade? Was fühlen und denken die abgebildeten Personen? Wie ist der Ausgang der Geschichte? Ein Beispiel: Man zeigt zwei Probanden ein Bild von einem Paar, das sich gerade streitet. Der eine äußert: ‹Sie werden sich gleich wieder versöhnen und miteinander ins Bett gehen.› Und der andere sagt: ‹Der Mann wird die Frau gleich umbringen.› Die Antworten erlauben Rückschlüsse zur Psyche der beiden.»

Otto nickte. «Natürlich. Aber was, wenn nun einer sagt: ‹Erst geht er mit der Frau ins Bett und dann bringt er sie um›?»

«Dann ist das Sache deiner Mordkommission.»

Gertrud unterbrach die beiden. «Genug mit euren Albereien! Wir gehen jetzt in den Zoo.»

Seit der Spaltung Berlins besaßen beide Stadthälften ihren eigenen Zoo: West-Berlin den Zoologischen Garten, eröffnet 1844, und Ost-Berlin seit 1955 den Tierpark am Schloss Friedrichsfelde.

Der Zoo West hatte seinen Haupteingang am Hardenbergplatz, und dort trafen sich zur abgesprochenen Zeit fünf Mitglieder der Familie Kappe: Otto mit seiner Frau Gertrud und ihrem Sohn Peter und Hermann mit seiner Frau Klara. Deren drei Kinder waren nicht dabei. Margarete war gerade verreist, Hartmut lebte in Ost-Berlin, und Karl-Heinz, das schwarze Schaf der Familie, war irgendwo untergetaucht. Dann gab es da noch Hermann Kappes Bruder Oskar mit seiner Frau und seine Schwester Pauline mit den Ihren. Da den Überblick zu behalten fand Peter enorm schwierig.

Sonderlich spannend fanden die fünf den Zoo nicht, aber ihn zu besuchen war ebenso ein Berliner Ritual wie die alljährliche Dampferfahrt.

Hermann erinnerte sich an einen Zoobesuch mit seinem Sohn Hartmut, als der noch klein gewesen war. Heute war Hartmut mit einem Kontaktverbot belegt, weil er in Ost-Berlin bei der MUK arbeitete, der Morduntersuchungskommission. «Hartmut hat damals gefragt: ‹Papa, kaufst du mir einen Elefanten?› Und als ich nachgefragt habe, wo wir das viele Futter für das Tier hernehmen sollten, hat Hartmut geantwortet: ‹Kein Problem, da steht doch *Füttern verboten*.›»

Otto seufzte. «Schade, dass der Journalist vom *Telegraf* nicht mit ihm sprechen konnte. Das hätte so schön zur Überschrift gepasst: *Die Verbrecherjagd liegt den Kappes im Blut.*»

Siegfried Heideblick verfluchte alle Montage. Der Rhythmuswechsel lag ihm gar nicht. Jeden Sonntag schlief er bis in die Puppen, und dann musste er montags um sechs Uhr aufstehen. Denn seitdem sein Vater Möbel-Heideblick gegründet hatte, hieß es: Der

Chef hat als Erster im Geschäft zu sein. Dieses Prinzip hatte zur Folge, dass er sich auch nicht von Olaf Nonnenfürst, seinem Handelsvertreter und Fahrer, abholen lassen konnte. Ute musste noch eher in der Schule sein als er in seiner Firma, und so stand sie schon abmarschbereit im Flur, als er sich an den Frühstückstisch setzen wollte. Er küsste und umarmte sie. «Einen schönen Tag wünsche ich dir!»

Als Ute gegangen war, schmierte er sich sein Paech-Brot. Er beneidete den Hersteller um die wunderbaren Werbesprüche, von denen er die meisten auswendig kannte. Besonders angetan hatte es ihm dieser:

Schinken nützt nichts, Wurst und Ei,
fehlt das Paech-Brot dir dabei.
Moral: Dem Fleisch verfallen oder nicht
auf Paech-Brot leiste nie Verzicht.

Warum nur brachte ihm die Reklame für seine Möbel nicht auch so einen Erfolg ein? Er stellte sich vor, in der Hochbahn zu stehen und dort über den Sitzen statt der Sprüche von Paech die seiner Firma zu lesen. Er brauchte unbedingt einen Werbefachmann! Aber den konnte er nicht bezahlen.

Heideblick stand auf, knallte die Wohnungstür hinter sich zu, schloss ab und lief zur Hobrechtstraße hinunter. Das Schild mit dem Namen *Lenaustraße* ärgerte ihn. Das war doch idiotisch, eine Straße in Neukölln, wo niemand Gedichte las, nach einem Dichter zu benennen, dazu noch nach einem österreichischen! Ringsum hießen die Straßen nach Berliner und Rixdorfer Kommunalpolitikern, etwa Hobrecht, Bürkner, Schinke, Pflüger und Sander. Warum dann ausgerechnet Lenau? In Gedanken hörte er Ute rufen: «Worüber du dich alles aufregen kannst!»

Er überquerte die Sonnenallee und musste einen Straßenbahnzug vorbeilassen. Die 95 fuhr noch, während die 3, die in der Hobrechtstraße zwischen Karl-Marx-Straße und Sonnenallee einen Halt gehabt hatte, schon eingestellt worden war. In einer Nische der Karl-Marx-Straße lag die Albert-Schweitzer-Schule, gehalten in den Farben des Grauen Klosters. Wie gern hätte er hier sein Abitur gemacht! Doch sein Vater hatte das nicht zugelassen. «Du wirst Tischler, sonst kannst du Möbel-Heideblick nicht richtig führen!», hatte der bestimmt. Die Karl-Marx-Straße … Dass die Neuköllner ihre gute alte Berliner Straße und die Bergstraße nach diesem Kommunisten benannt hatten, empörte Siegfried Heideblick Tag für Tag. Ohne Karl Marx keine DDR – und ohne DDR keine Mauer. Also musste sie seiner Meinung nach unbedingt rückbenannt werden.

Heideblick ging die Karl-Marx-Straße in Richtung Rathaus Neukölln hinauf. Seine Firma lag zwischen der Reuter- und der Weichselstraße. Ein blassgelber Straßenbahnzug der Linie 47 kam ihm entgegen. Er betrat sein Geschäft durch den Eingang im Hausflur und nahm erst einmal hinter seinem Schreibtisch Platz. Wenn seine Angestellten nun nacheinander eintrudelten, sollten sie glauben, er hätte die ganz Nacht hier gesessen und gearbeitet.

Als Erster erschien Olaf Nonnenfürst, ein rundlicher Typ, der wie ein Krapfen aussah.

«Guten Morgen, Chef!», rief er beim Eintreten. «Haben Sie heute schon Zeitung gelesen?»

«Nein. Wieso?»

«Dann halten Sie sich mal fest!» Nonnenfürst warf ihm eine *Morgenpost* auf den Schreibtisch. «Ihr Onkel ist gestern in seiner Firma niedergestochen worden.»

Heideblick war etwas verwirrt. «Welcher Onkel? Ich habe mehrere.»

«Na, der Pillendreher, dieser Ludwig Wittenbeck.»

Heideblick sprang auf. «Was?» Er nahm die Zeitung zur Hand, aber den drei Zeilen war nicht viel zu entnehmen. Also griff er nach seinem Telefonbuch, riss den Hörer von der Gabel und rief in Kladow an, dann versuchte er es in der Kaubstraße. «Da hebt keiner ab.»

«Na, wenn er im Krankenhaus liegt oder vielleicht schon …»
Nonnenfürst brach erschrocken ab.

«… tot ist …», vollendete Heideblick den Halbsatz. «Mein
Gott! Wir rufen jetzt mal bei allen Krankenhäusern ringsum
an, in Kreuzberg, Schöneberg und Neukölln, und fragen nach
ihm.»

Sie brauchten keine fünf Minuten, dann hatten sie herausgefunden, dass Ludwig Wittenbeck im Urban-Krankenhaus lag.

«Los, Nonnenfürst, holen Sie den Wagen, und fahren Sie
mich hin! Bitte!»

Über die Sonnenallee und die Urbanstraße waren sie in
zehn Minuten am Ziel. Das Krankenhaus Am Urban war in
offener Pavillonbauweise errichtet und 1890 eingeweiht worden.
Ein zentraler Neubau war schon geplant, aber noch musste sich
Heideblick mühsam durchfragen, ehe er seinen Onkel in einem
der gelben Backsteinbauten gefunden hatte. «574 Betten ham wa
hier, Meesta, und ick kann ma unmöjlich alle merken, die se bei
uns einliefan tun.»

«Gott, du Armer!», rief Heideblick, als er endlich auf dem
Bettrand seines Onkels saß. Freie Stühle gab es nicht mehr, denn
alle drei Zimmernachbarn Wittenbecks hatten ebenfalls Besuch.
«Wo hat dich denn dieser Kerl getroffen?»

Wittenbeck hob seine Bettdecke ein wenig an. «Zum Glück
nur hier an der rechten Seite in den Bauch. Galle und Leber sind
aber nicht verletzt. Es sah anfangs schlimmer aus, als es tatsächlich
ist. Ich habe wirklich gedacht, dass ich sterben werde.»

Heideblick strich ihm über die Hand. «Das ist ja schrecklich.»

«Nein, das ist gar nicht schrecklich. Ich wäre gern gestorben.»

«Du kannst doch Tante Gisela nicht allein lassen!», rief Heideblick.

Der Onkel hatte plötzlich Tränen in den Augen. «Die hat
mich doch verlassen und ist auf und davon. Darum wäre ich ja
am liebsten tot. Die Einsamkeit da draußen in Kladow, und in der

Kaubstraße ist es auch noch so leer – das alles ertrage ich nicht. Schade, dass der Kerl mich nicht richtig getroffen hat, dann wäre ich wenigstens von allem erlöst.»

Uwe Dreetz hatte den Tresor der Pulmo Sanitatem Berlin in den Höfen am Südstern ohne große Mühe und ohne Schneidbrenner knacken können und neben einem Bündel grüner Banknoten auch einige Schmuckstücke erbeutet – Ringe, Armbänder, Broschen. Offenbar hatte dieser Wittenbeck geglaubt, sie seien in seiner Firma sicherer als bei ihm in Kladow oder in seinem neuen Haus in der Kaubstraße.

Beim ersten Rendezvous war es Dreetz gelungen, Gisela Wittenbeck ein paar Schlüssel zu entwenden, um Nachschlüssel anfertigen zu lassen. Darunter waren die für die Firma ihres Mannes und für die Villen in Kladow und in der Kaubstraße. Wo genau sich diese dort befand, wusste er noch nicht, aber das ließ sich sicher irgendwie herausfinden. Noch würde Wittenbeck ja einige Zeit im Krankenhaus verbringen müssen. Dreetz verfluchte sich, weil er ihn niedergestochen hatte. Das war im reinen Affekt geschehen. Er war in Panik geraten, weil er sich in Gedanken schon wieder im Knast gesehen hatte. Er hatte nicht vorgehabt, Wittenbeck zu attackieren oder gar zu ermorden. Denn er wusste, dass die Aufklärungsquote bei Morden bei nahezu hundert Prozent lag, und er wollte den Rest seines Lebens nicht in der JVA Tegel verbringen.

Dreetz nahm sich eine Taxe, um zu seinem Hehler zu fahren. Der Schmuck musste verhökert werden. Wahrscheinlich gehörte er Gisela Wittenbeck. Er überlegte, ob es klug war, sie heute Abend wiederzusehen. Oder sollte er besser untertauchen?

DREI

OBERKOMMISSAR OTTO KAPPE kam es manchmal so vor, als wäre er ein Feuerwehrmann. Dieser Beruf hatte mit dem seinen nicht nur die Angst um andere Menschen, das Riskieren des eigenen Lebens, sondern auch das Warten auf den nächsten Einsatz gemeinsam. Und was machte man in dieser Zeit, in der man auf einen Einsatz wartete? Die Feuerwehrleute übten den Einsatz mit Löschfahrzeugen, den richtigen Umgang mit Motorsägen und Schneidewerkzeugen. Aber was taten Kriminalbeamte? Die besuchten Fortbildungsveranstaltungen, gingen auf den Schießstand und arbeiteten ungelöste Fälle auf. Manchmal aber langweilte sich Otto Kappe auch. Dann spazierte er durch die anderen Abteilungen in der Gothaer Straße, um Kollegen zu treffen und ein wenig mit ihnen zu plaudern. Mitte September lief ihm auch der Kollege Friedhelm Dörner vom Dezernat 22 des LKA 2, sonstige Vermögens- und Fälschungsdelikte über den Weg. Man kannte sich vom Faustball her. Dörner war in Begleitung eines Mannes etwa seines Alters, der Kappe irgendwie bekannt vorkam. Wahrscheinlich hatte er dessen Foto schon einmal in der Zeitung gesehen.

«Otto, darf ich dir Werner Brink vorstellen?»

«Ah!», rief Kappe, um sofort hinzuzufügen: «*Es geschah in Berlin.*» Das war der Name der legendären Krimireihe, die der RIAS seit dem Februar 1951 ausstrahlte und für die Werner Brink jede Folge schrieb, Monat für Monat. «Ich habe gerade die Sendung gehört, in der ein Gauner durch Berliner Gaststätten zieht, naiven Zeitgenossen angeblich todsichere Tipps für Pferderennen auf der Trabrennbahn Mariendorf andreht, die einzig und allein seiner Fantasie entspringen, und ihnen auch gleich das Geld für die Wette abnimmt. Sehr schön! Auch, dass unser fiktiver Kollege Kommissar Zett dem Kerl auf die Schliche kommt.»

Werner Brink bedankte sich für das Lob. «Das sind ja alles reale Fälle, es heißt ja im Abspann auch: ‹In Zusammenarbeit mit der Berliner Kriminalpolizei.›»

«Teilweise sind die Fälle so aktuell», fügte Dörner hinzu, «dass die Hörer durch den Ansager dazu aufgefordert werden, der Polizei nach Möglichkeit bei der Aufklärung von noch unklaren Sachverhalten zu helfen.»

«Und jede Folge ist ein Straßenfeger. Nur ...», Kappe seufzte hörbar, «... kommt unsere Mordkommission leider nie zu Ehren.»

«Tut mir leid, dass in unseren Geschichten niemals eine Leiche vorkommt», sagte Werner Brink. «Aber mir geht es um die alltägliche Kriminalität und das Berliner Milieu. Wie agieren die kleinen Ganoven, was treibt sie an? Wenn Sie das große Krimi-Ballyhoo wollen, dann müssen Sie sich *77 Sunset Strip*, *Auf der Flucht* mit Richard Kimble oder *Mit Schirm, Charme und Melone* ansehen.»

Der Kollege Dörner und Werner Brink zogen weiter, und Kappe fragte sich, wie er die Zeit bis zum Feierabend totschlagen sollte. Er blieb am Fenster stehen und sah auf die Straße hinunter, bevor er an seinen Arbeitsplatz zurückkehrte.

Bald darauf traf Hans-Gert Galgenberg ein. Er kam etwas zu spät, denn er war gerade umgezogen und wohnte nun weit draußen in Steinstücken. Dort gab es günstig kleine Häuser zu kaufen, denn Steinstücken war eine West-Berliner Exklave in der DDR. Seit dem 13. August 1961 durften die Einwohner nicht mehr in die sie umgebenden Ortsteile Neubabelsberg, Babelsberg und Potsdam. West-Berlin war nun nur noch über einen Waldweg nach Kohlhasenbrück zu erreichen, wobei man aber zwei Grenzübergänge passieren musste. Nachdem es eine Reihe von Fluchtversuchen aus der DDR gegeben hatte, war Steinstücken noch stärker mit Mauer und Stacheldraht abgesichert worden als das übrige West-Berlin. Wer wollte hier schon wohnen?

Galgenberg pflegte nun zu sagen: «Im Jahre 2061 werden wir die Wiedervereinigung Deutschlands feiern, und meine Ururenkel werden mir ein Denkmal dafür setzen, dass ich ihnen ein so schönes Stück Land vererbt habe.»

«Und bis dahin halten dich die Grenzkontrollen so lange auf, dass du nicht pünktlich am Arbeitsplatz erscheinen kannst», scherzte Kappe.

Galgenberg schüttelte den Kopf. «Nein, ich habe noch eine Weile an der Bahnstrecke nach Potsdam gestanden und auf einen Postzug gewartet. Anders können doch arme Beamte wie wir nicht zu ein bisschen Geld kommen.» Er spielte damit auf den spektakulären Überfall auf einen Postzug an der Strecke Glasgow—London an, der sich vor gut einem Monat, am 8. August 1961 ereignet hatte. «Ein paar Millionen D-Mark könnte ich auch ganz gut gebrauchen.»

Kappe lachte. «Wenn du mir ein bisschen davon abgibst, verpfeife ich dich auch nicht.»

Ihre Witzeleien wurden unterbrochen, denn die Kollegen Gerhard Piossek und Günter Kynast betraten das Büro. Jürgen Rückert war momentan krank und deshalb nicht im Dienst. Galgenberg winkte ihnen nur kurz zu und verschwand dann in Richtung Kantine.

Otto Kappe wandte sich den beiden Kollegen zu. «Was verschafft mir die Ehre?»

«Bist du nicht gerade alte Fälle durchgegangen?», fragte Piossek. «Ist dir ein Fall mit einen Einbrecher in Erinnerung geblieben, der Menschen niedersticht, die ihn auf frischer Tat ertappen?»

«Es geht um den Wittenbeck, den Pharmafabrikanten, der einen Einbrecher überrascht hat und von dem mit einem Messer attackiert wurde», ergänzte Kynast. «Wir sollen uns um den Fall kümmern.»

Kappe dachte nach. «Nein, mir ist kein ähnlicher Fall untergekommen, der noch ungeklärt ist. Allerdings scheint es mir für einen Einbrecher eher untypisch, dass er jemanden niedersticht.

Normalerweise suchen die doch das Weite, wenn sie bei einem Einbruch überrascht werden. Schließlich wissen solche Kerle, dass sie für einen Einbruchdiebstahl maximal ein Jahr bekommen, für Totschlag aber leicht zehn Jahre.»

«Vermutlich ist er in Panik geraten und hat deshalb zugestochen», merkte Piossek an.

«Und wenn nun jemand, aus welchem Grund auch immer, diesen Wittenbeck ins Jenseits schicken wollte und dabei einen Einbruch nur vorgetäuscht hat?», fragte Kynast.

«Gibt es denn irgendwelche Spuren?», erkundigte sich Kappe.

Piossek zuckte mit den Schultern. «Keine verwertbaren Fingerabdrücke. Und auch keine aufgehebelten Fenster oder Türen. Der Kerl scheint Schlüssel gehabt zu haben.»

«Was für meine These sprechen könnte!», rief Kynast.

«Hm …» Otto Kappe überlegte einen Moment. «Gut, forschen wir weiter nach.»

Gisela Wittenbeck war gelernte Medizinisch-technische Radiologieassistentin, hatte aber nach der Heirat ihren Beruf aufgegeben, weil ihr Mann Angst gehabt hatte, die Nähe zu derart gefährlichen Strahlen könnte sie auf Dauer schädigen.

Für den heutigen Tag hatte sie sich eigentlich vorgenommen, sich in den Krankenhäusern und radiologischen Praxen in der Nähe ihrer Pension umzuhören, ob es dort eine freie Stelle gab. Doch von Minute zu Minute wurde sie unsicherer, ob das eine gute Idee war. Denn sie konnte sich schon vorstellen, mit was für einer Antwort sie rechnen musste: «Liebe Frau Wittenbeck, Sie waren fünfzehn Jahre lang nicht mehr in Ihrem Beruf tätig, und in dieser Zeit haben sich die Röntgendiagnostik, die Strahlentherapie und die Nuklearmedizin stark weiterentwickelt. Wir haben deshalb leider keine Verwendung für Sie.»

Gisela Wittenbeck konnte nichts aufmuntern, und sie lag am 18. September den ganzen Vormittag über nur auf dem Bett und starrte gegen die Decke. Im Radio berichteten sie unaufhörlich von der Hochzeit des Jahres. Der griechische König Konstantin II. und Prinzessin Anne-Marie von Dänemark heirateten in Athen. Sich das vorzustellen war Gift für ihre Seele, da sie selbst doch so unglücklich war.

Plötzlich klopfte jemand an ihre Tür. Sie rang sich zu einem mehr gehauchten als hörbar gesprochenen «Ja bitte!» durch.

Es war Gerda Groß, die Pensionsbesitzerin, die mit ihr das «Resi» besucht hatte. «Frau Wittenbeck, ist etwas mit Ihnen nicht in Ordnung?»

«Was soll mit mir schon sein? Kommen Sie doch herein!» Sie schaffte es, sich wenigstens auf die Bettkante zu setzen.

Gerda Groß trat ein. «Sie sehen ziemlich blass aus, gehen Sie doch mal ein bisschen an die frische Luft. In ein paar Minuten sind Sie im Preußenpark. Waren Sie denn eigentlich schon bei der Polizei, um diesen Uwe Dreetz anzuzeigen? Der ist doch garantiert ein Hochstapler, ein Gigolo.»

Gisela Wittenbeck winkte ab. «Ach, und wenn schon! Das kann ihm doch sowieso keiner nachweisen.»

Die Pensionsbesitzerin lachte. «Na, obwohl er Sie hat sitzenlassen, haben Sie sich doch in den Kerl verguckt, was?»

Gisela Wittenbeck wandte sich ab. Frau Groß hatte recht, aber sie wollte sich das nicht recht eingestehen. «Immer habe ich Pech mit den Männern. Uwe ist ein Betrüger, und mein Mann hat mich auch betrogen – mit unserer neuen Putzfrau, der Anita.» Sie hatte Mühe, ihre Tränen zurückzuhalten. «Immer muss alles kaputtgehen!»

Gerda Groß setzte sich neben sie, umarmte sie und begann mit ihrer Marlene-Dietrich-Stimme zu singen: «*Wer wird denn weinen, wenn man auseinander geht, / Wenn an der nächsten Ecke schon ein Anderer steht . . .*» Das schien erst einmal zu helfen. Die Pensionsinhaberin stand wieder auf und wandte sich zur Tür. «Ich muss jetzt noch schnell zu meiner Mutter ins Krankenhaus, und wenn ich wieder zurück bin, gehen wir zusammen ins Kino. In Ordnung?»

«Ja.»

«In der Küche steht noch etwas Schokoladenpudding, davon können Sie gerne essen.»

Gisela Wittenbeck wartete noch, bis Gerda Groß die Pension verlassen hatte, dann ging sie in die Küche, um nach dem Pudding zu sehen. Der stand noch auf dem Gasherd, der vier Kochfelder hatte. Wenn sie jetzt alle Hähne aufdrehte und kein Streichholz an die Brenner hielte, dann … Sie brauchte sich nur bequem auf den Stuhl setzen und warten, bis der Tod sie von allen Qualen erlöste.

Das Wintersemester 1964/65 hatte noch nicht begonnen, warf aber schon seine Schatten voraus. Peter Kappe hatte sich zu einem Vortrag über die *Geschichte und Praxis der Gerichtsmedizin* angemeldet, obwohl ihn der Zusatz *mit Besuchen in der Pathologie* eher abschreckte als anzog.

Es mussten die Gene seines Vaters und vielleicht auch die seines Großonkels Hermann sein, aber die Rechtspsychologie faszinierte ihn immer mehr. Sie zerfiel in zwei Bereiche: die forensische Psychologie, die sich beispielsweise mit Gutachten bei Gerichtsverfahren beschäftigte, und die eigentliche Kriminalpsychologie, bei der es um die Entstehung von Kriminalität, um deren Aufdeckung und die Prävention dagegen ging, aber auch um die Behandlung von Straftätern.

Um sein Wissen etwas zu erweitern, wollte sich Peter Kappe nun diesen Vortrag der Nachbardisziplin zur *Geschichte und Praxis der Gerichtsmedizin* anhören. Wer daran teilnehmen wollte, musste sich auf eine kleine innerstädtische Reise einstellen. Der theoretische Teil begann in der Hittorfstraße 18 in Dahlem, in einer Villa, die man dem Lehrstuhl für gerichtliche und soziale Medizin der Freien Universität Berlin überlassen hatte.

Ein Doktor Klein begrüßte die rund zwanzig Zuhörer. «Ich heiße Sie in unseren heiligen Hallen herzlich willkommen! Die Gerichtsmedizin hat in Berlin eine lange Tradition. Gerichtsärztliche Tätigkeiten können wir bereits für das 17. Jahrhundert nachweisen. Später wurde das sogenannte Stadtphysicat gegründet. Die ersten forensisch-medizinischen Vorlesungen fanden ab 1724 am Collegium medico-chirurgicum statt. Besonderes Interesse fanden damals Schusswunden. Für die Charité wurde 1811 das erste Berliner Leichenschauhaus errichtet. Ein Neubau an der Hannoverschen Straße 6 wurde dann 1886 fertiggestellt. Hier befanden sich nicht nur das Institut für Staatsarzneikunde, sondern auch das polizeiliche Leichenschauhaus und das Leichenkommissariat. Da die Hannoversche Straße heute in Ost-Berlin liegt, führen wir West-Berliner Gerichtsmediziner gerichtlich angeordnete Leichenöffnungen vorzugsweise in der Pathologie des Krankenhauses Moabit durch. Im nächsten Jahr bekommen wir aber ein neues Polizeiliches Leichenschauhaus in der Invalidenstraße. Ich bitte Sie also, mit dem eigenen Ableben noch ein wenig zu warten, damit Sie es bei der Obduktion auch wirklich feudal haben. Ehe wir uns nun an den Obduktionstisch in Moabit begeben, schnell noch etwas über den Unterschied zwischen einem Pathologen und einem Gerichtsmediziner. Verwechseln Sie die beiden bloß nicht! Ein Gerichtsmediziner wird Ihnen das nie verzeihen. Der Pathologe arbeitet in einem Teilgebiet der Medizin, die sich mit krankhaften und abnormen Vorgängen und Zuständen im Körper sowie mit deren Ursachen beschäftigt, der Gerichtsmediziner beurteilt, auf welche Weise der Tod eines Menschen eingetreten ist, und untersucht hierfür den Körper auf äußere Anzeichen von Gewalteinwirkungen, prüft Organe oder Gefäße auf Veränderungen und analysiert auch Blut-, Haar-, Speichel- und Organproben.»

Als Peter Kappe später den Sektionssaal im Krankenhaus Moabit betrat, wäre er um ein Haar umgekippt. Der Leichnam, der hier auf die Teilnehmer des Seminars wartete, war der eines Mannes von etwa sechzig Jahren. Der hatte schon einige Zeit in seiner Wohnung gelegen, bevor er gefunden worden war. Den Anblick des Toten hätte Peter Kappe noch ertragen können, so etwas kannte er ja aus Filmen – nicht aber den Geruch. Der war geradezu unerträglich. Peter Kappe lief zur Toilette, um sich zu übergeben. Als er sich wieder in die Nähe des Obduktionstisches wagte, war dem Gerichtsmediziner der Leichnam einer jüngeren Frau zur Untersuchung gebracht worden.

«Ich richte mein Augenmerk zuerst nach Befunden an der Leiche, die auf Unfall, Suizid, eine strafbare Handlung oder sonstige Gewalteinwirkung hindeuten», begann der Gerichtsmediziner. «Dazu gehören Verletzungszeichen, ungewöhnliche Injektionsmale, Erstickungszeichen, zum Beispiel punktförmige Blutungen in den Bindehäuten, Strommarken, Zeichen von Vergiftungen und die besondere Farbe, Form oder Lage der Totenflecke oder der Hautdruckstellen. Von alledem kann ich hier nichts finden. In unserem Fall haben wir es ganz offenbar mit einer selbst herbeigeführten Vergiftung durch Kohlenmonoxid zu tun. Kohlenmonoxid besetzt im Körper die Bindungsstellen für den lebenswichtigen Sauerstoff. Die Symptome der Kohlenstoffmonoxid-Vergiftung entstehen also im weiteren Sinne durch einen Sauerstoffmangel. Bei schwersten Vergiftungen kommt es zum Schock, zur Bewusstlosigkeit und zum Tod durch Überhitzung und Lähmung des Gehirns. Nur selten tritt eine kirschrote Verfärbung der Haut auf. Hellrote Totenflecke können aber auch vom Kältetod herrühren. Um das zu klären, mache ich einen Schnitt in den Oberschenkel der Toten. Ist die Muskulatur hellrot, handelt es sich um eine Kohlenstoffmonoxid-Vergiftung, ist sie dunkelrot, um einen Kältetod. Um ganz sicher zu sein, ob eine tödliche Gasvergiftung vorliegt, lassen wir im Labor die Konzentration des Kohlenmonoxid-Hämoglobins im Leichenblut bestimmen. Bei einer Kohlenmonoxid-Intoxikation ist der Anteil des Carboxyhämoglobins am gesamten Hämoglobin stark erhöht ...»

Ludwig Wittenbeck sollte aus dem Krankenhaus entlassen werden. «Ruhen Sie sich aus, und genießen Sie die Natur!», hatte der Chefarzt bei der Verabschiedung gesagt, nachdem er in der Krankenakte gelesen hatte, dass sein Patient in Kladow wohnte.

«Aber ich werde Kladow in Kürze verlassen und in die Kaubstraße ziehen, sozusagen in die West-Berliner Innenstadt. Gekauft ist das Haus schon, es muss aber noch renoviert und neu eingerichtet werden. Bisher habe ich da nicht viel mehr als ein Sofa, einen Tisch und ein paar Stühle stehen, aber in die Selbitzer Straße will ich nicht mehr zurück.»

Eben noch hatte er den lebhaften Krankenhausalltag genossen, nun war er wieder mit einem monotonen Tagesablauf und dem Alleinsein konfrontiert. Er war müde. Plötzlich verspürte er unwillkürlich eine starke Sehnsucht nach seiner Ehefrau Gisela. Von seinem Neffen Siegfried hatte er inzwischen erfahren, dass sie in der Pension Groß in der Konstanzer Straße untergekommen war. Die Nummer fand er schnell im Telefonbuch. Ohne lange über das Für und Wider eines Anrufs nachzudenken, wählte er sie. Besetzt. Auch beim zweiten Mal hörte er nur das schnelle Tuten in der Leitung. Er fluchte. Der Drang, mit jemandem zu sprechen, war zu stark, als dass er den Hörer jetzt wieder aufgelegt hätte. So rief er bei seiner Firma an, denn die Nummer kannte er auswendig.

«Pulmo Sanitatem Berlin, Hövelhoff. Guten Tag! Was kann ich für Sie tun?»

«Guten Tag, Frau Hövelhoff. Wittenbeck hier. Bitte verbinden Sie mich mit Herrn Suthfeld.»

«Schön, wieder von Ihnen zu hören, Chef. Haben Sie alles gut überstanden? Sind Sie wieder zu Hause?"

«Ja, danke, es geht mir gut, und ich werde auch bald wieder ins Büro kommen. Sie können mich jetzt in der Kaubstraße erreichen. Moment mal ...» Die neue Nummer hatte er noch nicht im Kopf, und es dauerte ein Weilchen, bis er sie ihr durchgegeben hatte. «Wenn Sie mich dann bitte durchstellen könnten ...» Wittenbeck hatte keine Lust zu einer längeren Plauderei mit einer Angestellten, die eine graue Maus war und so gar nicht seinem Beuteschema entsprach.

Endlich war sein Kompagnon in der Leitung, und auch der fragte ihn enervierenderweise nach seiner Gesundheit.

«Du hast dich zu früh gefreut, Thomas, ich bin schon wiederauferstanden aus meinen Ruinen und werde baldmöglichst wieder unter euch weilen. Wir müssen aber vorher noch abklären, ob wir die klinische Studie für unser neues Mittel, das das Natrium-cromoglicat ersetzen soll, wirklich schon am 1. November beginnen oder erst noch ein wenig über einen besseren Trockenpulverinhalator nachdenken», sagte Wittenbeck.

Sie debattierten eine Zeit lang über die richtige Vorgehensweise, dann legte Wittenbeck auf. Nun war es wieder unerträglich still in seinem «Palazzo Ludovico», wie Gisela immer gelästert hatte. Er schaltete das Radio ein, den RIAS. Da gab es gerade eine Wiederholung von *Club 18 – Jazz für alle* von und mit John Hendrik. Da Wittenbeck Liebhaber der klassischen Musik war, stellte er das Gerät schnell wieder ab.

Plötzlich klingelte das Telefon. Den Anschluss hatte er vom Vorbesitzer übernehmen können. Wahrscheinlich wieder jemand, der sich verwählt hatte, dachte er. Doch es war sein Neffe Siegfried Heideblick. «Ich bin's, Onkel Ludovici. Ich wollte mal hören, wie es dir geht.»

«Gut, danke der Nachfrage. Ich werde aber wohl nicht so schnell wieder durch Wald und Flur wandern und meinen Heideblick genießen», scherzte er.

Der Neffe lachte. «Na, dann mach es dir so lange auf deinem Sofa bequem. Das hast du schließlich von mir bekommen. *Möbelglück durch Heideblick*. Die Möbelstücke, die du ansonsten noch bestellt hast, liefern wir dir nun peu à peu. Ich hab ja den Schlüssel, aber wenn du zu Hause bist, dann umso besser.»

Sie hätten sicher noch eine Weile geplaudert, aber da wurde am Gartentor geklingelt.

Wittenbeck warf einen schnellen Blick durchs Fenster. «Ah, das ist der Monteur! Ich soll in den nächsten Tagen meine neue Gastherme bekommen, und er will sich voher alles mal ansehen.»

VIER

JÜRGEN STERLEY war Polizeireporter beim *Berliner Boulevard Blatt,* kurz *BBB.* Sein Spitzname bei Freunden und Kollegen
lautete Pfund, weil viele, die seinen Nachnamen hörten, sofort an
die britische Währung dachten, das Pfund Sterling. Tatsächlich
aber hatte Sterley seinen Namen einer Gemeinde im Kreis Herzog-
tum Lauenburg zu verdanken, aus der seine Urahnen stammten.

Bei den seriöseren West-Berliner Tageszeitungen wie *Tages-
spiegel, Morgenpost* oder *Telegraf* hätte er niemals eine Anstellung als
Polizeireporter bekommen, aber beim *BBB* wurde er geschätzt.
Seine Aufgabe war es, spektakuläre Storys über Berliner Verbrechen zu schreiben. Dabei nahm er es mit der Wahrheit nicht immer
sehr genau. Der West-Berliner Großstadtdschungel war Sterleys
Revier, und hier war er schon des Öfteren auf eine gute Geschichte
gestoßen. Aber seit über einem Jahr war ihm noch kein besonders
guter Artikel gelungen. Nicht viel von dem, über das er im Vor-
jahr berichtet hatte, war ihm im Gedächtnis geblieben. Er erinnerte
sich an den Sprengstoffanschlag gegen das sowjetische Reisebüro
Intourist am Olivaer Platz, das musste am 5. März 1963 gewesen sein. Oder an den Tod des 22-jährigen Studenten Hans-Jürgen
Bischoff fünf Tage später. Der war ums Leben gekommen, als er
eine selbstgebastelte Bombe mit einem Zünder versehen wollte.
Im Keller seines Wohnhauses Hohenzollerndamm 15 hatte die
Polizei sechs Kilo Sprengstoff gefunden. Sterley war dabei gewesen. Am 29. April hatten vier Ost-Berliner im Alter zwischen 19
und 24 Jahren mit einem LKW der NVA am Leuschnerdamm
im Bezirk Kreuzberg eine etwa vier Meter breite Bresche in die

Mauer gerissen und unversehrt West-Berlin erreicht. Auch darüber hatte Sterley ausführlich berichtet, ebenso über einen Fluchtversuch am zweiten Weihnachtsfeiertag. Da wollten zwei achtzehnjährige Jugendliche aus Neubrandenburg am Mariannenplatz nach West-Berlin flüchten. Die DDR-Grenzposten hatten das Feuer auf sie eröffnet und einen von ihnen erschossen. Sterley hatte in seinem Artikel die Ansicht vertreten, dass auch ein vom Staat beauftragter Mörder zur Rechenschaft gezogen werden müsste.

Mit Genuss hatte er eigentlich nur aus dem Moabiter Schwurgericht berichtet, als Hans-Georg Neumann wegen des «Britzer Liebespaarmordes» zu zweimal lebenslänglich Zuchthaus und dauerndem Verlust der bürgerlichen Ehrenrechte verurteilt worden war. Diese Geschichte war für Sterley das gewesen, was man gemeinhin ein «gefundenes Fressen» nennt. Neumann war als Sohn einer Prostituierten auf die Welt gekommen und in einem städtischen Waisenhaus sowie bei einer Pflegefamilie aufgewachsen. Als Jugendlicher hatte er verschiedene Diebstähle begangen, sich dann aber wieder gefangen und eine Lehre als Feinmechaniker absolviert. 1956 war er nach Kanada ausgewandert, aber fünf Jahre später wegen bewaffneter Banküberfälle verurteilt und nach Deutschland abgeschoben worden. Am 13. Januar 1962 schließlich hatte er im West-Berliner Ortsteil Britz ein in einem geparkten Auto sitzendes Liebespaar entführt und es mit einem Revolver erschossen.

Nach solchen Storys gierte Jürgen Sterley geradezu. Aber auf eine Sensation hoffte er an diesem Montag, dem 21. September, nicht, als ihn das *BBB* am Nachmittag nach Kladow zu Ludwig Wittenbeck schickte. Der sei gerade aus dem Krankenhaus entlassen worden. Dass ein Firmeninhaber von einem Einbrecher niedergestochen worden war, fand Sterley zum Gähnen. Aber er hatte nun mal die Aufgabe bekommen, darüber einen Artikel zu schreiben. Also setzte er sich in seinen Fiat 600 D, der ihn immerhin 4410 D-Mark gekostet hatte.

Sterley wohnte im Spandauer Ortsteil Hakenfelde, genauer gesagt in der Streitstraße. Von da waren es bis nach Kladow an die fünfzehn Kilometer. Für Berlin war das nicht viel, für einen geborenen Lübecker eine ganze Menge, da wäre er schon am Timmendorfer Strand gewesen und hätte baden können.

Kladows Wahrzeichen war die alte Dorfkirche, die auf einem kleinen Hügel errichtet worden war. Von dort hatte man es nicht weit zur Anlegestelle, von der die Fähre nach Wannsee übersetzte. Den Flughafen der britischen Schutzmacht hatten sie Gatow zugeschlagen, warum auch immer.

Auf der Fahrt erinnerte sich Sterley an ein anderes Kleinod dieses Ortsteils, das «Schloss» Brüningslinden, das dicht an der Grenze zur DDR lag. Es galt als eine der schönsten Gaststätten Berlins, da man von dort aus eine fantastische Aussicht auf die Havel und ihre Seen genießen konnte. Es war ein kleiner Umweg, aber bevor Sterley Wittenbeck einen Besuch abstattete, stärkte er sich dort erst einmal mit einem «kühlen Blonden», also einem frischgezapften Pils. Einige Gäste, anscheinend Leser des *BBB*, erkannten ihn und sprachen ihm Lob für seine guten Artikel aus.

Mit einer halben Stunde Verspätung machte er sich dann auf zu Ludwig Wittenbeck. Nur Kleingeister waren pünktlich. Er hielt sich diesbezüglich streng an Oscar Wilde: *Pünktlichkeit stiehlt uns die beste Zeit.* Über die Sakrower Landstraße erreichte er den Ritterfelddamm, von dem links die Selbitzer Straße abzweigte. Er stellte das Auto am Straßenrand ab und klingelte bei Wittenbeck. Einmal, zweimal – nichts. Sollte Wittenbeck doch noch nicht aus dem Krankenhaus entlassen worden sein?

In diesem Augenblick rief ein Nachbar hinter ihm. «Der Wittenbeck wird in der Kaubstraße sein, da hat er sich 'n neues Haus gekauft. Was wolln Se denn von dem?»

«Ich bin von der Presse.»

«Ich geb Ihnen mal die genaue Adresse.»

Sterley bedankte sich und fluchte dann leise, anscheinend hatte man ihm eine falsche Anschrift genannt. Erst einmal studierte er den Stadtplan, denn von einer Kaubstraße hatte er noch nie etwas gehört. Aha, sie lag am Fehrbelliner Platz, zwischen dem Hohenzollerndamm und der Berliner Straße. Er startete den Motor erneut und fuhr Richtung Innenstadt.

Ludwig Wittenbeck machte ihm wegen seiner Verspätung keine Vorwürfe. Er schien froh zu sein, dass ihn überhaupt jemand besuchte. Das machte einen Journalisten wie Jürgen Sterley natürlich neugierig.

«Nach der Messerattacke in Ihrer Firma fühlen Sie sich nicht ganz wohl so ganz allein, oder?», erkundigte er sich.

Wittenbeck versuchte, gelassen zu wirken, konnte aber nicht verhindern, dass sich sein Gesicht schmerzvoll verzog. «Nun, seit meine Frau nicht mehr da ist …»

«Ist sie gestorben?»

«Nein, das nicht … Sie hat mich verlassen … Aber lassen wir das …» Wittenbeck führte Sterley in sein Wohnzimmer, in dem aber nur zwei alte Stühle und ein nagelneues Sofa standen, bat ihn, Platz zu nehmen, und bot ihm einen Whisky vom Feinsten an. Der stand schon auf dem Fensterbrett, zwei Gläser daneben.

Sterley bedankte sich und ließ sich dann noch einmal schildern, wie ihn der Einbrecher mit dem Messer attackiert hatte.

«Meinen Sie, er hat im Affekt gehandelt, weil er Angst hatte, Sie rufen die Polizei? Oder haben Sie das Gefühl, dass der Mann bei Ihnen eingebrochen ist, um Sie zu ermorden?»

Wittenbeck schloss die Augen. Es war ihm anzusehen, wie sehr ihn die Erinnerung quälte. «Ich weiß nicht genau … Beides könnte möglich sein.»

Sterley merkte, wie schwer es Wittenbeck fiel, über dieses Thema zu sprechen, und stellte deshalb eine andere Frage. «Haben Sie denn schon eine Belohnung zur Ergreifung des Täters ausgesetzt?»

«Ja, natürlich, tausend Mark.»

Sterley sah auf seinen Notizblock. «Sie sind doch Inhaber einer Pharmafirma. Könnte es sein, dass jemand hinter einer Ihrer neuen Rezepturen her gewesen ist – Stichwort Industriespionage?»

Wieder überlegte Wittenbeck sehr lange. «Tja, wir arbeiten

gerade an einem neuen Mittel gegen den allergischen Schnupfen auf der Basis von Cromoglicinsäure. Das wäre eine Weltneuheit und könnte viel Geld einbringen.»

Sterley bedankte sich, sagte dann aber, dass er sich kaum vorstellen könne, dass jemand einen Mord begehen würde, um an die Rezeptur für ein neues Mittel gegen Heuschnupfen zu gelangen. «Haben Sie denn viel Geld im Firmentresor aufbewahrt, Herr Wittenbeck?»

«Viel nicht, aber doch etwas. Und auch ein wenig Schmuck, damit meine Frau … Ach, lassen wir das! Aber die Diebe sind ja ganz scharf auf unsere elektrischen Schreib- und Rechenmaschinen. Wir haben gerade von IBM zwei Schreibmaschinen mit Kugelkopf gekauft.»

Sterley war immer noch ratlos, wie er mit diesen Informationen einen Artikel über Wittenbeck bestreiten sollte, der für das *BBB* reißerisch genug war. Was er bisher herausgefunden hatte, gab kaum etwas her.

Da klingelte es an der Haustür. Wittenbeck verließ das Zimmer, und Sterley blieb allein zurück. Insgeheim hoffte er auf einen Killer, dann hätte er etwas zu berichten gehabt. Die Wohnzimmertür war angelehnt, und er bekam mit, dass es sich bei dem Gast nur um Thomas Suthfeld handelte. Über den hatte sich Sterley schon informiert und wusste, dass er Wittenbecks Geschäftspartner war. Er lauschte dem Gespräch der beiden.

«Du, Ludwig, ich bin im Augenblick ziemlich klamm und brauche dringend fünfhundert Mark», hörte Sterley Suthfeld in der Diele sagen.

Dann wurde nur noch geflüstert. Sterley schlich zur Zimmertür, um besser hören zu können. Doch die beiden sprachen kein Wort mehr miteinander. Sterley verfolgte durch den Türspalt, wie Wittenbeck eine Aktentasche öffnete, die hinter einigen Farbeimern versteckt war, etwas herausnahm und es Suthfeld gab. Dann verabschiedete sich Suthfeld von Wittenbeck. Der kam zu Sterley zurück, um ihr Gespräch fortzusetzen.

Sterley erkundigte sich zum Schluss noch einmal, ob Wittenbeck so alleine in dem leeren Haus denn keine Angst habe.

Wieder zögerte Wittenbeck mit einer Antwort. «Im Prinzip schon, aber … Ich werde nachher einen guten Freund besuchen, Max Bugsin, der wohnt gleich um die Ecke, in der Koblenzer Straße. Und danach treffe ich mich mit meinen Sauna-Freunden zum Skatspielen. Außerdem gibt es gegen Ängste heutzutage gute Tabletten.»

«Falls Sie doch lieber mit einem Fachmann über das reden möchten, was Ihnen geschehen ist – ich kenne da eine ganz vorzügliche Psychologin: die Charlotte Storkau in der Mommsenstraße», sagte Sterley vertraulich. «Ich lasse Ihnen einfach mal die Adresse hier.»

Uwe Dreetz hatte sich während seiner Liaison mit Gisela Wittenbeck nicht nur Nachschlüssel für die Firmenräume ihres Mannes anfertigen lassen, sondern auch für dessen Villen in Kladow und der Kaubstraße. «Ich brauche also nicht mal einen Einbruch zu begehen», hatte er Freunden grinsend erklärt. «Denn ich breche ja nichts auf, um in sein Haus zu kommen, keine Türen, keine Fenster.»

Nach dem missglückten Versuch in der Firma, bei dem ihn Wittenbeck überrascht hatte, wollte er nun dessen neuer Villa in der Kaubstraße einen Besuch abstatten. Aber dieses Unternehmen gestaltete sich schwieriger als zunächst gedacht. Erstens durfte niemand im Haus sein, und zweitens durfte ihn keiner beim Aufschließen von Gartentor und Haustür beobachten. Nachbarn waren schließlich neugierig und misstrauisch. Also hatte sich Dreetz etwas einfallen lassen müssen, das heißt, sein Freund Manni hatte sich etwas einfallen lassen. «Bei uns inne Fuldastraße valejen se neue Telefonkabel und ham übam Kabelschacht 'n Zelt uffjebaut, det dit nich rinrejnet. Det bauste nachts einfach ab, fährst damit in die Kaubstraße und baust et da vor det Haus, in det de rinnwillst, wieda uff», hatte der erklärt.

«Prima Idee», hatte Dreetz geantwortet.

«Ick komm jerne mit», hatte Manni angeboten, doch das hatte Dreetz nicht gewollt.

Nun saß er in der Kaubstraße vor Wittenbecks Villa in einem Zelt der Post und mimte den Telegrafenbauhandwerker. Das alles war ziemlich langweilig, aber da musste er durch, denn bei Wittenbeck gab es sicherlich eine Menge zu holen. Ein Lieferwagen, den Dreetz ebenfalls gestohlen hatte, stand ganz in der Nähe in der Mansfelder Straße.

Wittenbeck hatte längeren Besuch von einem Mann. Dreetz war sich sicher, dass er den schon einmal gesehen hatte. Aber wo? Ein Zweiter, der ausgesehen hatte wie ein Geschäftsmann, war gekommen und nach kurzer Zeit wieder gegangen.

Dreetz hoffte, dass Wittenbeck in Bälde das Haus verlassen würde, möglichst zusammen mit seinem Besuch. Anderenfalls gab es für Dreetz nur zwei Möglichkeiten: Entweder blies er die Sache für heute ab, oder er wartete, bis Wittenbeck schlafen gegangen war. Letzteres konnte allerdings noch eine Weile dauern, denn es war gerade einmal achtzehn Uhr. Dreetz gähnte. Hätte er doch Manni mitgenommen! Dreetz setzte sich auf einen Schemel und las in seinem mitgebrachten Jerry-Cotton-Heft, das den Titel *Das Todeslied der Unterwelt Teil 1* trug. Kein gutes Omen, fand Dreetz.

Gisela Wittenbeck war mit einer Kohlenmonoxid-Vergiftung ins Sankt-Gertrauden-Krankenhaus eingeliefert worden. *Schwindel, Bewusstseinsstörungen, Schlaffheit, Lähmung und Rosafärbung der Haut* hatte man in ihre Krankenakte geschrieben. Man hatte sie sofort mit reinem Sauerstoff beatmet, was als *hyperbare Oxygenation* vermerkt worden war, und eine Störung des Säure-Basen-Haushalts, von Ärzten Azidose genannt, mit Bikarbonat ausgeglichen.

«Wie ist denn das passiert?», hatte man sie gefragt.

«Das weiß ich auch nicht. Ich wollte mir in der Küche meiner Pension Teewasser aufsetzen und habe den Knopf für die rechte Flamme am Gasherd herumgedreht. Und bevor ich das Streichholz anzünden konnte, ist mir schwarz vor Augen geworden, und ich bin umgekippt», hatte sie geantwortet.

Das war aber nur die halbe Wahrheit. In Wirklichkeit hatte sie den Gashahn aufgedreht, um ihrem Leben ein Ende zu setzen. Aber die Pensionswirtin hatte sie ein paar Minuten zu früh gefunden.

Jetzt lag Gisela Wittenbeck bewegungslos da und starrte gegen die Decke ihres Krankenzimmers. Es gab für sie keine Zukunft mehr. Sie hatte alles verloren – das alte Haus in Kladow, das neue Haus in der Kaubstraße, ihren Mann, ihren Beruf. Sie war nur noch ein menschliches Wrack. Und zu alt, um einen neuen Partner zu finden. Nur Gigolos und Kriminelle hatten es noch auf sie abgesehen. Es hieß ja, die Hoffnung stürbe zuletzt. Aber für sie war auch die gestorben. Aus und vorbei. Vielleicht gab es ein Leben nach dem Tod oder eine Wiederkehr auf die Erde in einem anderen Körper, überlegte sie.

Als sie an ihren Mann dachte, packte sie die Wut. Während sie beinahe das Zeitliche gesegnet hätte, hatte der sich vielleicht mit seiner neuen Geliebten im Bett vergnügt. Gott, ein unerträglicher Gedanke! Voller Rachelust stellte sie sich vor, wie sie Ludwig mit seiner Geliebten im Bett liegen sah und mit einer kleinen Pistole auf ihn feuerte. Und wenn sie sich keine Pistole beschaffen könnte, dann würde sie sich eben ins Haus schleichen und den Schlauch vom Gasherd abziehen. Diese Fantasie gab ihr wieder Kraft.

Das merkte auch Gerda Groß, die ihr einen Besuch abstattete. «Im Geheimen habe ich ja überlegt, ob es vielleicht gar kein Unfall war, sondern Sie … Aber wenn ich Sie so sehe, ganz quietschvergnügt …»

«Mir geht es ja auch wieder blendend», behauptete Gisela Wittenbeck.

«Na, dann können Sie sich ja bald eine eigene Wohnung nehmen. Sie können nicht ewig in meiner Pension leben», sagte Gerda Groß. «Ich habe da schon etwas für Sie entdeckt.»

Siegfried Heideblick hatte an diesem Morgen gute Laune, denn er schien zwei dicke Fische an der Angel zu haben.

«Sie strahlen ja so. Haben Sie etwa Karten für das Spiel Hertha BSC gegen Eintracht Frankfurt am Sonnabendnachmittag?», fragte dann auch Olaf Nonnenfürst.

Heideblick verneinte das. «Zu Hertha gehe ich nicht mehr, die verlieren immer und können froh sein, wenn sie nicht absteigen. Nein, Nonnenfürst, wenn ich Glück habe, kriege ich zwei Aufträge: einen vom Roxy-Kino im ehemaligen Mercedes-Palast und einen von der Albert-Schweitzer-Schule.»

«Die Schule kenne ich, aber von dem Mercedes-Palast habe ich keine Ahnung», musste Nonnenfürst eingestehen.

Heideblick hatte gerade etwas über den Mercedes-Palast in der Zeitung gelesen und sich das als geborener Neuköllner auch gemerkt. «Der Mercedes-Palast war einmal das größte Kino-Varieté Europas, er wurde 1927 eröffnet und verfügte über zweitausend Plätze. Die Preise waren sehr moderat, und es gab sogar eine Stehbierhalle für das einfache Volk. Im Zweiten Weltkrieg ist das Gebäude dann durch Fliegerbomben stark zerstört worden, 1954 wurde das Kino aber wieder als Europa-Palast in Betrieb genommen. 1955 entstand dann durch das Einziehen einer Zwischendecke das Roxy.»

Und dorthin machten sie sich nun zu Fuß auf den Weg. Als sie im Roxy ankamen, war der Geschäftsführer noch nicht vor Ort, aber ein Student, der hier in den Semesterferien arbeitete und sich gelegentlich etwas Kleingeld mit Kulturführungen durch Neukölln verdiente, verkürzte ihnen die Wartezeit mit seinen Erzählungen.

«Wissen Sie, was hier am Abend des 20. Januar 1931 passiert ist?», fragte er die beiden.

Heideblick lachte. «Nee, da war ich gerade einmal zwei Jahre alt.»

Der Student ließ sich nicht beirren. «Gespielt wurde an diesem Tag *Zwei Menschen*, ein schwülstiges deutsches Liebesdrama von Erich Waschneck, der bei der Verfilmung der *Buddenbrooks* als Kameramann gearbeitet hatte. Anschließend erfreute die Tanzcombo Zwölf Argentinos die dreitausend Zuschauer mit dem Tango *A Media Luz, Im Zwielicht*. Und im Zwielicht blieb auch bis heute, was anschließend geschehen ist: Um 21.40 Uhr fand eine Kartenverkäuferin den Geschäftsführer Ernst Schmoller tot in seinem Büro. Zuerst tippte man auf einen Herzschlag, dann entdeckte man aber unterhalb seines Kehlkopfs eine kleine Schusswunde. Es sah nach einem Raubmord aus, denn der Tresor stand offen, und es fehlte eine Menge Geld. Die Ermittlungen leitete ein Kriminalkommissar mit dem Namen Müller, genannt Leichen-Müller. Müller tappte im Dunkeln, schoss sich aber auf den Artisten Karl Urban ein, der vordem Bühnenmeister bei Mercedes gewesen war und nun als Fänger einer Trapeztruppe arbeitete. Er hatte ein Alibi, das aber nicht ganz hieb- und stichfest war, und Schulden noch und noch. Dabei führte er einen luxuriösen Lebenswandel, das heißt, er trug kostspielige Kleidung und hielt sich gern in vornehmen Lokalen auf. Mit hoher Wahrscheinlichkeit war Urban kein Mörder, er legte aber dennoch ein Geständnis ab und wanderte für acht Jahre ins Zuchthaus.»

«Das sollten sie mal bei *Es geschah in Berlin* bringen und nicht immer nur von den kleinen Eierdieben berichten», sagte Nonnenfürst.

«Ich bin Kriegskind», erwiderte Heideblick. «Ich habe zu viele Tote gesehen, ich mag keine Kriminalromane.»

Dann erschien endlich der Geschäftsführer. Er bat Heideblick und seinen Vertreter, in seinem Büro Platz zu nehmen.

«Ja, mein lieber Herr Heideblick», begann er schließlich, nachdem ihnen die Sekretärin Kaffee gebracht hatte, «ich habe leider keine guten Nachrichten für Sie. Es lohnt sich für mich nicht mehr, das Roxy mit einem neuen Gestühl auszustatten, denn die Eigentümer haben soeben beschlossen, hier alles umzugestalten. Man munkelt, dass das gesamte Gebäude zu einem Warenhaus umgebaut werden soll. Dann gibt es für unsere Kinos keinen Platz mehr. Bald werden sowieso alle nur noch zu Hause vor dem Fernseher sitzen, und es wird ein großes Kinosterben geben.»

Heideblick hatte mehrmals hart schlucken müssen. Als sie wieder unten auf der Straße standen, tröstete er sich und Nonnenfürst damit, dass sie ja noch ein zweites Los in der Trommel hatten: die Albert-Schweitzer-Schule. Um die zu erreichen, brauchten sie nur die Hermannstraße hinunterzugehen. Nachdem sie die Flughafen- und die Biebricher Straße gekreuzt hatten, kamen sie am Alten Sankt-Jacobi-Friedhof vorbei.

«Hier liegen meine Eltern», sagte Heideblick. «Und wer weiß, wie lange wir noch ...»

«Hören Sie auf, so pessimistisch zu sein!», rief Nonnenfürst und zitierte einen Reim von Fontane: «*Die Tränen lassen nichts gelingen: / Wer schaffen will muß fröhlich sein.*»

So erreichten sie die Albert-Schweitzer-Schule und lasen im Foyer das große Credo des berühmten Arztes: *Ehrfurcht vor dem Leben.* Im Zimmer des Rektors mussten sie einen Augenblick warten. Heideblick trat ans Fenster, von dem man auf den Friedhof hinuntersehen konnte. Der Grabstein seiner Eltern war deutlich zu erkennen.

Begraben musste er schließlich auch seine Hoffnung, von der Albert-Schweitzer-Schule einen Großauftrag für neue Schulmöbel und die Neuausstattung der Aula zu erhalten. «Tut mir leid, Herr Heideblick, aber der Stadtrat hat die Mittel nicht freigegeben», erklärte der Direktor.

Heideblick fühlte sich wie ein Boxer, der nach einer krachenden Rechten seines Gegners gerade zu Boden gegangen war und angezählt wurde. Er rappelte sich noch einmal auf. Als sie wieder draußen auf der Karl-Marx-Straße standen, war ihm aber immer noch ein wenig mau.

«Und was tun wir nun, Chef?», fragte ihn Nonnenfürst.

«Ich weiß es nicht. Zunächst einmal muss ich aber ins Gertrauden-Krankenhaus, um meine Tante Gisela zu besuchen.»

FÜNF

EINE RIESIGE KONGRESSHALLE. Ludwig Wittenbeck sah sich auf das Rednerpult zugehen. Die Gesichter der Zuschauer ähnelten beigefarbenen Fußbällen. Tausende von Augen waren auf ihn gerichtet. Der Schweiß rann ihm die Stirn hinunter und brannte in den Augen. Dann begann er zu reden. «Der Mensch ist keine Ente, / darum nimmt er Medikamente. / Von Berlin bis zu den Molukken / sieht man alle Pillen schlucken.» Der Saal brach in Gelächter aus. «Du hast ja 'ne Macke!», schrien die Zuschauer. «Ab in die Psychiatrie!»

Da erwachte Wittenbeck. Dieser Albtraum hatte ihn schon des Öfteren gequält. Ihm folgte prompt die nächste Panikattacke. Er fing an zu zittern, verspürte Schmerzen und Druck in der Brust, sein Herz schlug so schnell, als hätte er gerade das Matterhorn erklommen, und er bekam kaum noch Luft. «Gisela, meine Tabletten!», rief er, doch dann fiel ihm ein, dass ihn seine Frau verlassen hatte. Er musste sich seine Tabletten selbst holen. Sie lagen in einem kleinen Schränkchen im Bad. Doch als er aufstehen wollte, wurde ihm so schwindlig, dass er sich wieder auf die Bettkante setzen musste.

Nach etwa fünf Minuten, die ihm wie eine Ewigkeit vorkamen, ebbte der Panikanfall wieder ab. Es war 5.22 Uhr. Viel zu früh, um aufzustehen, aber im Bett zu bleiben wagte er auch nicht. Denn dann würde er wieder einschlafen, und der nächste fürchterliche Traum würde ihn heimsuchen. Die Angst vor der Angst ließ ihn nicht mehr los. Vielleicht sollte er spazieren gehen. Aber zu dieser frühen Stunde durch die Heide zu wandern kam für ihn einem Suizid gleich. Womöglich hielt ihn noch ein Jäger für ein Wildschwein und schoss ihn ab. Oder ein Bankräuber, der gerade seine Beute vergrübe, erschlüge ihn, weil er meinte, entdeckt worden zu sein. Oder eine altersschwache Kiefer fiel um und erschlug ihn. Gott, hätte er doch nur in der Kaubstraße übernachtet! Aber ganz so schnell wie erhofft konnte er sich nicht von Kladow lösen.

Ein Spaziergang in der Gatower Heide kam also nicht infrage, aber zu Hause hielt er es auch nicht mehr aus. Jeden Augenblick schien ihm der Kopf zu platzen. Am besten, er setzte sich in seinen Wagen und fuhr zur Havel hinunter. Da waren immer Leute, die auf die erste Fähre hinüber zum S-Bahnhof Wannsee warteten. Nein, nicht da hinunter! Vielleicht rutschte er aus, fiel ins Wasser und ertrank. Was also dann? Alle Tabletten, die er hatte, auf einmal schlucken? Er war schon auf dem Weg zum Schränkchen, als plötzlich Sturm geklingelt wurde. Er eilte zum Fenster, zog die Gardine ein Stück zur Seite und sah auf die Straße hinaus. Da stand eine Taxe, der Fahrer war ausgestiegen, um am Gartentor zu schellen.

Wittenbeck riss das Fenster auf. «Das muss ein Irrtum sein, ich habe keine Taxe bestellt!»

«Der Wagen ist aber telefonisch vorbestellt worden, und ich bin extra aus Spandau hergekommen.»

«Gott, ja!» Wittenbeck fasste sich an den Kopf. «Entschuldigung, das habe ich glatt vergessen.» Er hatte sich eine Taxe bestellt, um nicht selbst zu dem Termin bei der Psychologin fahren zu müssen, die ihm dieser merkwürdige Polizeireporter empfohlen hatte. Er hatte befürchtet, zu aufgeregt zu sein, um selbst Auto zu fahren. Deshalb hatte er vor der Therapiestunde um neun Uhr auch noch irgendwo in der Stadt frühstücken wollen. «Warten Sie bitte, ich muss mich nur schnell rasieren und anziehen, dann fahre ich mit Ihnen in die Innenstadt.» Endlich würde er der Hölle, zu der seine Villa in Kladow geworden war, entkommen.

Kurze Zeit später stieg Wittenbeck also in die Taxe. Beim Frühstück in einem Café am Savignyplatz wurde er wieder ruhiger.

Er nahm sich eine der ausliegenden älteren Zeitungen, schlug sie auf und staunte, wie viel über Ost-Berlin und die DDR berichtet wurde. Im Chemischen Institut der Ost-Berliner Humboldt-Universität hatte es ein dreitägiges «Walther-Nernst-Gedächtnis-symposium» gegeben. Er überlegte, wann und wo ihm dieser Walther Nernst in seinem Studium einmal begegnet war. Natürlich, beim Thema Giftgaseinsatz im Ersten Weltkrieg! Nernst hatte die T-Hexa-Granaten entwickelt, in denen Triphosgen mit Pyridin kombiniert war. Für Wittenbeck war Nernst ein Kriegsverbrecher, und er konnte nicht verstehen, dass die DDR ausgerechnet diesem Mann ein Denkmal setzte und einen Hörsaal der HU nach ihm benannte. Schnell blätterte er weiter. Im Metropol-Theater in der Friedrichstraße führten sie das Musical *Mein Freund Bunbury* von einem gewissen Gerd Natschinski auf. Der Name sagte ihm nichts. Im nächsten Artikel las er, dass der neuerbaute Amtssitz des Staatsrates der DDR am Marx-Engels-Platz seiner Bestimmung übergeben worden war. Wittenbeck wünschte sich den Tag herbei, an dem das Gebäude wieder abgerissen wurde. Immerhin kam er beim gedanklichen Ausflug nach Ost-Berlin ein wenig von seinen düsteren Gedanken los.

Langsam wurde es Zeit, zu bezahlen und sich auf den Weg zu der Psychologin zu machen. Vom Savignyplatz bis zur Mommsenstraße war es nur ein Katzensprung – unter der Brücke mit den Gleisen der Stadtbahn hindurch, dann ein Stück die Knesebeckstraße hinunter. Vor den Läden, die in den S-Bahn-Bögen untergebracht waren, blieb er länger stehen, denn irgendwie fürchtete er die erste Sitzung bei der Psychologin. Einem anderen Menschen gegenüber sein geheimstes Inneres zu offenbaren widerstrebte ihm. Doch es musste sein!

Er fand die Adresse, die ihm Jürgen Sterley genannt hatte, auf Anhieb. Das Praxisschild war auch kaum zu übersehen. Charlotte Storkau residierte in einem noblen Altbau aus der Gründerzeit. Es gab sogar einen Fahrstuhl. Wittenbeck hatte aber Angst, in der engen Kabine jemandem zu begegnen, der sich sein Gesicht einprägte. Noch schlimmer wäre es gewesen, einen Kunden zu treffen. Er hörte schon den Spott der Leute: «Es war ja schon immer klar, dass der Wittenbeck 'ne Macke hat.»

So in Gedanken versunken, war er überrascht, als ihm Charlotte Storkau die Tür öffnete. Ihr Körperumfang hätte für drei gereicht, und im Vergleich mit ihr hätte man Tamara Press, die sowjetische Kugelstoßerin und sichere Goldmedaillenkandidatin für die in Kürze beginnenden Olympischen Sommerspiele in Tokio, als schlank bezeichnen können. O Gott, dachte Wittenbeck, da gehst du zu einer Psychologin, die selbst dringend zu einer Therapie gehen sollte! Am liebsten wäre er auf der Stelle wieder umgekehrt, aber das traute er sich dann doch nicht.

Charlotte Storkau lächelte. «Sie sind Herr Wittenbeck, Ludwig Wittenbeck?»

Wittenbeck wollte besonders witzig sein, fasste sich an den Kopf und machte ein ratloses Gesicht. «Keine Ahnung, da muss ich erst einmal meinen Ausweis …» Er fischte ihn aus der Innentasche seines Jacketts. «Ja, in der Tat, Ludwig Wittenbeck, geboren am 11. November 1918 in Ferch. Von Beruf Farmer … nein, Pharmazeut.»

Charlotte Storkau lächelte noch eine Spur professioneller. «Ich danke Ihnen für diesen Einstieg, Herr Wittenbeck. Schon mein Professor sagte immer: Je verzweifelter ein Mensch stets witzig sein will, desto verzweifelter und einsamer sieht es hinter seiner Fassade aus.»

Nun lächelte auch Wittenbeck. «Eins zu null für Sie. Und wie heißt der Fachterminus dafür?»

«Meines Wissens gibt es den nicht. Vielleicht ist das Phänomen verwandt mit dem Lachzwang, der tritt ebenfalls in äußerst unpassenden Momenten auf. Und der Lachkrampf ist ein typischer Affektkrampf. Allerdings ist es eine Legende, Lachen könne zum Tod führen – gemäß der Wendung, jemand würde sich totlachen.»

Wittenbeck sah sie staunend an. «Dann kann also ein Mensch

wirklich an etwas erkrankt sein, für das die Wissenschaft keinen Fachterminus hat?»

«Ja. Aber kommen Sie, setzen Sie sich.» Sie führte Wittenbeck in ein Zimmer, in dessen einer Ecke er Spielzeug entdeckte.

«Soll ich jetzt aus Bauklötzen ein Türmchen bauen?»

«Wieder dieser Zwang zur Heiterkeit. Nein, ich behandle auch Kinder. Und meine Antwort auf Ihre nächste Frage lautet: Nein, Sie müssen sich nicht auf die Couch legen, Sie können sich auch in den Sessel hier setzen.» Als Wittenbeck das getan hatte, fuhr sie fort: «Warum sind Sie zu mir gekommen?»

«Ja nun … Wo soll ich anfangen?» Wittenbeck musste tief Luft holen. «Meine Ängste …»

«Wovor?»

«Vor allem, vor jedem, vor mir selbst.»

Charlotte Storkau nickte und machte sich Notizen. «Wir sagen generalisierte Angst dazu. Sie macht sich schleichend bemerkbar. Die innere Anstrengung wächst, die Unruhe wird größer, die Gedanken rasen hin und her, schaukeln sich auf, überlagern sich.»

Wittenbeck nickte. «Ja, so beginnt es, und dann wird es immer schlimmer, bis ich total in Panik gerate.» Er erzählte der Therapeutin von seinem Traum am Morgen. «Ich habe Angst vor Situationen, bei denen ich im Zentrum der Aufmerksamkeit stehe und mich so verhalten könnte, dass es peinlich und beschämend ist.»

Charlotte Storkau lächelte wieder. «Dafür haben wir sogar einen wissenschaftlichen Terminus: soziale Phobie.» Sie sah auf ihren Notizzettel. «Ist denn die soziale Phobie der Hauptgrund dafür, dass Sie mich aufgesucht haben?»

«Nein. Vielleicht haben Sie es in der Zeitung gelesen: Ich wurde in meiner Firma niedergestochen. Und seitdem habe ich keine ruhige Minute mehr. Die Polizei meint, es war ein Einbrecher, der im Affekt gehandelt hat, weil ich ihn überrascht habe. Ich glaube aber eher, dass man mich ermorden wollte. Denn Feinde habe ich genug.»

«Und wer wäre das?»

Wittenbeck zögerte mit einer Antwort, hatte aber dann doch den Mut sich zu öffnen. «Da ist zuerst einmal mein Geschäftspartner, Thomas Suthfeld. Nach außen hin sind wir gute Freunde, aber Sie kennen das ja aus der Politik: Feind, Todfeind, Parteifreund. Nicht anders ist es im Geschäftsleben. Er ist herrschsüchtig, weiß alles besser, was die Pharmazie betrifft, obwohl er nur Betriebswirt ist. Und mir kommt es so vor, dass er die Firma am liebsten alleine führen würde. Er geht über Leichen, wenn es sein muss. Er war schließlich Soldat und hat das Töten gelernt.»

«Da kann man ja wirklich Angst bekommen», räumte Charlotte Storkau ein. «Und wer könnte es noch auf Sie abgesehen haben?»

«Vor allem meine Ehefrau Gisela. Sie ist gerade aus unserer gemeinsamen Villa ausgezogen und wohnt nun, wie ich hörte, in einer Pension. Sie gibt mir die Schuld an ihren Depressionen und, wie sie sagt, an ihrem verpfuschten Leben. Ich weiß, dass sie mir die Pest an den Hals wünscht. Es stimmt, ich habe mich mit Anita vergnügt, aber deshalb kann sie mich doch nicht einfach verlassen … Dann ist da noch ein Angestellter, ein Chemiker, den ich vor Kurzem gefeuert habe, der Gerhard Glimbach. Er meint, ein Genie zu sein, ist aber in Wirklichkeit ein ausgemachter Trottel. Er hat gedroht, mir einen Killer ins Haus zu schicken. Dann ist da noch der Vermieter unserer Firmenräume, Bernd Edewecht. Denn der hat einen Interessenten an der Hand, der die doppelte Miete zahlen will, aber ich will die Räumlichkeiten um keinen Preis verlassen.»

Charlotte Storkau fragte ihn noch nach Details zu den genannten Personen und notierte sich alles. Wittenbeck konnte ihr ansehen, dass sie ein wenig ratlos war. Vermutlich überlegte sie, ob das alles schon eine Sache für die Kriminalpolizei war oder ob er sich nur in etwas hineinsteigerte. «Sie sollten jetzt erst einmal ein Neuroleptikum einnehmen. Ich kann Ihnen da etwas verschreiben. Und dann wäre es gut, wenn Sie sich für, sagen wir, drei Wochen Ruhe gönnen und Urlaub nehmen.»

Wittenbeck bedankte sich und verließ, nachdem sie den nächsten Sitzungstermin ausgemacht hatten, die Praxis von Charlotte Storkau mit einem guten Gefühl. Die Psychologin hatte ihm noch geraten, das Wochenende nicht allein zu verbringen. Deshalb rief er seinen Neffen an, als er an einer Telefonzelle vorbeikam.

«Du, Siegfried, wir haben uns ja lange nicht gesehen, hast du an diesem Sonnabend Zeit?»

«Ute und ich sind eigentlich bei meinem Vertreter eingeladen, dem Nonnenfürst. Der hat eine Laube in der Kolonie Erlengrund. Aber du kannst gerne mitkommen, ehe dir zu Hause die Decke auf den Kopf fällt.»

Wittenbeck überlegte einen Augenblick, dann antwortete er: «Also gut. Wo treffen wir uns?»

«Um drei Uhr vor dem Johannesstift. Ich muss dort noch zwei Stühle abliefern.»

Ute Heideblick war nicht begeistert, als sie erfuhr, dass der Onkel ihres Mannes sie am Wochenende begleiten sollte. «Du weißt, dass ich mit deinem Onkel nicht zurechtkomme. Der erinnert mich an einen Kollegen in unserer Schule. Der war immer sehr freundlich zu allen Frauen und hat mit ihnen geflirtet – und dann hat er seine eigene Ehefrau fast erwürgt.»

Heideblick guckte böse. «Du kannst doch so einen Kerl nicht mit Onkel Ludwig vergleichen!»

«Und warum ist deine Tante dann ausgezogen?»

«Keine Ahnung.»

Ute Heideblick hatte ihr Urteil über Ludwig Wittenbeck längst gefällt. «Geld verdirbt den Charakter. Und so steinreich, wie dein Onkel ist, muss er schon ziemlich verdorben sein. Kein Wunder, dass es deine Tante nicht mehr bei ihm ausgehalten hat!»

«Das geht uns nichts an. Ich fühle mich jedenfalls verpflichtet, mich um ihn zu kümmern. Schließlich ist er um ein Haar ermordet worden, der arme Kerl. Und der Nachmittag bei Nonnenfürst wird ihm guttun.»

Ludwig Wittenbeck wartete schon vor dem Tor zum Johannesstift, als Heideblick und seine Frau dort mit dem Auto eintrafen.

«Guten Tag, Onkel Ludovici! Schön, dass du gekommen bist! Ich muss bloß noch schnell die beiden Stühle ins Büro bringen», sagte Heideblick zu seinem Onkel, holte die Möbelstücke aus dem Kofferraum und lief los.

Ute Heideblick stieg nun ebenfalls aus dem Wagen und begrüßte den angeheirateten Onkel.

«Schön, dass wir uns hier treffen», brachte Wittenbeck hervor. «Das Johannesstift ist ein guter Kunde von uns.»

Ute Heideblick lachte bitter. «Von Möbel-Heideblick leider nicht. Da hast du es einfacher. Kerngesunde Menschen werden von ihren Ärzten als schwer krank eingestuft, und schon verdienen die Pharmazeuten an ihnen.»

«Tja, neue Möbel werden einem leider nicht verschrieben. Das müsste man auch mal gesetzlich regeln.» Wittenbeck lachte.

Siegfried Heideblick kam zurück, und sie fuhren zur Laubenkolonie Erlengrund, die am westlichen Ufer der Havel lag. Diese Kolonie war ein Kuriosum sondergleichen. Eigentlich hatte sie, obwohl außerhalb der Stadtgrenze gelegen, zum Berliner Verwaltungsbezirk Spandau gezählt. Das war bis 1945 auch kein Problem gewesen. Nun aber gehörte Spandau zum britischen Sektor Berlins, und die Laubenkolonie Erlengrund zur DDR. In der ersten Zeit nach der Teilung hatte man die westlichen Wochenendsiedler alle verjagt. Dann aber war vereinbart worden, dass sie ihre Lauben von West-Berlin zu Fuß über einen Plattenweg erreichen konnten, der von Umfassungsmauern flankiert war. Man musste im Besitz eines Passierscheins sein und durfte den Weg nur zu festgelegten Zeiten nutzen. Dafür hatte man an der Staatsgrenze West einen Klingelknopf zu betätigen. Die Grenztruppen der DDR überwachten alles strengstens. Besucher mussten im Voraus angemeldet werden.

«Siegfried Heideblick, Ute Heideblick und Ludwig Wittenbeck», sagte Siegfried Heideblick zu dem Grenzer, nachdem er an das Postenhäuschen der DDR-Grenztruppen getreten war und ihre Personalausweise hineingereicht hatte. «Wir möchten Herrn Olaf Nonnenfürst besuchen und sind angemeldet.»

Alles wurde sorgfältig überprüft, dann durften sie passieren. Nonnenfürst stand schon am anderen Ende des Plattenwegs und empfing sie mit offenen Armen. «Herzlich willkommen! Nicht jeder traut sich ja in unsere Enklave», sagte er.

Für Heideblick war es ein seltsames Gefühl, als West-Berliner auf Grund und Boden der DDR zu stehen. Er hatte Angst, dass ihn die Posten auf dem Rückweg nicht mehr durchließen. Vielleicht wollte man, weil so viele DDR-Bürger vor dem Mauerbau in den Westen umgesiedelt waren, jetzt für den gerechten Ausgleich sorgen. Und «lebenslänglich Zone» – das wäre für Heideblick ein wahrer Albtraum gewesen.

Als er das erzählte, lachte Nonnenfürst nur. «Mich werden sie jedenfalls nicht festhalten. Ich esse viel zu viel und gefährde damit die Grundversorgung in der Zone.»

Kaum ein anderer hatte so gute Kontakte wie Jürgen Sterley, sowohl in West-Berlin und der Bundesrepublik als auch in der DDR. Manchmal wusste er sogar besser Bescheid als der westdeutsche Verfassungsschutz. So hatte er auch Wind davon bekommen, dass über dreißig West-Berliner seit April dieses Jahres an einem Fluchttunnel in der Bernauer Straße bauten. Diese Straße war ein Kuriosum, denn die Häuser auf der nördlichen Seite und die Fahrbahn sowie beide Burgersteige gehörten zu West-Berlin, die Häuser auf der südlichen Straßenseite jedoch zu Ost-Berlin. Die Fenster all dieser Häuser waren zugemauert, und die Häuserfronten ersetzten die Mauer.

Der Tunnel sollte in einer Tiefe von 11 Metern auf einer Strecke von 145 Metern vom Keller einer leerstehenden Bäckerei im Hause Bernauer Straße 97, also in West-Berlin, zu einem Keller im Hause Strelitzer Straße 55 in Ost-Berlin führen. Finanziert wurde das Riesenprojekt von einer westlichen Illustrierten, einem

Geheimfonds des Bundesministeriums für gesamtdeutsche Fragen und Privatpersonen, die der CDU nahestanden. Das alles hatte Sterley schon recherchiert.

In der Nacht vom 3. auf den 4. Oktober sollte es so weit sein: 120 Republikgegner sollten aus der DDR flüchten. Sterley wollte unbedingt dabei sein, weil ein Artikel über diese Massenflucht mit Sicherheit ein gutes Honorar einbrachte.

Anfangs sah es so aus, als würde alles nach Plan verlaufen, abgesehen davon, dass man beim Graben auf Ost-Berliner Seite statt im Keller des Wohnhauses in einem Toilettenhaus im Hinterhof gelandet war. Um Mitternacht kamen dann die ersten Flüchtlinge durch den Tunnel gekrochen und wurden von den westlichen Helfern in Empfang genommen. Nachdem man 57 Republikflüchtlinge gezählt hatte, ereignete sich die Katastrophe. Das Ministerium für Staatssicherheit hatte durch einen sogenannten Inoffiziellen Mitarbeiter von dem Vorhaben Kenntnis erhalten und ließ jetzt die, die auf der Ostseite noch warteten, festnehmen. Als einer der Fluchthelfer die DDR-Grenzposten sah, verlor er die Nerven und feuerte aus einer Pistole mehrmals auf sie. Eine Kugel traf den Grenzsoldaten Egon Schultz in die Schulter. Er ging zu Boden und wurde, als er sich wieder aufrappelte, von einer Maschinengewehrsalve eines Kollegen getötet.

Sterley, der auf der Westseite gewartet hatte, ließ sich das alles von denen erzählen, denen die Flucht gelungen war. Dieses Ereignis bot ihm genügend Stoff für die sensationelle Geschichte, auf die er lange wartete. Sein Bericht gewann noch an Wichtigkeit, als die DDR-Presse später behauptete, Egon Schultz sei von West-Berliner Agenten erschossen worden. Die DDR erklärte Schultz zum Märtyrer und benannte schließlich den östlichen Teil der Strelitzer Straße nach ihm.

Während sich Sterley noch Notizen machte, kam eine junge Frau von knapp zwanzig Jahren auf ihn zu und fragte ihn, wie sie am besten zum Sophie-Charlotte-Platz käme. «Sie sehen so aus, als ob Sie das wüssten.»

Sterley fühlte sich geschmeichelt. «Gut erkannt. Aber die Straßenbahn fährt zu dieser Zeit nicht mehr, und zu Fuß ist es zu weit.»

«Westgeld für eine Taxe habe ich nicht. Was soll ich jetzt nur machen?»

Sterley lachte. «Mich fragen, ob ich Sie nicht in meinem Auto mitnehme und in Charlottenburg absetze.»

Die junge Ostdeutsche zögerte. «Zu einem fremden Mann in den Wagen steigen?»

Sterley lachte erneut. «Ich weiß, im Westen wimmelt es ja nur so von Sittenstrolchen. Aber ich kann Sie beruhigen, ich darf mir nichts zuschulden kommen lassen, sonst bin ich arbeitslos. Ich arbeite für die Presse.»

Otto Kappe träumte. Er ging einen langen Flur entlang, irgendwo in einer Polizeidienststelle, als ihm die Kriminalmeisterin Lilli Lenné von der Weiblichen Kriminalpolizei entgegenkam. Sie hatte ihn schon öfters bei Fällen unterstützt und übte eine besondere Anziehungskraft auf Männer aus. In seinem Traum trug sie ein kleines Mädchen auf dem Arm.

Er staunte. «Sie haben eine Tochter? Wer ist denn der Vater?»

«Na, du!», antwortete sie.

In diesem Augenblick wurde mehrfach an der Wohnungstür geklingelt. Otto fuhr hoch und wusste zunächst nicht, wo er war. Im Büro, zu Hause? Lag Lilli Lenné neben ihm? Nein, es war seine Frau. Gertrud hatte schon den Knopf der Nachttischlampe gefunden.

Das grelle Licht blendete ihn, er schaute auf den Wecker. «Welcher Idiot klingelt denn nachts um halb drei bei uns? Peter hat doch einen Schlüssel.»

Gertrud gähnte. «Das wird einer deiner Kollegen sein. Vermutlich drei Morde in einer Nacht. Du musst unbedingt zum Tatort eilen, sie schaffen es nicht ohne dich.»

Otto sprang aus dem Bett und lief zum Wohnzimmerfenster,

das auf die Straße führte. Er riss die Gardine zur Seite. Doch keine Spur von einem Einsatzwagen. Erneut ertönte die Klingel. Er riss das Fenster auf, um zu sehen, welcher Besoffene da vor ihrem Hauseingang stand. Es waren ein Mann und eine junge Frau. Der Mann kam ihm irgendwie bekannt vor. Vielleicht waren das die neuen Mieter aus dem vierten Stock, und die hatten ihren Schlüssel vergessen. Da blickte der Mann zu ihm nach oben, und Kappe erkannte ihn. Es war einer dieser Polizeireporter, die ihn oft wegen eines Falles nicht in Ruhe ließen. «Herr Sterley, was machen Sie denn hier? Ein Interview um diese Zeit ist Körperverletzung!»

«Lieber Herr Kappe, ich bin nicht als Polizeireporter hier!», rief Sterley. «Ich bringe Ihnen nur die Rosemarie, die Rosemarie Kappe aus Wendisch Rietz!»

Otto Kappe begriff nicht so schnell. Möglicherweise hatte Sterley zu viel getrunken und wollte ihn zum Narren halten. Wendisch Rietz lag in der DDR, und die ließ keine jungen Menschen einfach so nach West-Berlin. Andererseits … Ab und an schaffte es jemand rüberzukommen, irgendwie. «Kommen Sie hoch!»

Otto Kappe eilte in den Flur, drückte auf den Türöffner und wartete. Währenddessen überlegte er, wie das alles zusammenhängen konnte. Sein Vater, Oskar Kappe, hatte eine Schwester, Pauline, und zwei Brüder: Hermann Kappe, der ihn damals zur Kripo geholt hatte, und Albert Kappe, Fischer in Wendisch Rietz am Scharmützelsee. Der hatte die Magd Doris geheiratet, und sie hatten einen gemeinsamen Sohn, den Martin, der gleich nach dem Ersten Weltkrieg geboren worden war. Vielleicht war diese Rosemarie dessen Tochter … Da kamen Sterley und Rosemarie Kappe auch schon die Treppe herauf.

Rosemarie Kappe umarmte Otto Kappe. «Du bist also mein berühmter Onkel zweiten Grades.»

Er hatte mit seiner Vermutung also richtig gelegen. Dennoch war er immer noch etwas skeptisch, obwohl die junge Frau durchaus Ähnlichkeit mit Martin hatte. «Kommt doch erst mal herein», sagte er schließlich.

Gertrud kochte einen starken Kaffee, und als sie alle am Küchentisch saßen, wurde erzählt. Sterley berichtete vom Fluchttunnel an der Bernauer Straße und dass Rosemarie zu den Glücklichen zählte, die in den Westen entkommen waren.

«Ich habe schon seit einem Jahr in Ost-Berlin gewohnt, in Pankow, Vinetastraße, weil ich an der Humboldt-Universität Geschichte studiere … studiert habe. Und mein Freund, Thomas, ist in der Ost-CDU. Tommy wollte unbedingt in den Westen, aber …» Sie brach in Tränen aus und konnte nicht mehr weitersprechen.

Sterley erklärte Otto Kappe und seiner Frau alles. «Die meisten Gelder zur Finanzierung des Tunnels stammen von Menschen, die der CDU nahestehen. So hat auch Tommy Kontakt zu den Fluchthelfern bekommen.»

Otto Kappe nickte. «Verstehe. Und was ist nun mit Tommy?»

«Der hat leider zu den übrigen rund sechzig Flüchtlingen gehört, die zwar auf den Hinterhof in der Strelitzer Straße gekommen sind, es aber nicht mehr rübergeschafft haben, weil inzwischen die Grenzer aufgetaucht waren.»

Otto Kappe holte eine Flasche Sekt hervor, damit sie alle auf Rosemaries geglückte Flucht anstoßen konnten.

«Moment noch!», rief Gertrud. «Wir müssen unbedingt Hermann Bescheid sagen. Ich rufe ihn an, und dann kann er sich schnell anziehen und mit einer Taxe hierherkommen.»

Um fünf Uhr am Morgen des 4. Oktober traf Hermann Kappe im Horstweg ein, und eine rührende Familienfeier begann.

SECHS

UWE DREETZ saß mit Jutta Fischer, seiner neuesten Erobe-
rung, im Restaurant «Dannenberg» direkt am Wasser. Man konnte
in diesem Altweibersommer noch draußen sitzen, wenn man sich
etwas wärmer anzog. Der Blick ging auf den Nieder Neuendorfer
See hinaus, in dessen ungefährer Mitte die Grenze zwischen dem
West-Berliner Ortsteil Heiligensee und der DDR verlief. Am gegenüberliegenden Ufer konnte man statt des bunten herbstlichen
Laubes das Grau einer Mauer sehen. Gegen Norden hin erhoben
sich die Schornsteine des VEB Lokomotivbau Elektrotechnische
Werke Hans Beimler Henningsdorf, der seinen Rauch gern nach
West-Berlin blies.

Dreetz hatte auch Jutta im «Resi» kennengelernt. Sie war
gelernte Floristin und besaß mehrere Blumengeschäfte in Spandau
und in Reinickendorf. Obwohl sie erst 44 Jahre alt war, litt sie
unter dem Alleinsein, seit ihr Gatte vor zwei Jahren bei einem
Verkehrsunfall auf der Avus ums Leben gekommen war. Und
Dreetz hatte sie mit seinem Charme um den Finger gewickelt.

Als der Ober kam und die Bestellung aufnahm, hoffte Dreetz,
dass sich seine Begleiterin nicht gerade das teuerste Gericht aus-
gewählt hatte, denn er war im Augenblick ein bisschen knapp bei
Kasse. Den Versuch, mithilfe seiner Nachschlüssel in Wittenbecks
Villa in der Kaubstraße einzudringen, hatte er abgebrochen, weil
er zu müde geworden war, und es hatte sich seitdem keine neue
Gelegenheit ergeben.

Er selbst bestellte sich nur zwei Buletten mit Kartoffelsalat,
musste es aber hinnehmen, dass sich Jutta für einen Hirschbraten

mit Rotkohl entschied. Während sie auf das Essen warteten, diskutierten sie darüber, ob der Twist, der in den USA gerade große Mode war, auch in Europa Furore machen würde.

«Eigentlich haben wir ja schon seit weit über hundert Jahren unseren Twist», meinte Jutta. «Oliver Twist.» Als Dreetz sie verständnislos ansah, fügte sie noch hinzu: «Na, die Figur von Charles Dickens, dem großen englischen Schriftsteller!»

Dreetz lachte. «Wenn er ein großer englischer Fußballer wäre, würde ich ihn sicher kennen.»

Langsam wurde ihm diese Jutta ein wenig unheimlich. Er war trotz abgebrochener Volksschule ein besserer Menschenkenner als manch studierter Psychologe. Er hatte das Gefühl, dass sie ihn längst durchschaut hatte und nur noch mit ihm spielte. Und da sollte er sich nicht getäuscht haben, denn als sie sich dann mit theatralischer Geste den Schweiß von der Stirn wischte, obwohl es zum Schwitzen viel zu kühl war, und es dabei aussah, als würde sie mit ihrem Taschentuch jemandem zuwinken, da wurde er stutzig und drehte sich um. Und richtig, sein Instinkt hatte ihn nicht getrogen! Denn zwei Männer steuerten auf ihren Tisch zu, und die waren von der Kripo, das sah Dreetz auf den ersten Blick. Jutta musste ihm auf die Spur gekommen sein und die Polizei verständigt haben.

Dreetz sprang auf und hetzte zum Wasser hinunter. Seine Betrügereien hätten ihm nur eine vergleichsweise geringe Strafe eingebracht, aber dass er bei Wittenbeck eingestiegen und ihn niedergestochen hatte, konnte ihm viele Jahre Tegel verschaffen. Also rannte er um sein Leben.

An der Dampferanlegestelle machte gerade ein Wassersportler, der vom diesjährigen Abpaddeln kam, sein Faltboot an einem etwas tiefer gelegenen kleinen Steg fest und hievte sich an Land. Dreetz erkannte sofort seine Chance. Er stieß den arglosen Paddler ins Wasser, schwang sich in dessen Boot, griff das Paddel und jagte mit kraftvollen Schlägen auf den See hinaus.

«Halt!», erklang es hinter ihm. «Sie sind vorläufig festgenommen! Kommen Sie sofort zurück!»

Dreetz dachte natürlich nicht im Entferntesten daran. Er war überzeugt davon, dass die Polizei keine Chance hatte, ihm zu folgen. Wenn er das Tempo hielt, konnte er hinten an der Sandhauser Straße an Land springen und in den Dünen der Baumberge oder in den gegenüberliegenden Laubenkolonien verschwinden.

Doch er hatte nicht mit der Cleverness der Polizisten gerechnet. Die nämlich hatten inzwischen ein Motorboot requiriert, das wie ein Torpedo auf ihn zugeschossen kam. Schnell begriff er, dass er nur noch eine Chance hatte: in die DDR zu fliehen. Die Grenzlinie war ja nur durch Bojen markiert, die alle fünfzig Meter aus dem Wasser ragten. Drüben würden sie ihn verhören, aber das würde er schon durchstehen, und spätestens morgen früh hatten sie ihn wieder abgeschoben.

Das Motorboot war schon dicht hinter ihm, ein Polizist hielt bereits einen Enterhaken hoch. Doch da kam von Hennigsdorf ein großes graues Boot der Grenzpolizei auf sie zu.

Wer in West-Berlin etwas auf sich hielt, der feierte im Tanzpalast «Prälat» an der Schöneberger Hauptstraße. Auch der Berliner Presseball, das gesellschaftliche Ereignis des Jahres, wurde hier zelebriert. Das Haus war im Jahre 1938 mit einer Fläche von 12 000 Quadratmetern eröffnet, dann im Krieg zerstört und in den Fünfzigerjahren wiederaufgebaut worden. Es gab diverse Säle, aber auch Bars und Esslokale. Eines von ihnen zu mieten und die Gäste fürstlich zu bewirten kostete nicht wenig, aber für den 75. Geburtstag seiner Mutter Frieda, genannt Friedel, hatte Otto Kappe in der Familie Geld gesammelt und es so ermöglichen können.

Hermann Kappe, der noch ein Jahr älter war als seine Schwägerin, war gebeten worden, etwas Festliches zu dichten und zwischen Suppe und Hauptgericht vorzutragen. Er trat auch tapfer vor die gut dreißig Gäste und sagte mit leicht zitternder Stimme: «Mein liebes Geburtstagskind, ich verstehe nicht, was die große Feier heute soll, denn deinem Aussehen nach kannst du doch heute gerade einmal 57 geworden sein. Immer diese Zahlendreher!» Das war eine sehr gelungene Eröffnung, und er tat noch etwas, um das Vortragen seines Gedichtes etwas hinauszuzögern: Er gedachte erst einmal der Verwandten, die der Herr schon heimgeholt hatte in die Ewigkeit, und all derer, die heute, aus welchem Grund auch immer, nicht dabei sein konnten. «Da wäre in erster Linie unser Hartmut, der als Offizier bei der Kriminalpolizei im Osten natürlich keine Besuchsgenehmigung bekommen hat. Dafür aber begrüßen wir ganz besonders herzlich unsere Rosemarie Kappe aus Wendisch Rietz, wo die Wurzeln unserer Familie liegen. Sie hat es geschafft, lebend durch den Tunnel an der Bernauer Straße zu gelangen. Was für ein Wunder!»

«Das ist mein schönstes Geburtstagsgeschenk!», bekannte Friedel.

«Na, warte doch erst einmal auf mein Gedicht!», rief Hermann.

«Nun fang endlich an!», forderte die Familie.

Und so begann Hermann mit seinem eigentlichen Vortrag:

Begleiten wir das Leben von Friedel Kappe
Nun in aller Ruhe von Etappe zu Etappe.
1889 ist sie auf die Welt gekommen,
Als Bismarck noch nicht mal von Bord geschwommen.
Nahe bei Berlin, in Lichterfeld',
Erblickte sie das Licht der Welt.
Siebzehn geworden ist sie dann sehr bald
Und ging in Stellung bei einem Hauptmann der Kadettenanstalt.
Bei den Soldaten diente auch schon Jahr für Jahr
Von den vielen Kappes mein Bruder, der Oskar.
Es war Liebe auf den ersten Blick,
Und er kehrte nur mit leichten Blessuren aus dem Krieg zurück.
Die Republik von Weimar war 1920 kaum gebaut,
Da waren beide auch schon glücklich getraut.
Dragoner war dein Oskar gewesen, Obergefreiter,

Aber als Soldat ging es nicht mehr weiter.
Da rietest du ihm, liebe Frieda, zu handeln mit Tabakwaren.
In die Yorckstraße zu dir, da kommen sie in hellen Scharen.
Bald stellten sich auch deine Kinder ein,
Später Irmgard und Gerda, zuerst aber 1911 der Otto klein.
In deiner Jugend, liebe Friedel, da gab es noch kein Lotto,
Ein Hauptgewinn war aber damals schon besagter Otto.
Zur Strecke bringt er, angelernt von mir, heute jeden Täter,
und wer weiß, was noch zu erwarten von deinem Enkel Peter.

So ging es noch eine Weile weiter, und es wurde eine wunderschöne Feier.

In Ost-Berlin des Jahres 1964, drei Jahre nach dem Bau der Mauer, freuten sich die einen, dass sich nun der erste sozialistische Staat auf deutschem Boden entfalten konnte, die anderen nahmen das Geschehen mit zusammengebissenen Zähnen hin und suchten, trotz alledem ein normales Leben zu führen.

Die Hauptstadt der DDR sollte vorzeigbar werden, und es wurde gebaut wie selten zuvor. Am Alexanderplatz waren bereits das Haus des Lehrers errichtet worden, das Centrum Warenhaus, die Weltzeituhr, der Brunnen der Völkerfreundschaft, das Interhotel Stadt Berlin mit seinen 39 Stockwerken, und als Krönung sollte ein Fernsehturm errichtet werden. Um sich unterhalten zu lassen, ging man in die Komische Oper oder den Friedrichstadtpalast.

Hartmut Kappe konnte das muntere Treiben im Zentrum von seinem Dienstsitz in der Neuen Königstraße aus, ein paar Hundert Meter nördlich des Alexanderplatzes gelegen, genau verfolgen, und als Mitglied der SED war er stolz darauf, dass es in seinem Land so unaufhaltsam vorwärtsging. Trotzdem war er an diesem Tag etwas melancholisch gestimmt, denn sein Vater hatte ihm geschrieben, dass Tante Friedel in den «Prälat» geladen hatte, um ihren 75. Geburtstag zu feiern. Obwohl Hartmut vom Sozialismus überzeugt war, war er doch auch ein Familienmensch, und er war traurig, dass er nicht mitfeiern konnte. Andererseits hatte ihm die Zugehörigkeit zur Familie Kappe gerade einigen Ärger beschert. Er war zu seinem Vorgesetzten zitiert und im Beisein zweier Leute vom Ministerium für Staatssicherheit vernommen worden, weil Rosemarie Kappe aus der DDR geflüchtet war. Man hatte ihm nichts nachweisen können, aber die Kollegen beäugten ihn nun mit Misstrauen.

Gefühlsduseligkeit gestattete er sich selten, aber heute konnte er sich nicht gegen sie erwehren. Da kam es ihm gerade recht, dass ihn ein junger Kollege aus Beiersdorf bei Cottbus zu sprechen wünschte, ein gewisser Wolfgang Mittmann, Jahrgang 1939. Er stammte aus dem schlesischen Trebnitz, wie Hartmut Kappe dem Auszug aus der Kaderakte entnahm, die er sich hatte schicken lassen. Mittmann hatte eine Lehre als Lokomotivschlosser absolviert, anschließend das Abitur nachgeholt und Kriminalistik studiert, um dann als Kriminalpolizist bei einer Morduntersuchungskommission zu arbeiten.

Als Wolfgang Mittmann nun Hartmut Kappe gegenübersaß, trug er sein Anliegen vor. «Herr Kollege Kappe, ich bin nicht nur Kriminalist, sondern in mir steckt auch ein Schriftsteller, und ich schreibe nicht nur Kriminalerzählungen für unsere *Blaulicht*-Reihe, sondern will auch ganz realistisch über die Arbeit der Volkspolizei berichten, Arbeitstitel: *Große Fälle der Volkspolizei*. Ich möchte sozusagen die Akten zum Sprechen bringen und Zeitzeugen interessante Fakten entlocken. Und da vieles auch in Berlin spielt, bin ich heute zu Ihnen gekommen, um Sie um Hilfe beim Recherchieren zu bitten.»

«Gern. Was gibt es denn da so Spektakuläres?»

Wolfgang Mittmann musste nicht lange überlegen. «Zum Beispiel das Eisenbahnattentat von Burkau und die Todesschüsse von Uckro.»

«Und über welche Fälle, die hier in Berlin geschehen sind, möchten Sie berichten?», fragte Hartmut Kappe.

«Da haben wir zum Beispiel den Überfall auf den Zirkus Barlay 1953 ...»

Hartmut Kappe musste sich eingestehen, dass er über Mittmanns Pläne nicht sehr erfreut war. Und aus seiner mangelnden Begeisterung machte er auch keinen Hehl. «Auch wenn unsere Kollegen den Fall aufgeklärt haben, wirft solch ein Projekt insgesamt kein gutes Licht auf unsere DDR. Nirgends lebt man so sicher wie im Sozialismus. Der Klassenfeind im Westen wird jubeln. Ich an Ihrer Stelle würde mit den großen Fällen noch ein wenig warten.»

Shakespeares *All dessen müd, nach Rast im Tod ich schrei* ging Ludwig Wittenbeck seit Tagen nicht mehr aus dem Kopf. Seine Ängste zerfraßen seine Seele. Wozu sollte er noch weiterleben? Alles, was er noch zu erwarten hatte, waren doch Schmerz und Leid. In die Firma war er seit dem Überfall nicht mehr gegangen, denn er hatte andauernd das Bild vor sich, wie er am offenen Fenster stand, um frische Luft zu schnappen, und Thomas Suthfeld sich von hinten an ihn heranschlich und ihn in die Tiefe stürzte. Oder er stellte sich vor, wie er das Firmengebäude verließ, um in der nahen Hasenheide ein wenig spazieren zu gehen, und Gerhard Glimbach oder Bernd Edewecht im Flur auf ihn warteten, um ihn niederzustechen.

In der Kaubstraße fühlte er sich auch nicht wohl. Nicht einmal heiß duschen konnte er dort, denn seine neue Gastherme war immer noch nicht geliefert worden. Da hörte er aus weiter Ferne Giselas Stimme: «Dann geh doch in die Sauna!» Das war keine schlechte Idee. Dennoch brauchte er gut eine halbe Stunde, um sich dazu aufzuraffen.

In der Sauna saß schon sein Freund Max Bugsin, der ihn immer an den Helden aus Gabriele Tergits Roman *Käsebier erobert den Kurfürstendamm* erinnerte. Doch Max sang nicht Käsebiers Lieder, sondern erzählte von der schönen Julischka aus Budapest, deren Liebe er einst als Soldat genossen hatte. Auch trat er nicht im Berliner Hansa- oder im Hamburger Ohnsorg-Theater auf, sondern handelte in der Nähe des Checkpoints Charlie mit Büromöbeln.

Max hatte gute Laune und erzählte Witz auf Witz und Anekdote auf Anekdote. Er brachte Wittenbeck so für einige Stunden auf andere Gedanken. Wittenbeck sagte ihm sogar zu, die schon lange versprochene Salbe gleich nach dem Saunabesuch aus der Firma zu holen. «Unsere wunderbare Faltenfrei – deine Tochter kann sie heute Nachmittag oder morgen Vormittag bei mir abholen.»

Wittenbeck fuhr nach dem Saunabesuch tatsächlich zum Südstern, begrüßte Suthfeld und die übrigen Mitarbeiter, erledigte das Notwendigste und steckte die Salbe für Max Bugsin in die Seitentasche seines dunkelblauen Jacketts.

«Hast du etwas von Gisela gehört?», erkundigte sich sein Kompagnon Thomas Suthfeld bei ihm.

«Nein, aber der Brief ihrer Scheidungsanwältin müsste jeden Tag bei mir ankommen.»

«Wie kann ich dich am besten trösten?»

«Gar nicht.» Wittenbeck wandte sich zur Tür. «Schon gar nicht mit dem Hinweis, dass es Hunderte andere akzeptable Frauen gibt und man durchaus zweimal heiraten kann, es sei denn, man ist Katholik.»

«Man muss ja nicht gleich heiraten, um mal ... Ich hätte da schon ein paar Adressen für dich, so um die Augsburger Straße herum», sagte Thomas Suthfeld.

«Danke, aber ...» Wittenbeck brach ab und lief auf den Flur hinaus.

Im Auto überlegte er, ob er kurz bei seinem Neffen vorbeifahren sollte, vom Südstern bis zu Möbel-Heideblick war es ja nur ein Katzensprung. Aber dann entschied er sich doch für die andere Richtung. Er musste sich darum kümmern, dass endlich die Gastherme in seiner neuen Villa installiert wurde. Die Firma, bei der er das Gerät bestellt hatte, lag in der Neuendorfer Straße in Spandau.

«Der Monteur ist schon zu Ihnen nach Kladow unterwegs, er ist nur noch schnell bei einem anderen Kunden in der Pichelsdorfer Straße», teilte ihm die Verkäuferin mit.

«Aber die neue Gastherme soll doch gar nicht in Kladow installiert werden, dort gibt es erstens noch kein Stadtgas, und zweitens wird das Haus dort verkauft. Die Therme soll in die Kaubstraße.»

«In Ordnung, dann war das wohl ein Missverständnis. Wir machen das so bald wie möglich. Sie hören von uns.»

Wittenbeck bedankte sich für diese erfreuliche Nachricht, hinterließ die genaue Adresse und fuhr auf dem schnellsten Weg in sein neues Heim in der Kaubstraße. Eine Flasche Rotwein und einen neuen Fernseher hatte er im Kofferraum, dann konnte er sich etwas Lustiges anschauen, um nicht wieder in die nächste Depression zu verfallen. Zum Glück fand er schnell einen Parkplatz, an der Ecke zur Brienner Straße. Er stieg aus und warf beim Abschließen seines Wagens einen Blick zu seiner neuen Villa hinüber. Nanu, da stand ein Mann vor seiner Haustür!

«Hallo, sind Sie der Mann mit der Gastherme?», rief Wittenbeck.

Der Mann fuhr herum. «Die Jastherme … Ja! Ick muss sie nur schnell aus'm Lieferwagen holen, dann kann ick sie Ihnen jleich einbauen.»

SIEBEN

THOMAS SUTHFELD saß am frühen Donnerstagmorgen in seinem Büro, ging die Bestellungen durch, die am Vortag mit der Post gekommen waren, telefonierte mit befreundeten Apothekern und wartete auf Wittenbeck, um Grundsätzliches mit ihm zu besprechen. Doch der kam zur verabredeten Zeit einfach nicht. Dafür stand Gerhard Glimbach plötzlich in seiner Tür. Erstaunt sah Suthfeld ihn an. «Sie? Sie sind doch schon längst ...»

«Entschuldigung ...», Glimbach deutete eine leichte Verbeugung an, «... aber Frau Hövelhoff hat mich eingelassen. Ich habe noch ein paar persönliche Sachen im Labor vergessen und wollte mich von Ihnen bei dieser Gelegenheit verabschieden. Herr Wittenbeck hat mich ja geradezu die Treppe hinuntergestoßen, als ich ... Ach, dass ich da zu viel Acetylcystein in unsere neuen Brausetabletten gegeben habe, das war doch an sich eine Bagatelle! Aber Herr Wittenbeck hatte ja von Anfang an etwas gegen mich, warum auch immer.»

«Nun gut. Haben Sie schon eine neue Stelle gefunden?»

«Ich will bei Schering anfangen, Sie wissen ja, dass das eine gute Adresse ist. Da müsste ich Herrn Wittenbeck eigentlich sogar dankbar sein, dass er mich gefeuert hat. Aber so, wie der mich gekränkt hat ... Das werde ich ihm nie vergessen. Irgendwann zahle ich ihm das heim. Wenn Sie die Firma hier alleine führen würden, dann wäre ja einiges besser. Sie bräuchten zum Beispiel nicht zu befürchten, in Konkurs zu gehen. Aber mit Herrn Wittenbeck ...»

Glimbach verabschiedete sich und trat auf den Flur. Dort stieß er fast mit einem Mann zusammen. O Gott, das ist ja der

Schah!, dachte er. Doch tatsächlich hatte der Mann nur eine gewisse Ähnlichkeit mit Reza Pahlavi. Aber irgendwo hatte Glimbach den Perser schon einmal gesehen. Natürlich, nun fiel es ihm ein: im *Berliner Boulevard Blatt*. In der Wochenendausgabe war doch immer eine halbe Seite mit seiner Reklame bedruckt: *Echte Perser nur vom echten Perser! Mohamoud Simindasht, Bismarckstraße.*

Glimbach grinste. «Ich glaube nicht, dass sich meine Chefs wertvolle Teppiche ins Büro legen werden», sagte er zu dem Mann.

Mohamoud Simindasht winkte ab. «Ich bin auch wegen einer ganz anderen Sache hier.»

«Na ja, mich geht das jetzt nichts mehr an. Ich arbeite nicht mehr bei dieser Firma. Da hinten rechts sitzt einer der Chefs, Herr Suthfeld.» Daraufhin eilte er die Treppe hinunter.

Zur selben Zeit brachte die Sekretärin Hövelhoff Thomas Suthfeld eine Tasse Tee. Dabei sah sie ihn mitleidig an. «Sie Ärmster! Der Glimbach ist ja hier hereingestürzt, als würde er Herrn Wittenbeck umbringen wollen. Ein Glück, dass der noch nicht hier ist. Und draußen wartet wieder dieser Perser, Simin… und so weiter.»

Suthfeld winkte ab. «Schicken Sie den bloß schnell wieder weg, der versucht mich schon seit einiger Zeit dazu zu überreden, dass wir Rauschgift für ihn herstellen.»

Kaum hatte sich Suthfeld vom Besuch des entlassenen Chemikers Gerhard Glimbach erholt und den Perser abgewimmelt, tauchte Bernd Edewecht in seinem Büro auf, der Vermieter der Firmenräume.

«Lieber Herr Suthfeld», begann Edewecht, «ich weiß, dass Ihr Mietvertrag für diese Räumlichkeiten eigentlich noch bis 1970 gilt. Aber den Vertrag hat mein Vater mit Herrn Wittenbeck abgeschlossen, als er schon nicht mehr ganz klar im Kopf gewesen ist. Da Herr Wittenbeck partout nicht auf mein Angebot eingehen will und ich dadurch sehr viel Geld verliere, möchte ich mit Ihnen reden. Ich habe eine Anfrage von Interessenten für diese Räume, die viel mehr Miete zahlen würden als Sie. Wenn Sie also schon jetzt hier ausziehen würden, könnte ich Ihnen und Ihrer Firma in der Reinickendorfer Flottenstraße Räume verschaffen, mit denen Sie viel glücklicher sein würden. Das hier ist doch eigentlich viel zu eng für ein Unternehmen wie Ihres.»

«Ich hätte nichts gegen die Flottenstraße», sagte Suthfeld. «Aber wenn mein Geschäftspartner damit nicht einverstanden ist ...»

Edewecht nickte entnervt. «Ich verstehe ... Wenn bloß dieser Wittenbeck nicht wäre!»

Die Familie Kappe saß gemütlich am Frühstückstisch, obwohl es mitten in der Woche, nämlich Donnerstag war. Otto hatte so viele Überstunden gemacht, dass man ihn angewiesen hatte, sie abzubummeln. Und Gertrud hatte in ihrer Schokoladenfirma so einen guten Stand, dass sie ohne Weiteres einmal eine Stunde später im Büro eintreffen konnte. Peter hatte heute nur eine Vorlesung, die erst um vierzehn Uhr begann. Und Rosemarie musste sich auch erst am Nachmittag im Notaufnahmelager Marienfelde melden, um sich als DDR-Flüchtling registrieren zu lassen.

«Nimm dir aber viel Zeit mit», riet ihr Otto. «Denn jede unserer Schutzmächte – Amerikaner, Engländer, Franzosen – haben einen Mann vom Geheimdienst in Marienfelde sitzen, der sich gern mit dir unterhalten wird. Über dein Leben in Wendisch Rietz und Ost-Berlin, darüber, was du studiert hast und was die Leute im HO-Kaufhaus reden – über alles eben. Auf diese Weise erhalten sie mehr Informationen, als ihnen alle ihre Agenten in der DDR verschaffen könnten.»

Peter verzog das Gesicht. «Wodurch entscheidet sich dieses Vorgehen von den Methoden der Stasi?»

Sein Vater guckte ihn böse an. «Es gilt, die freiheitlich-demokratische Grundordnung zu verteidigen!»

Gertrud musterte Rosemarie. «Liebe Rosemarie, wir in West-Berlin, wir sind hier auch nicht auf der Insel der Seligen.»

Peter präzisierte das auf seine Art. «Einerseits sind wir ein Bollwerk gegen den Kommunismus, andererseits sind wir eingemauerte arme Würstchen, von Bonn alimentiert und in der dauernden Angst, dass der Westen uns doch noch fallenlässt und die DDR uns schluckt.»

«Ja ...», seine Mutter seufzte, «... wenn Willy Brandt nicht unser Regierender Bürgermeister wäre ...» Sie ahmte dessen Stimme nach. «Wir lassen uns nicht auf kleiner Flamme garkochen!»

Rosemarie hatte mit einigem Erschrecken zugehört. «Oh, da sollte ich ja so schnell wie möglich versuchen, nach Hamburg oder nach München weiterzuziehen!»

Peter lachte. «Erst einmal zeige ich dir unsere herrliche Insel! Beginnen wir mit dem Kudamm, dem ‹Café Kranzler› und der Gedächtniskirche und haken dann alles ab, was zu den heiligen Kühen der West-Berliner zählt: den Tauentzien, das Europahaus, das KaDeWe, das Luftbrückendenkmal, den Henry-Ford-Bau bei uns an der FU, den Reichstag, die Siegessäule, das Schöneberger Rathaus mit der Freiheitsglocke, den RIAS, das Hansa-Viertel, die Philharmonie, das Schiller-Theater, das Theater des Westens, die Pfaueninsel, das Olympiastadion, das SO 36 mit der Oranienstraße und, und, und ...»

«Nicht zu vergessen die Brache, die einmal der Potsdamer Platz war», fügte Otto hinzu. «Wenn man da auf einem der Podeste steht, hat man einen grausigen Blick nach Ost-Berlin hinüber.»

Inge Bugsin war von ihrem Vater losgeschickt worden, endlich die Faltenfrei-Salbe bei Ludwig Wittenbeck abzuholen. Um den Weg von der Koblenzer bis zur Kaubstraße zurückzulegen, nahm sie lieber das Fahrrad, als zu Fuß zu gehen. Da ihr Vater nun so lange schon ohne Salbe ausgekommen war, kam es auf zehn Minuten auch nicht mehr an, und sie machte einen kleinen Abstecher zum Wilmersdorfer Volkspark und zum Fennsee hinunter. Inge liebte das Wasser. Schließlich war sie auf dem kleinen Motorboot ihrer Eltern groß geworden und über den Müggel-, Zeuthener und Krossinsee geschippert. Bis 1954 hatten ihre Eltern in Ost-Berlin gewohnt, in Treptow, direkt am berühmten Park, und sich ein

Grundstück in Karolinenhof gekauft. Die Siedlergemeinschaft hatte dort einen eigenen Badeplatz an der Dahme gehabt, die zwischen Grünau und Schmöckwitz etwas in die Breite ging und deshalb als Langer See in den Karten verzeichnet war. Mit dem Mauerbau war es dann vorbei gewesen mit Karolinenhof und Dahme. Deshalb fühlte sich Inge auch als Maueropfer.

Bei Wittenbecks Villa in der Kaubstraße angekommen, betätigte Inge Bugsin den Klingelknopf am Gartentor. Was sie damit aber auslöste, war eine heftige Explosion im Haus. Sie verlor das Bewusstsein.

Als sie wieder zu sich kam, lag sie auf einer Trage der Feuerwehr. Ein Notarzt schlug ihr mit der flachen Hand gegen die Wangen. «Hallo, aufwachen! Hören Sie mich?»

«Was ist denn passiert?»

«Im Haus hat es eine Gasexplosion gegeben.»

«Und Herr Wittenbeck?»

Der Notarzt schwieg, aber der Sarg, den man gerade aus dem Haus trug, war Antwort genug.

ACHT

OTTO KAPPE war froh, endlich wieder einen neuen Fall auf dem Tisch zu haben. Auch wenn noch nicht einmal feststand, dass in der Kaubstraße wirklich ein Mord geschehen war. Doch die Sache mit der Messerattacke gegen Wittenbeck war ihm etwas langweilig geworden, da er hier nicht weiterkam. Und die Aufarbeitung alter Fälle verlief meist ebenfalls im Sande.

Neben ihm im Dienstfahrzeug saß Hans-Gert Galgenberg. Der wusste noch nicht recht Bescheid, worum es eigentlich ging. Er hatte nur telefonisch die Weisung bekommen, sich sofort mit Kappe auf den Weg zu machen, weil eine Gasexplosion in der Kaubstraße stattgefunden habe.

Sie umrundeten den Fehrbelliner Platz und bogen in die Barstraße ein. «Eine Gasexplosion also», kommentierte Kappe überflüssigerweise. «Seltsam ist es schon, dass gerade kurz zuvor bei dem Hauseigentümer Ludwig Wittenbeck in der Firma eingebrochen wurde. Zunächst stellt sich wohl die Frage, ob er selbst versucht hat, seine Gasleitung zu reparieren, und dabei etwas schiefgegangen ist.»

«Oder ob er den Gashahn aufgedreht hat, um seinem Leben selbst ein Ende zu setzen», fügte Galgenberg hinzu.

«Warum sollte er das getan haben?», fragte Kappe sofort. «Der Mann war ein erfolgreicher Unternehmer, meine Mutter nimmt ständig Arzneimittel von PSB.»

Als sie vor Wittenbecks Villa anhielten, waren bereits etliche Kriminaltechniker, der Staatsanwalt und der Gerichtsmediziner vor Ort. Man kannte sich und begrüßte sich, als gehörte man zu einer Fußballmannschaft, die zu einem Auswärtsspiel antrat.

Otto Kappe rekapitulierte blitzschnell alles, was er bisher über solche Fälle gelesen und gelernt hatte. Seiner Meinung nach gab es nur vier Möglichkeiten, warum eine Gasexplosion im Haus stattgefunden haben konnte, und er nannte sie Galgenberg. «Erstens könnte ein Materialfehler an Gasleitung, -herd oder -therme vorgelegen haben. Zweitens könnte der Handwerker bei einer Reparatur oder Neuinstallation einen Fehler gemacht haben. Drittens könnte Wittenbeck Suizid begangen haben. Viertens könnte eine andere Person die Gasleitung oder -therme mit Absicht manipuliert haben. Dann hätten wir es möglicherweise mit einem Mord zu tun.»

Zunächst einmal mussten sie aber mit den einzelnen Fachleuten sprechen, deshalb wandten sie sich an den Gerichtsmediziner Doktor Konrad König.

«Was haben Sie denn schon alles herausgefunden?», wollte Kappe wissen und fügte schmunzelnd hinzu: «Ällas Wissa isch bessr als ällas hann.» Dies war als Bonbon für den gebürtigen Schwaben gedacht, der wegen einer früheren Liebe nach Berlin gekommen war, nicht wie viele seiner jüngeren Landsleute, um der Wehrpflicht zu entgehen. Er war vierzig Jahre alt, und sein aschblondes Haar hatte sich schon erheblich gelichtet. Ein bisschen schüchtern war er auch, kein «Was-koscht-die-Welt?»-Typ.

«Ich fasse meine ersten Befunde nach der Begutachtung der Leiche und der Tatortbesichtigung kurz zusammen», begann König und sah auf seine Notizen. «Die Leiche weist hellrote Totenflecke auf, die eindeutig keine Kältetotflecke sind, die Temperaturen am Fundort betrugen über zehn bis fünfzehn Grad Celsius. Erbrochenes, Kot- und Urinabgang, nach kräftigem Druck auf den Brustkorb war ein Gasgeruch in der aus Mund und Nase entweichenden Luft festzustellen.»

Kappe war überrascht. «Herr Wittenbeck ist nicht durch die Explosion zu Tode gekommen? Er war zu diesem Zeitpunkt also schon tot?»

«Ja», bestätigte Doktor König. «Es gibt zwar leichte Verletzungen im Schädelbereich, aber die können meines Erachtens nicht letal gewesen sein.»

Otto Kappe und Hans-Gert Galgenberg begrüßten nun einen Kriminaltechniker, der in den Trümmern der Wittenbeck'schen Villa am Werke war.

«Wie sieht es mit dem Sickergas aus?», erkundigte sich Kappe.

Der Mann schüttelte den Kopf. «Das können wir ausschließen, die Hauptgasleitung ist in der Nähe des Hauses hundertprozentig in Ordnung. Und ausgetreten ist das Gas eindeutig am Anschluss einer Therme, die ganz neu zu sein scheint. Da ist eine der Schrauben sehr locker. Ob sie der Monteur nicht richtig festgezogen hat oder sie ein anderer später gelockert hat, lässt sich jetzt noch nicht sagen und wird möglicherweise auch nie festzustellen sein.»

«Gibt es denn Hinweise auf einen Suizid?»

«Alle Hähne am Gasherd waren geschlossen.»

Galgenberg stöhnte auf. «Das Gegenteil wäre ja auch zu schön gewesen!»

Der Kriminaltechniker fuhr ungerührt fort. «Türen und Fenster waren zwar von innen verschlossen, aber Ritzen und Schlüssellöcher nicht verklebt, wie das bei einem Suizid meist üblich ist. Gegen einen Suizid spricht auch, dass Kühlschrank und Klingel nicht abgestellt und die Sicherungen nicht herausgedreht waren. Das ist oft bei einem Freitod der Fall: Bevor der Gashahn aufgedreht wird, wird die Elektrik lahmgelegt, damit es keine Explosion gibt, die Unbeteiligte gefährden könnte.»

«Aber Wittenbeck war doch, soweit mir bekannt ist, allein im Haus», warf Galgenberg ein. «Er brauchte also auf niemand Rücksicht zu nehmen.»

In diesem Augenblick kam einer der Kollegen aufgeregt auf sie zugelaufen. «Wir haben einen Abschiedsbrief gefunden!» Er reichte Otto Kappe einen Bogen Papier, und der las laut vor:

Seit mich meine über alles geliebte Frau verlassen hat, habe ich alle Lebensenergie verloren. Ich habe zu nichts mehr Lust, kann mich auf nichts mehr konzentrieren, bin andauernd müde, kann aber nicht richtig schlafen, habe Angst, in meinem Haus überfallen und erschlagen zu werden, sehe andauernd meine tote Mutter vor mir, glaube, Krebs zu haben, fühle mich trotz meines Reichtums als Versager, denn die eigentlichen Ziele meines Lebens habe ich nicht erreicht. Nicht einmal Kinder habe ich zeugen können.

«Da haben wir ja den Beweis für einen Freitod!», rief Galgenberg.

«Hm …» Otto Kappe war skeptisch. «Zu Ende gebracht und unterschrieben hat er ihn aber nicht.»

«Vielleicht fiel er eher in Ohnmacht als erwartet», vermutete Doktor König, der hinzugetreten war. «Die tödliche Konzentration von Hämoglobin schwankt je nach Gesundheitszustand und Alter der Betroffenen zwischen fünfzig und achtzig Prozent.»

«Explosionsgefahr besteht auf jeden Fall erst ab etwa fünf Prozent Kohlenstoffmonoxid in der Luft», fügte der Kriminaltechniker hinzu, der alles mitverfolgt hatte. «Das heißt, wir können davon ausgehen, dass bei Leuchtgasexplosionen Rauminsassen *immer* an Kohlenstoffmonoxid-Vergiftungen gestorben und nicht durch herabstürzende Gegenstände erschlagen worden sind.»

Kappe nickte. «Danke, dann haben wir wenigstens in dieser Hinsicht absolute Sicherheit.» Er schaute den Kriminaltechniker an, konnte seine Frage aber nur etwas umständlich formulieren. «Kann man denn in etwa sagen, wann das Gas angefangen hat, in den Raum zu strömen?»

«Nein, nur schwer. Ich kenne ja nicht Ausströmmenge und -zeit und auch nicht das freie Luftvolumen der Räume.»

Kappe stöhnte auf. «So dunkel war das Dunkel noch nie, seitdem ich bei der Kriminalpolizei arbeite!»

Galgenberg legte ihm tröstend den Arm um die Schultern. «Das schaffen wir schon.»

In diesem Moment kam ein Wachtmeister auf sie zu und

berichtete, dass die Explosion vermutlich dadurch ausgelöst worden sei, dass eine junge Dame, die zu dem Opfer wollte, auf den Klingelknopf gedrückt habe. Zumindest sei beides gleichzeitig geschehen. Er habe auch den Namen und die Adresse dieser Zeugin. «Inge Bugsin, wohnhaft in Berlin-Wilmersdorf, Koblenzer Straße 17.»

Galgenberg ließ seiner Fantasie freien Lauf. «Das war sicher Wittenbecks Geliebte, und die hat ihn umgebracht, weil sie an sein Erbe wollte und vermutete, sie sei als Alleinerbin eingesetzt.»

Kappe verdrehte die Augen. «Du, Hans-Gert, das Leben ist kein Hollywoodfilm! Aber du bringst mich auf eine andere Frage: Es hieß, Wittenbeck sei alleine im Haus gewesen. Lebte er auch ganz alleine hier, das heißt, war er unverheiratet?»

«Verheiratet müsste er eigentlich gewesen sein», ließ sich Doktor König vernehmen. «Mir ist jedenfalls ein Ehering an seiner linken Hand aufgefallen. So ein teures Stück habe ich zuvor noch nie gesehen.»

«Hm …» Otto Kappe zuckte mit den Schultern, um seine Ratlosigkeit anzudeuten. «Fragt sich nur, wo seine Gattin abgeblieben ist. Entweder sie war nicht im Haus, oder …» Er ging in den Vorgarten und setzte sich dort auf eine Bank, um über die nächsten Schritte nachzudenken. «Wir müssen mehr über den Wittenbeck in Erfahrung bringen. Hatte er Verwandte, Freunde, Kollegen?», sagte er schließlich zu Galgenberg, der ihm gefolgt war.

«Na, wunderbar, davon gibt es sicherlich kaum mehr als hundert!», rief Galgenberg mit einigem Sarkasmus in der Stimme.

Otto Kappe reagierte gelassen. «So lernen wir bestimmt ein paar interessante Menschen kennen. Wir halten uns einfach an das, was heute auf meinem Abreißkalender steht, ein Spruch aus Griechenland: *Der Anfang ist die Hälfte des Ganzen.*»

«Und mit wem fangen wir an?»

«Mit dem Monteur, der die neue Gastherme angebracht hat, natürlich. Vielleicht hat er bei der Installation des Geräts einen Fehler gemacht, dann ist der Fall schon gelöst.»

Sie arbeiteten sich durch die Trümmer in Wittenbecks Villa bis zu der Gastherme durch, von der der Kriminaltechniker gesprochen hatte, um den Lieferanten herauszufinden.

«Da steht es ja!», rief Galgenberg nach kurzer Zeit. «*GWS Hakenfelde.*»

«GWS meint sicher Gas-Wasser-Sanitär», sagte Kappe.

Galgenberg klatschte in die Hände. «Dann ab zur GWS Hakenfelde!»

Otto Kappe wusste nur zu gut, was in den nächsten Tagen auf sie zukommen würde: nichts als Routine. Hätte er gewusst, dass Niklas Luhmann gerade einen Aufsatz mit dem Titel *Lob der Routine* veröffentlicht hatte, wäre er in schallendes Gelächter ausgebrochen, denn für ihn war die Routine ein Fluch. Ganz West-Berlin war abzuklappern, und er würde beileibe nicht nur mit interessanten Menschen zusammentreffen.

Die West-Berliner liebten Serien wie *Stahlnetz, Kommissar Freytag, Oberinspektor Marek, Geheimauftrag für John Drake* und *Gestatten, mein Name ist Cox* und idealisierten Kommissare, Privatdetektive und Geheimagenten. Wenn Kappes Freunde ihm von einer neuen Krimifolge erzählten und ausriefen: «Gott, war das wieder aufregend!», schaute er nur böse drein. Denn er wusste, wie sich der Alltag eines Kriminalbeamten tatsächlich gestaltete: Er war in etwa so aufregend wie ein Fußballspiel, das nach neunzig Minuten immer noch null zu null stand und ohne jede Torraumszene geblieben war. Doch was hatte Otto Kappe von Kindesbeinen an gelernt? Ein immer helles Licht beleuchte deinen Weg – die Pflicht.

Also nahm er den bevorstehenden Marathon der Besuche und Gespräche, von denen sie sich einen Hinweis auf den Täter erhofften – sofern es überhaupt einen gab –, klaglos in Kauf. Jammerte er zu viel, dann hörte er von seiner Frau nur den lakonischen Satz: «Du wirst doch schließlich dafür bezahlt!» Für allen Spaß im Leben, ob im Kino oder auf dem Fußballplatz, müsste man selbst bezahlen, und ihre eigene Arbeit in der Schokoladenfabrik sei auch kein Zuckerschlecken, fügte sie dann meist noch hinzu.

«Gut», sagte Otto Kappe zu Hans-Gert Galgenberg, «versuchen wir, Licht ins Dunkel zu bringen. Auf zum Sanitärunternehmen in Hakenfelde, von dem offensichtlich Wittenbecks Gastherme stammt.»

Die Adresse war schnell herausgefunden, und bevor sie das Ladengeschäft betraten, wollte Otto Kappe den Namen des Inhabers lesen, der über der Tür angebracht war, stolperte dabei aber über die Schwelle und hielt sich an Galgenberg fest, um nicht zu stürzen. Der Mann, der plötzlich aus den hinteren Räumlichkeiten kam, vermutlich der Werkstatt, musste dabei einen falschen Eindruck bekommen haben, er fragte nämlich: «Wie kann ick den beeden Herrn denn behilflich sein? Vielleicht mit eener jenügend jroßen Badewanne?»

«Nein, wir möchten gerne wissen, ob Sie an einen gewissen Ludwig Wittenbeck eine Gastherme verkauft haben. Und wenn dies der Fall ist, suchen wir den Monteur, der bei Wittenbeck in der Kaubstraße das Gerät installiert hat.» Otto Kappe hielt dem Geschäftsinhaber seine Kriminaldienstmarke entgegen. «Wir sind von der Mordkommission.»

Der Mann zuckte zusammen. «Wie, ist Herr Wittenbeck ermordet worden?»

«Vielleicht – aber vielleicht war es auch ein Unfall. Wie gesagt, Herr …», Otto Kappe wusste nicht mehr genau, was er über der Tür gelesen hatte, «… Herr Weißmann … Sie sind doch Herr Weißmann, oder?»

«Weisig», korrigierte ihn der Mann.

«Herr Weisig», setzte Kappe neu an, «wir hätten gern den Monteur gesprochen, der …»

«Ronnie, kommst du mal!», schrie Weisig nach hinten in die Werkstatt. Doch eine Antwort blieb aus. Weisig wurde bleich im Gesicht. «Hoffentlich ist er nur auf der Toilette und hat nicht wieder mal …»

Da wurde Kappe hellhörig. «Hoffentlich? Heißt das, dass Sie etwas anderes befürchten?»

«Nun ja», druckste Weisig herum, «Sie finden das ja sowieso heraus … Der Ronnie ist wegen kleinerer Diebstähle und wegen Hehlerei vorbestraft, und ich hab ihn nur eingestellt, weil ich Vorsitzender beim I. FC Hakenfelde bin und er ein fantastischer Fußballer ist.»

«Wissen Sie denn, ob er immer noch kriminellen Geschäften nachgeht?», wollte Galgenberg wissen.

Weisig zuckte mit den Schultern. «Keine Ahnung.»

Vielleicht lichtete sich schon jetzt das Dunkel, dachte Kappe. Vielleicht hatte dieser Ronnie die Gastherme bei Wittenbeck im Auftrage von Leuten manipuliert, die den Pharmaunternehmer aus dem Weg schaffen wollten – warum auch immer. Otto Kappe spielte schon mit dem Gedanken, die Kollegen am Flughafen Tempelhof zu benachrichtigen und sie zu bitten, nach Ronnie Ausschau zu halten und ihn festzuhalten, falls er West-Berlin zu verlassen gedachte. Da fiel ihm ein, dass er noch gar nicht wusste, wie der Nachname des Kerls lautete, und er fragte Weisig danach.

«Nassmacher», lautete die Antwort.

Galgenberg konnte sich nicht beherrschen, er brach in schallendes Gelächter aus. «Mensch, und das bei diesem Beruf! Das Leben ist eine einzige Farce!»

Plötzlich kam ein Mann aus den hinteren Räumlichkeiten.

«Ein Glück, da bist du ja, Ronnie!», rief Herr Weisig.

Ronnie Nassmacher war tatsächlich nur auf der Toilette gewesen. Galgenberg ergriff nun das Wort und erklärte ihm, wer sie waren und warum sie gekommen waren. Und Ronnie Nassmacher bestätigte, dass er am späten Nachmittag des Vortags, des 7. Oktober, die Gastherme bei Wittenbeck installiert hatte.

«Ick hab so 'ne Jastherme schon hundertmal anjeschlossen, und dit war imma allet in Ordnung. Warum sollte ick jrade bei dem Wittenbeck jepfuscht ham?», regte sich Nassmacher auf.

«Jeder macht einmal einen Fehler», erklärte Galgenberg.

Otto Kappe hätte sich zu einem solchen Gemeinplatz nie

hinreißen lassen, wollte den Kollegen aber in aller Öffentlichkeit nicht tadeln. Er wurde amtlich. «Es kann sein, Herr Nassmacher, dass sich ein Untersuchungsrichter in den nächsten Tagen einmal mit Ihnen unterhalten wird. Unsere technischen Experten vom LKA haben nämlich schon herausgefunden, dass an den Zuleitungen zur Gasttherme eine Schraube locker gewesen ist.»

«Ick habe allet festjeschraubt!», versicherte Nassmacher erneut.

«Alles schön und gut, Herr Nassmacher. Wenn da nur nicht Ihr Vorstrafenregister wäre ...»

Ronnie Nassmacher fuhr auf. «Sie! Wat solln dit? Ick bin absolut sauba, Mann!»

Kappe sah ein, dass es wenig nützen würde, den Herrn nach seiner Vergangenheit zu fragen, und so verließen sie die Firma GWS Hakenfelde mit einem «Guten Tag und guten Weg!».

«Was hältst du von diesem Ronnie Nassmacher?», fragte Otto Kappe Hans-Gert Galgenberg, als sie wieder im Wagen saßen.

Galgenberg musste nicht lange nachdenken. «So ganz aus dem Rennen ist er wohl nicht.»

Ihr Verdacht verstärkte sich noch, als Kappe am Fehrbelliner Platz an einer Telefonzelle hielt, Gerhard Piossek anrief und sich erkundigte, ob sich inzwischen etwas Neues ergeben habe. Der war informiert worden und hielt im Büro die Stellung.

«Die Techniker können immer noch nicht sagen, ob bei Wittenbeck zwischen Gastherme und Zuleitung Manipulationen vorgenommen worden sind, denn da gibt es zwar diese lockere Schraube, aber die kann ja, wie gesagt, auch der Monteur fest anzuziehen vergessen haben.»

«Danke. Gibt es Fingerabdrücke?»

«Ja, die von Wittenbeck und von jemand anderem, vermutlich die vom Monteur.»

«Gut, prüft das bitte!»

«Und dann hat da noch ein gewisser ... warte mal ... Siegfried Heideblick angerufen. Er habe vom Tod seines Onkels Ludwig Wittenbeck im RIAS gehört. Wenn man Fragen an ihn habe,

dann … Ich geb dir mal seine Telefonnummer. Möbel-Heideblick, Neukölln. Da kommt gerade Kynast herein. Moment mal!
Du, wir haben inzwischen herausbekommen, wo sich Wittenbecks Frau aufhält, Gisela Wittenbeck. In einer Pension in der
Konstanzer Straße. Wittenbeck hatte außerdem zwei Villen, in
die in der Kaubstraße wollte er gerade erst einziehen. Die andere
liegt in der Selbitzer Straße in Kladow. Zudem ist der Vater von
dieser Inge Bugsin, die den Klingelknopf betätigt hat, ein gewisser
Max, ein guter Freund von dem Toten. Vielleicht weiß der noch
etwas.»

Otto Kappe notierte sich alles. «Ich danke euch!» Er infor-
mierte Galgenberg über das, was er eben erfahren hatte, und dann
beschlossen sie, sofort zu Gisela Wittenbeck zu fahren.

«Wenn jemand etwas über den Toten weiß, dann sicherlich
sie», sagte Kappe.

Galgenberg war zu sehr Schelm, um den Ball nicht sofort
aufzunehmen. «Klar, insbesondere wenn sie ihn selbst umgebracht
hat.»

Kappe tippe sich an die Stirn. «Dass Frauen ihre Männer umbringen, ist in Deutschland so selten wie eine Sonnenfinsternis.»

«Vergiss Gesche Gottfried nicht!», rief Galgenberg. «Die hat
immerhin nicht nur ihren ersten Ehemann ins Jenseits befördert,
sondern auch ihren zweiten, abgesehen von x anderen Menschen.
Wolfgang Staudte sollte einen Film darüber drehen, den Titel hätte ich schon: *Die Mörderinnen sind unter uns.*»

Kappe lachte über seinen Kollegen Galgenberg. Als sie dann
aber Gisela Wittenbeck in ihrem Pensionszimmer gegenübersaßen,
war ihm gar nicht mehr zum Lachen zumute. Diese Frau erinnerte ihn an Elisabeth Kusian, die mordende Krankenschwester.
Und sie hatte für ihn etwas so Hexenhaftes an sich wie die Por-
tiersfrau aus dem Haus in der Yorckstraße, in dem sein Vater seinen Zigarrenladen gehabt hatte. Als Kinder hatte man sie stets
vor ihr gewarnt: «Die Wissmannsche hat den bösen Blick!» Otto
Kappe hatte während seiner langen Berufszeit zwar gelernt, dass

man sich von solchen Vorurteilen freimachen musste, wenn man Menschen gerecht beurteilen wollte, aber dennoch … Da er fürchtete, selbst nicht unvoreingenommen an die Sache heranzugehen, warf er Galgenberg einen Blick zu, um ihm zu bedeuten, dass er die Befragung übernehmen sollte.

Der verstand sofort und sagte: «Unser Beileid, Frau Wittenbeck! Wir möchten Sie in dieser Situation nicht übermäßig belasten, aber eine Frage sei uns zunächst dennoch gestattet: Wie kommt es, dass Sie hier einsam und allein in einem kärglich ausgestatteten Zimmer sitzen und nicht bei Ihrem Mann in einer dieser beiden herrlichen Villen leben?»

«Ganz einfach: Ich bin ausgezogen, weil ich meinen Mann mit unserer angeblichen Putzfrau im Bett erwischt habe, diesem Miststück von Anita, Anita Grabowski. Mein Mann hatte sie gerade erst eingestellt.»

Otto Kappe schrieb sich ein paar Stichpunkte auf.

Galgenberg blieb gelassen und sagte ganz beiläufig: «Und nun ist er tot. Gasvergiftung.»

«Das wundert mich nicht!», rief Gisela Wittenbeck. «Er hatte schon öfter davon gesprochen, den Gashahn aufdrehen zu wollen.»

«Es könnte aber auch jemand anderes den Gashahn aufgedreht haben», sagte Galgenberg, «oder die neue Gasttherme manipuliert haben.»

«Was sehen Sie mich so an?», ereiferte sich Gisela Wittenbeck nun. «Ich habe keine fünfzigtausend Mark Belohnung ausgesetzt für den, der meinen Mann umbringt! Außerdem war ich zur fraglichen Zeit hier in meinem Zimmer in der Pension.»

Otto Kappe notierte sich: *Merkwürdige Gedankenassoziation. Hat sie für diese Summe jemanden angeheuert, um ihren Mann zu töten?* Schließlich mischte er sich doch in die Befragung ein. «Nun, Frau Wittenbeck, es kann ein Unfall gewesen sein, es kann Suizid gewesen sein. Wenn es aber ein Mord war, wer hätte dann Ihrer Meinung nach für diese Tat ein Motiv gehabt?»

Nun legte die Frau ein Maß an Selbstironie an den Tag, das Kappe in einer solchen Situation nicht für möglich gehalten hätte. «Na, von mir einmal abgesehen, gibt es eine ganze Menge Menschen, die meinen Mann lieber tot als lebendig gesehen hätten. Der liebe Ludwig hatte die Gabe, sich immer und überall Feinde zu machen und anderen im Wege zu stehen. Aber ich habe da noch einen ganz anderen Verdacht ...» Und sie erzählte den Kriminalbeamten von ihrer Affäre mit Uwe Dreetz. «Ich habe Uwe erst kennengelernt, nachdem ich meinen Mann schon verlassen hatte. Da bin ich mit der Pensionswirtin Gerda Groß ins ‹Resi› gegangen, und dort hat sich Uwe an mich herangemacht. In meiner Verzweiflung habe ich mich auf ihn eingelassen. Aber ... der Mann ist ein Betrüger, ein Verbrecher. Ich befürchte, dass er sich von meinen Schlüsseln für die Firma und die Häuser in Kladow und in der Kaubstraße Nachschlüssel gemacht hat, denn ich habe Wachsreste in den Rillen gefunden, nachdem ich ihn das letzte Mal gesehen habe. Das kann doch kein Zufall sein, oder? Und es kann durchaus sein, dass er derjenige war, der Ludwig in der Firma niedergestochen hat ... Ich habe ihn nicht angezeigt, denn ... Ach Gott, ich dumme Kuh habe mich in ihn verliebt und ein paar wunderbare Nächte mit ihm verbracht. Ich hasse mich und mein Leben!» Vor Erschütterung konnte Gisela Wittenbeck nicht mehr weitersprechen.

Otto Kappe schrieb sich etwas auf und sah Galgenberg an. Der nickte. Ja, es hatte keinen Sinn mehr, hier und heute weiter mit der armen Frau zu sprechen. Sie war nur noch ein Häufchen Elend, und jetzt tat sie Otto Kappe aufrichtig leid. Sie verabschiedeten sich.

Im Auto berieten sie sich über ihre bisherigen Ermittlungsergebnisse.

«Nun müssen wir noch Inge und Max Bugsin befragen und diesen Neffen ...» Otto Kappe sah auf seinen Notizblock. «Heideblick ... Möbel-Heideblick in Neukölln. Kennt doch jedes Kind!»

Galgenberg sah seinen Vorgesetzten an. «Und was ist mit Wittenbecks Geliebter, dieser Anita Grabowski?»

Kappe fasste sich an den Kopf. «Warum sollte die den Wittenbeck umgebracht haben?»

«Vielleicht hat er ihr für die schnelle Nummer nicht genügend gezahlt?»

«Herr Kollege, bitte! Und im Übrigen bringen erfahrungsgemäß die Freier die Prostituierten um und nicht umgekehrt.»

Galgenberg sah Kappe fragend an. «Und wenn Gisela Wittenbeck sich das mit der Anita Grabowski im Bett ihres Mann nur ausgedacht hat?»

«Warum sollte sie das denn getan haben?»

«Um im Mordprozess mildernde Umstände zu bekommen.»

Otto Kappe lachte. «Hans-Gert, du solltest Drehbuchschreiber werden.»

«Warum nicht?», fragte Galgenberg. «So etwas wie *Es geschah in Berlin* schaffe ich auch noch.»

«Aber da geht es nicht um Morde, sondern um Kleinkriminalität», entgegnete Kappe.

Galgenberg ließ sich nicht so leicht mattsetzen. «Und wenn nun ein Kleinkrimineller wie dieser Uwe Dreetz plötzlich zum Mörder wird?»

«Hör auf!» Nach diesem Ausruf wurde Kappe aber doch etwas nachdenklich. «Vielleicht sollten wir den Dreetz mal ins Visier nehmen. Zumindest ist nicht auszuschließen, dass er etwas mit dem Einbruch in Wittenbecks Firma zu tun hat. Sagen wir also Piossek Bescheid, dass der den auftreiben soll.»

«Na siehst du!», rief Galgenberg und fügte hinzu: «Aber wenn es mein Drehbuch wäre, dann hätte ein Kriminalbeamter den Wittenbeck umgebracht, um seinem Vorgesetzten einen Gefallen zu tun: Endlich wieder mal ein spannender Fall!»

Kappe schlug mit der flachen Hand auf seine Dienstwaffe. «Hans-Gert, du spielst mit deinem Leben!»

Galgenberg hob die Hände. «Gut, ich gebe auf. Fahren wir

also, bevor es Feierabend wird, noch zu diesem Max Bugsin und seiner Tochter Inge in die Koblenzer Straße. Das ist ja von der Konstanzer aus nur ein Katzensprung. Über den Fehrbelliner Platz und dann die Brandenburgische hoch.»

Als Max Bugsin sie an der Haustür empfing, ahnte er bereits, wer sie waren und weswegen sie kamen. «Die Herren von der Kripo, wegen dem Ludwig!»

Otto Kappe stellte sich und Galgenberg mit Namen vor. «Und Sie sind der Herr Bugsin?»

«Ja, wie der See oben bei Joachimsthal. Dann man immer rin in die jute Stube!»

Das ging aber nicht so leicht, denn im Flur spielten an einer Platte, die man ansonsten zum Einkleistern von Tapetenbahnen gebrauchte, zwei junge Burschen Tischtennis.

«Das da hinten ist mein Sohn Gerhard», erklärte ihnen Max Bugsin. «Und das da vorne sein Freund Manfred Matuschewski. Der studiert an der FU Soziologie.»

Kappe horchte auf. «Dann müsste er ja meinen Sohn kennen.» Das war aber nicht der Fall, und Max Bugsin führte sie in die Küche, weil seine Frau auf dem Sofa im Wohnzimmer eingeschlafen sei.

«Wie geht es Ihrer Tochter Inge?», erkundigte sich Galgenberg.

«Ganz gut, würde ich sagen. Sie ist gerade bei dem Mann, den sie in Kürze heiraten will, in der Nassauischen Straße.»

Otto Kappe hätte am liebsten lauthals gestöhnt: Auch das noch! Aber vielleicht konnte ihnen Max Bugsin auch weiterhelfen. Sie setzten sich zu dritt an den Küchentisch. Wieder sah Otto Kappe Galgenberg an, und der spulte brav ab, was eingangs gesagt werden musste. «Ich hoffe, Sie können uns ein paar Auskünfte geben, Herr Bugsin.»

«Ich will's gerne versuchen.» Max Bugsin hatte Tränen in den Augen. «Mein Freund Ludwig ... Jede Woche haben wir stundenlang in der Sauna gesessen und ... Er hat für mich diese Faltenfrei-Salbe besorgt, auf die ich schon so lange gewartet habe. Und als Inge dann bei ihm geklingelt hat, um sie abzuholen, da … Wenn ich nicht wäre, würde er noch leben!» Max Bugsin schluchzte.

Otto Kappe tröstete Max Bugsin damit, dass sie mit Sicherheit wussten, dass Ludwig Wittenbeck schon tot gewesen war, bevor seine Tochter die Explosion ausgelöst hatte. «Er ist an einer Gasvergiftung gestorben, und die Frage ist nur, ob er die Schraube an seiner Gastherme selbst manipuliert hat, um Suizid zu begehen, oder ob ein anderer …»

«Tja, nun …» Max Bugsin versuchte, sich wieder in den Griff zu bekommen. «Er war manchmal schon sehr niedergeschlagen, vor allem nach dieser Messerattacke in seiner Firma und nachdem seine Frau ihn verlassen hat. Andererseits … Er hatte auch eine Menge Feinde. Vielleicht trachtete wirklich einer von denen nach seinem Leben.»

Galgenberg hakte sogleich nach. «Wen meinen Sie denn? Hat er mal Namen genannt?»

«Nein, Namen hat er immer aus dem Spiel gelassen, wenn wir uns über so etwas unterhielten.»

Kappe stand auf und überreichte dem Herrn seine Visitenkarte. «Wenn Ihnen noch etwas einfallen sollte, dann rufen Sie uns bitte an.»

Sie ließen sich noch die genaue Adresse von dem zukünftigen Ehemann seiner Tochter geben, bei dem diese verweilte, dann verabschiedeten sie sich.

Unten im Auto wurde Galgenberg poetisch. *«Da steh ich nun, ich armer Tor! / Und bin so klug, wie als zuvor.»*

Otto Kappe rang die Hände. «Ach Gott, da nennen sich die Leute Freunde – und wissen doch so herzlich wenig voneinander!»

Galgenberg erwiderte: «Wir kennen uns ja nicht mal selbst richtig.»

Kappe übte sich weiter im Stöhnen. «Wenn ich der Regisseur eines Fernsehspiels mit dem Titel *Der Fall Wittenbeck* wäre, dann würde ich jetzt alles hinschmeißen und erst mal zum Faustball fahren.»

Galgenberg lachte. «So aber sieht das Drehbuch unseres Lebens vor, dass wir uns jetzt auf den Weg zu Inge Bugsin machen.»

Inge Bugsin wusste natürlich gleich, dass es um Ludwig Wittenbeck ging, und war von dem Besuch der beiden Kriminalbeamten ganz offensichtlich nicht erbaut. «Ihre Kollegen haben doch schon alles zu Protokoll genommen.»

«Ja, aber …», Otto Kappe bemühte sich um ein gewinnendes Lächeln, «… vielleicht fällt Ihnen zu Ludwig Wittenbeck doch noch etwas ein, was uns weiterbringen könnte.»

Inge Bugsin lachte auf. Ein bisschen zu schrill, wie Kappe später notieren sollte. «Dann kommen Sie mal mit ins Schlafzimmer», forderte sie die beiden auf. «Morgen kommt der Maler, und alle anderen Räume sind zurzeit nicht sehr gastfreundlich.»

Otto Kappe und Hans-Gert Galgenberg setzten sich also auf die Bettkante, während Inge Bugsin auf einem Wäschepuff Platz nahm. «Dann schießen Sie mal los mit Ihren Fragen!»

Aber auch dieses Gespräch schien zunächst keinen Erkenntnisgewinn zu bringen. Erst beim Thema «Wittenbeck und die Frauen» wurde es etwas interessanter.

«Er hat versucht, alles ins Bett zu bekommen, was weiblich und zwischen achtzehn und achtundvierzig war. Auch bei mir hat er es probiert. Und allen hat er versichert, dass er sich sofort scheiden lassen würde», erzählte Inge Bugsin den beiden.

Kappe fragte sie deshalb, ob sie sich vorstellen könne, dass eine von Wittenbecks Geliebten so voller Rachedurst gewesen war, dass sie nicht davor zurückgeschreckt hat, ihn zu ermorden.

«Ja sicher, das könnte schon sein», antwortete Inge Bugsin, aber Namen und Adressen konnte sie auch keine nennen. «Und gesehen habe ich nur eine von ihnen, per Zufall: diese Anita, die angeblich als Putzfrau bei ihm angefangen hatte.»

«Diese Anita heben wir uns für morgen auf», entschied Otto Kappe, als er und Hans-Gert Galgenberg wieder im Auto saßen.

Als sie vor dem Feierabend noch mal im Büro vorbeischauten, fanden sie eine Notiz ihres Kriminaltechnikers vor: *Fingerabdrücke an Gastherme sind von dem Monteur Ronnie Nassmacher.*

NEUN

DAS WINTERSEMESTER 1964/65 hatte inzwischen begonnen, und Peter Kappe genoss die Vorlesung im Fach Forensische Psychologie. Heute ging es um das Thema *Unfälle, Morde und
Suizide durch Kohlenmonoxid*. Der Dozent war ein Doktor Damian
Doppler, der nicht der Typ trockener Gelehrte war, wie er in den
Fünfzigerjahren noch gang und gäbe war, sondern seinen Stoff
unterhaltsam vermitteln wollte. Sein Vorbild war offenbar Hans-
Joachim Kulenkampff, dessen Quizsendung *Einer wird gewinnen* am
25. Januar 1964 zum ersten Mal ausgestrahlt worden war und seit-
her als Krönung deutscher Fernsehunterhaltung galt.

«Nun, meine lieben Studenten», begann er, «alles spricht ja
nur noch vom Fall Wittenbeck, und die Kripomaschinerie läuft auf
Hochtouren, um herauszufinden, wie er ums Leben gekommen ist.
War es Mord, Suizid oder nur ein Unfall? Was wirklich geschehen
ist, wird vermutlich nie ans Licht kommen. Ihnen allerdings will
ich es verraten: Ich habe Wittenbecks Gastherme manipuliert, um
einen Aufhänger für meine heutige Lehrveranstaltung zu haben.
Aber bitte nicht weitersagen! Versprechen Sie mir das?»

«Ja!», kam es voller Begeisterung aus dem bis auf den letzten
Platz gefüllten Hörsaal.

«Gut, herzlichen Dank, dann kann ich beruhigt fortfahren.
Begeben wir uns also auf eine Zeitreise ins Jahr 1952. Da werden
die meisten von Ihnen schon auf der Welt gewesen sein, sich aber
kaum noch daran erinnern können, dass im März dieses Jahres
ganz Berlin über einen gewissen Dietrich Derz diskutierte, der
seinen Vater und dessen Verlobte ermordete, indem er in dessen

97

Wohnung Gas einleitete. 1952 – mit einem kleinen Zahlendreher wird daraus 1925, und für dieses Jahr zählt Charles Norris, der oberste Gerichtsmediziner von New York City, in seiner Stadt 618 tödliche Unfälle durch unbeabsichtigte Kohlenmonoxidvergiftung, dazu 388 Suizide und drei Morde durch Gas.»

Peter Kappe schrieb eifrig mit, nur bei Doktor Dopplers chemischen Details gönnte er sich eine kleine Pause. Er wunderte sich sowieso, dass der Forensiker so gut über chemische Prozesse Bescheid wusste.

«Unser Stadtgas, das für die Beleuchtung der Straßen sowie für Gasherde in Wohnungen verwendet wird, entsteht durch Kohlevergasung und besteht zu über fünfzig Prozent aus Wasserstoff. Dazu kommen dann Methan, Stickstoff und etwa zehn Prozent Kohlenstoffmonoxid. Um Unfälle zu verhindern, hat man ihm nach Knoblauch riechendes Diphosphan beigemengt. Das Teuflische am Stadtgas ist das Kohlenstoffmonoxid. Gelangt es über die Lunge in den Blutkreislauf, verbindet es sich dort mit dem zentralen Eisenatom des Hämoglobins und behindert in der Folge den Sauerstofftransport im Blut. Und das führt innerhalb weniger Minuten zum Tod durch Ersticken.»

Nun wurde es auch für Peter Kappe wieder interessant.

«Kommen wir zum Zusammenhang zwischen Stadtgas und Suizid. Sich mit Gas zu vergiften ist eine einfache Suizidmethode, und die Wendung «Dann drehe ich den Gashahn auf!» kennt jeder von uns. Wer sich vor einen Zug werfen will, muss erst zum Bahnhof laufen, wer sich von einem Hochhaus stürzen will, muss erst einmal nach oben kommen, wer sich erschießen will, wie Ernest Hemingway zum Beispiel, muss sich erst eine Waffe besorgen, was in West-Berlin wegen der Kontrollratsgesetze der Alliierten sehr schwierig ist. Wer sich aber mit Gas vergiften will, muss nur in seine Küche gehen. Im Zweifelsfall geht es auch mit einem Kachelofen und dem dort freigesetzten Kohlenstoffmonoxid. So wurde in Großbritannien in den Fünfzigerjahren die Hälfte aller Suizide dadurch verübt, dass man den Kopf in den Ofen steckte. Da stecken Sie ihn doch, meine sehr verehrten Damen und Herren, besser in den Sand ...»

Es folgten noch lange Ausführungen über Ursachen und Gründe für einen Suizid, und Peter Kappe musste sich stark konzentrieren, um alles mitschreiben zu können.

Otto Kappe hatte die Nacht schlecht geschlafen. Das tat er meist, wenn ihm ein Fall unlösbar erschien.

Im Büro traf er auf Hans-Gert Galgenberg. «Wir müssen uns heute diese Anita vornehmen!», sagte er.

Galgenberg riss die Arme hoch und gab sich ekstatisch. «Hurrah, Anita Ekberg, *La Dolce Vita!* Wird sie diesmal nicht in den Fontana di Trevi steigen, sondern in den Brunnen auf dem Ernst-Reuter-Platz?»

Otto Kappe warf einen Blick auf den Stadtplan, der hinter ihm an der Wand hing, und zeigte auf die Stelle, wo der Rohr- am Saatwinkler Damm endete. «Nein, ich habe das schon recherchiert. Anita Grabowski wohnt hier in Siemensstadt und kann höchstens in den Hohenzollernkanal springen.»

Als sie dort eintrafen und die Dame ihnen die Tür öffnete, musste Kappe zugeben, dass auch ihre Anita physiognomisch einiges zu bieten hatte. Kein Wunder, dachte Kappe, dass es Wittenbeck nicht gelungen war, dieser Versuchung zu widerstehen. Allerdings ließ Anita Grabowskis Anziehungskraft deutlich nach, als sie zu sprechen begann. «Ick weeß, warum Sie beede hier ufftauchen: Natürlich wegen dem Wittenbeck. Der Ludwig, ja, nu hatta det Zeitliche jesegnet, und ick kann man nach 'ne neue Stelle umsehn.»

Galgenberg sah sie grinsend an. «Sie haben ihm aber nicht nur als Putzfrau viel Freude bereitet, nicht wahr?»

«Det wissen Se also schon, det wa beede ...» Sie lachte. «Ick wollte ja ma Stewardess werden, und von die heeßt et ja: Die jehn in die Luft. Vögeln jleich.»

Kappe mochte diese Art von Gesprächen nicht und bat Anita Grabowski, dass sie erst einmal eintreten durften.

«Ja, komm Se man rin, is jrade keena da.»

Kappe hatte das Gefühl, dass Anita Grabowski den Eindruck vermitteln wollte, keine Prostituierte zu sein. Als sie im Wohnzimmer Platz genommen hatten, fragte er: «Sie arbeiten als Putzfrau?»

«Ja.» Anita Grabowski grinste anzüglich. «Brauchen Sie eene, Herr Kommissar? Reicht Ihnen Ihre Jattin zu Hause nich mehr?»

Otto Kappe ging darauf nicht ein, sah sich aber in seiner Vermutung bestätigt. «Sie verdienen Ihr Geld also nicht nur mit Reinigungsarbeiten?»

«Na klärchen! Denn wat hat meine Mutta imma jesacht? Kind, so wie du jebaut bist, kannste da dein Jeld am leichtesten mit deim Körper vadien.»

Galgenberg feixte. «Schade, dass das nicht auch für Männer gilt.»

«Du irrst», sagte Otto Kappe spontan, denn ihm war das eingefallen, was ihnen Gisela Wittenbeck über diesen Uwe Dreetz erzählt hatte. Um das Gespräch aber wieder in formelle Bahnen zu lenken, kam er schnell auf Wittenbeck zu sprechen. «Wenn Sie uns noch etwas mehr von Herrn Wittenbeck erzählen könnten … War er vielleicht manchmal so niedergeschlagen, dass er davon gesprochen hat, sich das Leben zu nehmen?»

«Ick jloobe schon. Det mit die Firma, det war ihm allet zu ville. Und mit seine Frau, da hatta ooch nur Zoff jehabt.»

«Wo waren Sie denn vom späten Nachmittag des 7. bis in die frühen Morgenstunden des 8. Oktober?»

«Wo soll ick schon jewesen sein? Inne Pariser Straße im ‹Séparée P›. Det ist de Nachtklub, in dem ick arbeete. Se können dort jerne nachfrajen.»

Otto Kappe nickte. Obwohl er ihr nicht recht glaubte, sprach anscheinend alles für einen Suizid, also dafür, dass Wittenbeck die Gastherme selbst manipuliert hatte. Nachdem sie noch ein paar Fragen gestellt hatten, bedankten sie sich bei Anita Grabowski und kehrten ins Büro zurück.

Kaum waren sie eingetroffen, tauchte Gerhard Piossek auf. «Ich habe eine Überraschung für dich!»

«Hat 'n Deutscher die Goldmedaille über hundert Meter gewonnen?», wollte Galgenberg wissen.

«Nein ...», der Kollege strahlte, «... aber um dem Kollegen Galgenberg die Ehre zu geben: Wir haben einen Galgenvogel!»

«Den Dreetz?», erkundigte sich Kappe, der so etwas ahnte.

«Das stimmt. Woher weißt du das? Die Kollegen haben ihn auf dem Bahnhof Zoo aufgegriffen, er wollte sich gerade ins Bundesgebiet absetzen.»

Galgenberg und Kappe machten sich sofort auf zu der Zelle, in die man Dreetz bis zum Eintreffen des Untersuchungsrichters gesteckt hatte.

Dreetz grinste. «Die Mordkommission. Wegen dem Wittenbeck. Ich hab's geahnt.»

«In der Tat. Ihre anderen Betrügereien und die Sache mit Gisela Wittenbeck interessieren uns nicht.» Otto Kappe setzte sich auf den einzigen vorhandenen Stuhl. «Wir sind uns ziemlich sicher, Herr Dreetz, dass Sie Frau Wittenbecks Schlüsselbund entwendet haben und sich Nachschlüssel für die Firma von Herrn Wittenbeck und für sein Domizil in der Kaubstraße angefertigt haben. Auf diese Weise haben Sie sich Zugang zu der Firma Pulmo Sanitatem Berlin GmbH am Südstern verschafft. Als Herr Wittenbeck Sie dabei überrascht hat, wie Sie in seine Firmenräume eingestiegen sind, haben Sie ihn niedergestochen. Und als Sie später in seinem Haus in der Kaubstraße gewesen sind, haben Sie ihn mit Gas vergiftet, um die erste Tat zu vertuschen.»

«Das mit dem Einbruch in die Firma und dem Messer gebe ich ja zu, aber den Gashahn habe ich bei ihm nicht aufgedreht!», rief Dreetz aufgebracht.

Galgenberg fixierte ihn. «Aber Sie geben zu, in Wittenbecks Villa in der Kaubstraße gewesen zu sein?»

Dreetz hatte seine Beherrschtheit schnell wiedererlangt. «Was unterstellen Sie mir? Haben Sie Fingerabdrücke von mir gefunden?»

«Bedarf es eines solchen Beweises überhaupt noch?», fragte Otto Kappe bewusst förmlich. «Wir werden bis auf Weiteres von einem Verdeckungsmord ausgehen.»

Jürgen Sterley war wieder auf der Jagd nach der Erfolgsstory, die ihn berühmt machen sollte. Er träumte davon, irgendwann nicht mehr der kleine Polizeireporter zu sein, sondern der größte investigative Journalist aller Zeiten.

Die Frau fürs Leben hatte er bisher noch nicht gefunden. Überhaupt hatte er es schwer bei den Frauen. Er galt als etwas schmierig, und einen Partner, der nachts nie zu Hause war und nicht viel verdiente, wollten die wenigsten. Was sollte er also tun? Ihm blieb nichts anderes übrig, als auf das große Los zu warten und bis dahin dem beruflichen Erfolg nachzujagen. Und Erfolg versprach vor allem alles, was mit Mord und Sex zu tun hatte – und für das *BBB* gut aufzubauschen war.

Der Fall Wittenbeck barg durchaus einiges Potenzial für ihn. Die Leute verfolgten die Entwicklung der Ermittlungen wie eine Serie im Rundfunk oder im Fernsehen. Jürgen Sterley konnte nur hoffen, dass Kriminaloberkommissar Otto Kappe und seine Mordkommission nicht so schnell herausfanden, wie Wittenbeck ums Leben gekommen war.

Sterley hatte inzwischen mit Inge Bugsin gesprochen und in Erfahrung gebracht, dass Wittenbeck es offenbar mit seiner angeblichen Putzfrau namens Anita Grabowski getrieben hatte. Die war eine heiße Kiste, und er freute sich schon auf Formulierungen wie *Für 50 DM Lohnzuschlag entstaubte sie bei Ludwig Wittenbeck alles.* Auch *Die vollbusige Putzfrau, die wohlhabenden älteren Männern gern zu Diensten stand* würde sich gut machen.

Aber bevor Sterley die Geschichte niederschreiben konnte, brauchte er ein paar mehr Informationen über diese Anita Grabowski. Da er fast überall in Berlin jemanden kannte, dem er einmal einen Gefallen getan hatte, würde er sicher jemanden auftreiben, der bereit war, sich zu revanchieren. Das Motto «Eine

Hand wäscht die andere» hielt ja schließlich die West-Berliner Gesellschaft im Innersten zusammen. Jürgen Sterley hatte Kontakt zu Mitarbeitern bei der Berliner Verwaltung, der BVG und der Müllabfuhr, den wenigen in West-Berlin noch ansässigen Industriebetrieben, den Justizvollzugsanstalten, der Polizei, den Gerichten und den Sendeanstalten RIAS und SFB. So brauchte er keine halbe Stunde, um herauszufinden, wo Anita Grabowski wohnte und dass sie die Nacht über in einem bordellähnlichen Klub in der Nähe des Kudamms arbeitete, im «Séparée P» in der Pariser Straße.

Sterley nahm Geld aus der Spesenkasse, die vom *BBB* regelmäßig aufgefüllt wurde, und machte sich auf den Weg in die Innenstadt. Als er sein Ziel erreicht hatte, wurde ihm sehr schnell klar, dass das «Séparée P» nichts als ein schnödes Bordell war, ähnlich der bekannteren «Pension Clausewitz». Es war noch früh am Abend, und von den Playboys der Halbstadt und den vergnügungssüchtigen Berlinbesuchern aus Westdeutschland – so wurde die gesamte BRD von den West-Berlinern genannt – hatte sich auch noch niemand eingefunden. Im schummrigen Rotlicht thronte eine der «Damen» mit übereinandergeschlagenen Beinen auf einem der Barhocker und wartete auf Kundschaft. So wie man sie ihm beschrieben hatte, konnte es sich dabei nur um Anita Grabowski handeln.

«Darf ich mich zu dir setzen?», fragte Jürgen Sterley.

Sie lächelte verführerisch. «Setzen darfst du dich, das kostet noch nichts.»

«Und wie teuer wird das Liegen?»

Sie nannte ihm ihren Preis, und Jürgen Sterley zögerte keinen Augenblick, aufs Ganze zu gehen. Zwar wäre ein Artikel mit der Überschrift *Ich vögelte mit Wittenbecks Geliebter* selbst im *BBB* unmöglich gewesen, aber allein der Gedanke daran verzückte ihn. Mit dieser wohlproportionierten Dame Unzucht zu treiben würde ihm helfen, sich bestens in Ludwig Wittenbeck hineinzuversetzen.

«Der Name ‹Séparée P› spielt nicht nur darauf an, dass wir in der Pariser Straße sitzen, sondern auch darauf, dass bei uns nichts ohne Pariser läuft», erklärte ihm Anita Grabowski.

Jürgen Sterley lachte. Er folgte Anita in ihr Zimmer und genoss das, was auch Wittenbeck genossen haben dürfte. Besser konnte man Berufliches und Privates kaum miteinander verbinden.

Als sie wieder unten in der Bar waren, begegnete Jürgen Sterley dem Geschäftsführer des «Séparée P», einem gewissen Louis L. Den hatte er vor Jahren einmal im Moabiter Schwurgericht erlebt, als er wegen schwerer Erpressung zu einigen Jahren Tegel verdonnert worden war. Jürgen Sterley malte sich daraufhin folgendes Szenario aus: Louis L. ließ Anita für sich arbeiten, um dann die ehrenwerten Geschäftsleute, die mit ihr geschlafen hatten, zu erpressen, darunter Ludwig Wittenbeck. Als der dann gedroht hatte, Anita und ihre Hintermänner auffliegen zu lassen, war Louis L. auf die Idee gekommen, Wittenbeck durch eine manipulierte Gastherme ins Jenseits befördern zu lassen.

Kriminaloberkommissar Otto Kappe ahnte nichts von den sensationellen Erkenntnissen Jürgen Sterleys. Im Gegensatz zu Letzterem bewegte er sich nicht im niederen Sumpf der menschlichen Gesellschaft, sondern in den hehren Gefilden der Hochkultur. Auf Gertruds Drängen hin hatte er ein Abonnement bei der Freien Volksbühne abgeschlossen, sodass er nun gezwungen war, ins neue Theater der Volksbühne in der Schaperstraße zu fahren und sich Heinar Kipphardts *In der Sache J. Robert Oppenheimer* anzusehen. Sohn Peter und Onkel Hermann begleiteten das Ehepaar.

«Ich hätte ja lieber ein Komödie mit Heinz Erhardt gesehen anstatt ein Stück über die Atombombe und deren Vater», erklärte Hermann. «Obwohl dieses Schauspiel natürlich gerade für uns Berliner eine gewisse Brisanz hat: Die Amerikaner sollen während des Kriegs auch einmal daran gedacht haben, eine Atombombe auf unsere Stadt zu werfen.»

«Wir sollten uns wirklich einmal kritisch mit den USA auseinandersetzen und sie nicht nur als uneigennützige Schutzmacht betrachten», antwortete Peter.

Gertrud gab ihrem Sohn recht. «Alle Welt interessiert sich für Mordgeschichten und lässt sich gern von ihnen unterhalten. Aber wie viele Leben die Kriegsmächte auf dem Gewissen haben, gerät in Vergessenheit. Und das gilt nicht nur für Deutschland, auch wenn es den Krieg angezettelt hat und die größten Verbrechen auf sein Konto gehen. Wir dürfen auch Hiroshima nicht vergessen oder Dresden.»

«Immerhin wurden die deutschen Untaten durch die Nürnberger Kriegsverbrecherprozesse gesühnt», hielt ihr Otto entgegen.

Hermann wurde es zu politisch, er wechselte lieber das Thema. «Von Oppenheimer zu Wittenbeck. Wie sieht's denn aus, Otto, habt ihr neue Erkenntnisse in eurem Fall?»

Der Neffe stöhnte auf.

Peter lachte. «Vaters neuester Spruch lautet: Nie war das Dunkel so dunkel.»

ZEHN

POLIZEI UND STAATSANWALTSCHAFT hatten lange gebraucht, bis sie den Leichnam von Ludwig Wittenbeck freigegeben hatten. Doch nun lagerte der gut gekühlt in einer der Hallen der Firma Friedberg Bestattungen Berlin an der Neuendorfer Straße. Ferdinand Friedberg und seine Frau Dorothea waren dabei, die «Inszenierung der Leiche» vorzunehmen.

Dorothea Friedberg sah auf die Sargkarte, die sie mit in den Kühlraum gebracht hatte, und las die einzelnen Merkposten laut vor. *«Gebiss einsetzen.»*

Ihr Mann hob die Oberlippe des Toten an. «Hat keins, alles noch natürliche Zähne.»

Ungerührt fuhr Dorothea Friedberg fort abzulesen, was auf ihrem Zettel stand. *«Mögliche Wunden kaschieren.»*

«Hat keine, Gasvergiftung.» Ferdinand Friedberg wurde noch eine Spur lakonischer.

«Windel abnehmen.»

Toten, die ohne Umweg über die Gerichtsmedizin zu ihnen kamen, legten sie zu Hause oder im Krankenhaus eine Windel an, weil sich beim Transport meist der Rest ihres Darms entleerte.

«Keine Windel vorhanden.»

Dorothea Friedberg fuhr fort, obwohl das eigentlich unnötig war. *«Schweiß von der Stirn wischen und Flüssigkeit aus dem Mund saugen.»*

«Schweiß nicht vorhanden, aber übelriechende Flüssigkeit im Mund.»

Die stieg nach oben, wenn sich der Magen des Toten langsam zersetzte, und musste abgepumpt werden. Nachdem sie das erledigt hatten, war Wittenbeck so zu kleiden und zu frisieren, dass er wie ein friedlich Schlafender aussah.

«Nun können wir ihn in den Sarg heben», sagte Dorothea Friedberg.

«Aber in welchen?», fragte ihr Mann. «Ich habe seine Frau angerufen und sie gebeten, dass sie herkommen und sich einen aussuchen möge, da hat sie wortwörtlich geantwortet: ‹Stecken Sie ihn dahin, wo er hingehört: in eine Mülltonne!› Und hat einfach aufgelegt – Menschen gibt's! Zum Glück konnte ich meine Beziehungen spielen lassen und übers Standesamt erfahren, dass Wittenbeck kinderlos ist, aber einen Neffen hat, einen gewissen Siegfried Heideblick in Neukölln.»

«Ah ja», rief seine Frau, «das ist bestimmt dieser Möbelunternehmer, Möbel-Heideblick! Dann musst du den wohl kontaktieren.»

Otto Kappe verfluchte diesen Oktobertag. Nicht wegen des Nieselregens und des deprimierenden grauen Himmels über Berlin, sondern weil er zum Polizeipräsidenten gerufen worden war.

«Freu dich doch, dass du dem mal die Hand drücken kannst», scherzte Hans-Gert Galgenberg. «Allen, denen Ruhe und Ordnung heilig sind, kannst du doch anschließend diesen Händedruck für mindestens zehn Mark verkaufen. Dein Pech nur, dass du dir nie mehr die Hände waschen kannst.»

«Deinen Humor möchte ich haben!», brummte Kappe.

«Du kennst ja mein Lebensmotto: Besser Humor als Tumor.»

Darauf erwiderte Otto Kappe nichts mehr, sondern vertiefte sich weiter in die Vita des West-Berliner Polizeipräsidenten Erich Duensing, um später im Gespräch mit ihm eine gute Figur zu machen. Zu vergessen war erst einmal, was sein Sohn beim Frühstück gesagt hatte: «Der ist bei uns Studenten nicht sonderlich beliebt.»

Otto Kappe memorierte nun immer wieder Duensings Werdegang. Geboren 1905 in Frankfurt am Main. Polizeischule in Hannoversch-Münden. Ab 1925 Offizier in der Preußischen

Landespolizei. In der NS-Zeit Überführung in die Wehrmacht. Oberleutnant, Kompanieführer und Regimentsadjutant. Generalstabsausbildung. Im Krieg Truppenführer und Generalstabsoffizier. Nach der Kriegsgefangenschaft 1948 Eintritt in die SPD, Oberbeamter in Hessen. 1951 Übersiedlung nach West-Berlin und Kommandeur der Schutzpolizei. 1962 Polizeipräsident in der Nachfolge von Johannes Stumm.

Als sich Otto Kappe dann dem Büro des Polizeipräsidenten näherte, nahm er unwillkürlich Haltung an. Doch als er an die Tür des Vorzimmers klopfen wollte, wurde er von einem Adjutanten abgefangen. «Tut mir leid, Herr Kappe, aber der Herr Polizeipräsident war gezwungen, kurzfristig seinen Terminplan zu ändern, und Sie müssen bitte mit Herrn Kriminaldirektor Niederzier vorliebnehmen.»

Kappe war etwas erleichtert, denn mit Günther Niederzier hatte er schon öfter zu tun gehabt, und er kam ganz gut mit ihm zurecht.

«Setzen Sie sich doch!», sagte Niederzier, als Kappe vor ihm stand. Nachdem Otto Kappe Platz genommen hatte, fuhr er fort: «Sie ahnen, Herr Kappe, warum wir Sie haben rufen lassen?»

«Vermutlich wegen des Falles Wittenbeck.»

«Da liegen Sie richtig», sagte Niederzier. «In der Presse lesen wir Tag für Tag nur negative Schlagzeilen, stets heißt es, die Mordkommission komme mit ihren Ermittlungen nicht weiter. Der Innensenator und Duensing machen mir die Hölle heiß.»

Otto Kappe rang die Hände. «Ich verstehe. Aber wir haben hier einen besonders schwierigen Fall vor uns. Im Moment tappen wir noch im Dunkeln.»

«Sie wissen doch nun aber hundertprozentig, dass die Gastherme manipuliert worden ist!»

«Ja schon, aber ...» Und nun zählte Kappe alles auf, was ihre schwierige Lage begründete. «Ein Fehler des Monteurs ist immer noch nicht ganz auszuschließen, auch nicht der Freitod Wittenbecks. Dazu kommt, dass eine schwer zu überschauende

Zahl von Personen Zugang zu Wittenbecks Villa in der Kaubstraße hatte, darunter seine Ehefrau, die ihn hasst und kurz vor
seinem Tod ausgezogen ist, aber auch eine Frau namens Anita Grabowski, von der er behauptet hat, sie sei seine neue Putzfrau, tatsächlich ist sie aber eine Prostituierte, und er hatte ein Verhältnis
mit ihr.»

«Sie kennen den Begriff ‹nasse Fische›?», fragte Niederzier
mehr rhetorisch. «Ich hasse ihn, er stammt wohl noch aus der
Gennat-Zeit. Ich will sozusagen trockene Fische und weise Sie
hiermit in aller Form an, den Fall Wittenbeck bis zum Ende dieses
Monats aufzuklären. Sonst … Sie wissen, dass ich eigentlich große
Stücke auf Sie halte und Ihnen vertraue, aber …»

Der Kriminaldirektor beendete den Satz nicht, doch Kappe
befürchtete das Schlimmste. Er sah sich schon in eine Dienststelle
versetzt, die sich mit Wettbetrug oder Ladeneinbrüchen beschäftigte. Der Gedanke war für ihn so schlimm wie für einen Fußballer
vom amtierenden Deutschen Meister 1. FC Köln die Vorstellung,
plötzlich beim TSV Kleinkleckersdorf in der Kreisklasse spielen
zu müssen.

Am Europa-Center baute man schon seit 1963. Mit der Errich-
tung der Mauer war das Areal zwischen dem Bahnhof Zoo und
dem KaDeWe am Wittenbergplatz zum Mittelpunkt West-Berlins
geworden. Der Kurfürstendamm endete hier, die zum Denkmal
gewordene Ruine der Gedächtniskirche ragte hier in den Himmel, und die Tauentzienstraße nahm hier ihren Anfang. Nur der
Breitscheidplatz war seit Kriegsende eine Brache, ein Schandfleck
für die Frontstadt, für das «Fenster zum Osten». Wo früher das
«Romanische Café» gestanden und Literaten und Künstler aus
aller Welt angelockt hatte, waren Zelte für Catcherturniere und
Zirkusclowns aufgestellt worden. Nun sollte an dieser Stelle
das höchste Hochhaus der Stadt entstehen: ein 86 Meter hoher
Büroturm mit einem riesigen rotierenden Mercedes-Stern auf
dem Dach. Ganz oben war eine Aussichtsterrasse geplant, und

im Erdgeschoss sollten neben einer Vielzahl von Geschäften eine Kunsteisbahn, Räume für das Kabarett Die Stachelschweine und ein Kino entstehen, das den Namen «Royal Palast» erhalten sollte.

Siegfried Heideblick legte all seine Hoffnung in die Fertigstellung dieses Gebäudekomplexes. Er wünschte sich, durch einen entsprechenden Auftrag endlich wieder Gewinne machen zu können. Eine Stunde lang saß er mit den Beauftragten des Bauherrn und Investors Karl-Heinz Pepper zusammen, dann war alles in trockenen Tüchern. Er eilte zum erstbesten Telefon, um jubelnd seine Frau Ute und anschließend seinen Vertreter Olaf Nonnenfürst anzurufen.

«Wir sind gerettet, ich habe den Auftrag für die Bestuhlung des Kinos bekommen!», sagte er zu seiner Frau und schlug ihr vor», nach der Arbeit gemeinsam zum Bestattungsunternehmen Friedberg zu fahren. «Ich habe mit Herrn Friedberg gesprochen. Heute Abend wird Onkel Ludwig zurechtgemacht sein, und ich möchte noch einmal ganz persönlich von ihm Abschied nehmen, nicht nur mit hundert anderen bei der offiziellen Trauerfeier.»

Seine Frau war erstaunt. «Dabei hat er dich so im Stich gelassen und dich nicht unterstützt, obwohl er wusste, dass du mit der Firma in finanzielle Schwierigkeiten geraten bist!»

«Ach, das war doch nicht seine Schuld! Da hatte vielleicht Tante Gisela ihre Finger im Spiel.»

«Unsinn, die war doch immer nett zu dir!»

Nach dem Gespräch mit Günther Niederzier hatte Kriminaloberkommissar Otto Kappe nur noch einen Wunsch: abzuschalten und die Arbeit zu vergessen. Aber so leicht war das nicht. Sein Onkel Hermann hätte sich vermutlich verteidigt, indem er alle Fälle aufgezählt hätte, bei denen die Kriminalpolizei eine ganze Ewigkeit gebraucht hatte, bis sie einen Erfolg hatte verzeichnen können: Karl Denke, Fritz Haarmann, Karl Großmann und Paul Ogorzow. Zudem hätte er wohl mit dem alten Sprichwort argumentiert, dass nichts so fein gesponnen sei, dass es nicht ans Licht der Sonne

käme. Doch all das war Otto nicht eingefallen, als er Herrn Niederzier gegenübergesessen hatte.

«Vater, du musst unbedingt mal auf andere Gedanken kommen!», sagte sein Sohn Peter am Abendbrottisch. Er hatte schon
zu lange Psychologie studiert, um nicht zu bemerken, wie sehr
sein Vater unter der temporären Erfolglosigkeit litt. «Wir gehen
Sonnabend ins Olympiastadion: Bundesliga, siebenter Spieltag,
Hertha BSC spielt gegen 1860 München.»

«... *verliert* gegen 1860!», korrigierte ihn Gertrud lachend.
«Denn bei 1860 steht ja Petar Radenkovic im Tor. Und den will
ich sehen, da komme ich mit!»

«Sorgen habt ihr!», brummte Otto.

«Weißt du, was ihr im Mordfall Wittenbeck braucht?», fragte
Peter.

Sein Vater sah ihn ratlos an. «Was denn? Das überraschende
Geständnis des Täters, der mit seiner Tat nicht mehr leben kann
und dem eine innere Stimme befohlen hat, reinen Tisch zu machen?»

«Nein, ihr braucht einen zweiten Mord», verriet ihm Peter.
«Ich habe ja schon jede Menge Kriminalromane gelesen – amerikanische, englische, französische –, und da ereignet sich immer
genau dann ein zweiter Mord, wenn die Ermittlungen ins Stocken
geraten. Und der zweite bringt die entscheidenden Hinweise zur
Aufklärung des ersten.»

«Eine interessante Theorie», fand Otto. «Darüber sollte ich
morgen mal mit Onkel Hermann sprechen, wenn er uns zum Fußballspiel begleitet.»

Und als sie am Sonnabend aus der U-Bahn stiegen und zum
Olympiastadion liefen, fragte Otto seinen Onkel Hermann tatsächlich, was er von Peters These hielt.

«Hm ...» Hermann überlegte. «Bei einem Serientäter ist es
ja tatsächlich so, dass der erste Mord nur der Auftakt einer Reihe
ist, aber im Regelfall trifft diese Theorie doch nicht zu. Nehmen
wir einmal an, jemand bringt seine Frau um, weil er sie mit ihrem

Liebhaber im Bett erwischt hat. Warum sollte er dann einen zweiten Mord begehen?»

«Peter meint ja auch nur, dass sei ein Trick der Krimiautoren, um Spannung zu erzeugen», erklärte Otto.

«Nun, das Leben ist kein Roman», sagte Hermann. «Und warum sollte im Fall Ludwig Wittenbeck ein zweiter Mord begangen werden? Ich kenne den Fall ja nur aus der Zeitung, aber . . .»

An dieser Stelle mussten sie ihr Gespräch beenden, denn sie hatten das Stadion erreicht, vor dem schon Hans-Gert Galgenberg auf sie wartete. Auch der wollte sich den Auftritt des deutschen Pokalsiegers von 1964 nicht entgehen lassen. Aber trotz dieses Titels und der Tatsache, dass «die 60er» in der Saison 1964/65 Favorit auf den Meistertitel waren, hatten sich am 10. Oktober 1964 um 15.15 Uhr nur 21 000 Zuschauer im West-Berliner Paradestadion eingefunden.

Dem Programmheft, das Hermann gekauft hatte, konnten sie entnehmen, in welcher Aufstellung die beiden Mannschaften spielen wollten: Für Hertha BSC sollten Fahrian, Rehhagel, Schimmöller, Groß, Eder, Klimaschefski, Sundermann, Faeder, Rühl, Schulz und Kremer an den Start gehen, für 1860 München Radenkovic, Patzke, Steiner, Zeiser, Reich, Luttrop, Grosser, Küppers, Wagner, Brunnenmeier, Heiß. Darunter waren große Namen, und umso erstaunlicher erschien allen die nur geringe Zuschaueranzahl.

Brunnenmeier erzielte in der 32. Minute das 1:0 für die Münchener, und die Berliner fürchteten schon das Schlimmste für ihre Mannschaft. Doch eine Minute später glich Schulz zum 1:1 aus, und Kremer erzielte dann in der 71. Minute das Siegtor für Hertha BSC.

Peter klopfte seinem Vater auf die Schulter. «Das sollte dich optimistisch stimmen, dass du auch in deinem kriminalistischen Spiel als Sieger vom Feld gehen wirst.»

ELF

JÜRGEN STERLEY stand am Fenster seines kleinen Arbeitszimmers im Redaktionsgebäude des *BBB* und sah auf die Friedrichstraße hinunter. Ein Jeep mit amerikanischen Soldaten rollte auf den Checkpoint Charlie zu und wurde durchgewunken. Wie einfach doch manches in dieser komplizierten Welt war! Er ging zu seiner Schreibmaschine und versuchte, sich zum Fall Wittenbeck noch etwas aus den Fingern zu saugen. Aber da war nichts als Leere in seinem Kopf, und in seiner Verzweiflung schlug er so lange auf die Tasten seiner Schreibmaschine, bis sich einige Typenhebel verhakten. Außer *kkk ooo plö wertqq* hatte er nichts zu Papier gebracht. Nachdem er die Typenhebel wieder voneinander gelöst hatte, versuchte er es mit einer Überschrift: *Wenn die Zitrone ausgequetscht ist.* In seiner Verzweiflung erinnerte er sich an einen Rat des großen Karl May: *Erzähle nicht die Wahrheit, solange dir etwas Interessanteres einfällt.* Aber wie sollte er das, bezogen auf den Fall Wittenbeck, umsetzen? Vielleicht war es am besten, er erfände einige potenzielle Täter. Wittenbeck war Mitglied der CDU gewesen. Vielleicht hatte der erfolgreiche Unternehmer geplant, sich bei der nächsten Wahl zum Berliner Abgeordnetenhaus als Spitzenkandidat aufstellen zu lassen, und jemand hatte ihn umgebracht, weil er seine Karriereaussichten dadurch bedroht sah. Während Sterley noch über die weitere Entwicklung seiner Geschichte nachdachte, wurde an seine Tür geklopft, und eine Vorzimmerdame erschien.

«Jürgen, du möchtest mal bitte zum Chef kommen.»

Er erschrak, griff dann aber schnell seinen Notizblock und machte sich auf den Weg zum Chefredakteur. Der führte sich meist wie Zeus, Odin und Gottvater in einem auf, und Jürgen Sterley hatte schon oft gesagt: «Wenn ich jemals einen Mord begehen sollte, dann ist Rainer das Opfer.»

Rainer Sülzle war deutlich anzusehen, dass er schlechte Laune hatte. «Nimm Platz, und erkläre mir einmal, was eine Zielgruppe ist!»

Jürgen Sterley erinnerte sich an ein Seminar in seiner Hochschulzeit. «Unter einer Zielgruppe versteht man eine bestimmte Anzahl von Marktteilnehmern, die gewisse Gemeinsamkeiten haben und auf bestimmte kommunikative Signale homogen reagieren.»

«Gut, mein Lieber, und da wir nicht für unsere Herren Akademiker schreiben, sondern für die Leute mit Volksschulabschluss, das Volk eben, solltest du Sätze vermeiden wie …» Er warf einen Blick auf Sterleys Manuskript. « … wie diesen hier, wo du Nietzsche zitierst: *Denn eine Gesundheit an sich gibt es nicht, und alle Versuche, ein Ding derart zu definieren, sind kläglich missraten. Es kommt auf dein Ziel, deinen Horizont, deine Kräfte, deine Antriebe, deine Irrtümer und namentlich auf die Ideale und Phantasmen deiner Seele an, um zu bestimmen, was selbst für deinen Leib Gesundheit zu bedeuten habe.*»

Jürgen Sterley wagte es, sich zu verteidigen. «Das hätte in Wittenbecks Villa über dem Schreibtisch hängen können. Wittenbeck ist Pharmazeut gewesen.»

«Pillendreher heißt das bei uns!», verbesserte Sülzle ihn.

«In Ordnung. Und statt in der Kaubstraße oder Kladow lassen wir ihn in Dahlem wohnen, weil das vornehmer klingt und unsere Leserinnen und Leser sich dann in ihren Vorurteilen bestätigt fühlen.»

«Es geht nur darum, dass unsere Leser das *BBB* für vertrauenswürdig halten», stellte Sülzle richtig.

«Was soll ich also tun?»

«Leute aufstöbern – Verwandte, Freunde, Freundinnen, Nachbarn, Mitarbeiter von Wittenbeck –, die etwas hergeben, die der Leser lieben oder hassen kann, die Emotionen wecken, wenn von ihnen berichtet wird. Typen eben. Du bekommst jeden Tag die ganze Seite sieben für einen von ihnen. Wir müssen die Sache Wittenbeck am Köcheln halten. Der Leser soll jeden Morgen zum Zeitungskiosk eilen, um sich das *BBB* zu kaufen, weil er wissen will, wie es weitergeht. Nach den Hesselbachs und den Schölermanns nun die Wittenbecks.» Sülzle stand auf, um Jürgen Sterley die Tür aufzuhalten. «Also los, Sterley, lass dir was einfallen! Denk an Stirling Moss: Immer alle anderen schlagen, Erster sein, Weltmeister werden!»

Als Jürgen Sterley wieder in seinem Büro war, grübelte er lange, ob es richtig gewesen war, Journalist zu werden. Natürlich hatte es seinen Reiz, seinen Namen jeden Tag in der Zeitung stehen zu sehen und zu wissen, dass Hunderttausende die Artikel lasen, die man geschrieben hatte. Aber wäre es ihm als Schauspieler nicht besser ergangen? Jeden Abend den donnernden Applaus der Leute zu genießen und am Bühnenausgang von weiblichen Fans umlagert zu werden – das wäre wahrlich erhebend. Fußballnationalspieler, Olympiasieger über hundert Meter oder Formel-1-Gewinner wäre auch verlockend gewesen. Nach Moss ein zweiter Stirling auf dem Siegerpodest. Alle Welt hätte ihn hofiert, von aller Welt wäre er mit Lob überschüttet worden, und so einer wie Rainer Sülzle hätte ihn nicht zusammenstauchen können.

Sterley erinnerte sich an einen Ausruf seines Vaters: «Hätte, wenn und aber ...» Der hätte sicherlich noch hinzugefügt: «Jürgen, du bist nun mal beim *BBB* und hast das zu akzeptieren.» Deshalb wandte sich Jürgen Sterley nun auch wieder dem Fall Wittenbeck zu und rief erst einmal bei der Kripo an. Er redete so lange auf die Sekretärin Frieda Kessel ein, bis sie ihn entnervt zum Oberkommissar Kappe durchstellte.

«Guten Morgen, lieber Herr Kappe. Entschuldigen Sie die Störung, aber meine Leser können gar nicht genug vom Fall Ludwig Wittenbeck bekommen, und ehe ich mir etwas zusammenfantasiere, frage ich lieber Sie. Steht nun schon fest, ob es sich um Unfall, Mord oder Suizid handelt? Und falls es Mord war – wissen Sie schon, wer der Täter ist?»

117

Otto Kappes Stöhnen war nicht zu überhören. «Lieber Herr Sterley, ich darf Ihnen keine Auskunft geben, das wissen Sie doch.»

Jürgen Sterley lachte. «Also haben Sie immer noch keine neuen Erkenntnisse?»

«Ich kann Ihnen nur so viel sagen: Wir haben es mit einem äußerst komplizierten Fall zu tun.»

«Na, dann kann ich Ihnen nur wünschen, dass Sie endlich Licht ins Dunkel bringen.» Damit bedankte sich Jürgen Sterley und legte wieder auf.

Dass der Kriminaloberkommissar Otto Kappe und seine Mordkommission mit den Ermittlungen nicht vorankamen, war ja nur gut für das *BBB*. «Jeden Tag die ganze Seite sieben», Sterley hatte Sülzles Worte nicht vergessen. Er überlegte, was für eine Frau oder ein Mann in Wittenbecks Umfeld für den ersten Artikel infrage käme. Gisela Wittenbeck war schon von der Konkurrenz ausgeschlachtet worden, deshalb machte sich Sterley auf ins Archiv, um nachzulesen, was die Kolleginnen und Kollegen von den anderen Berliner Blättern, insbesondere die vom *Abend* und der *Nacht-Depesche*, schon über sie geschrieben hatten. Es war nichts Sensationelles zu finden, aber er erfuhr, dass Gisela Wittenbeck in einer Pension in der Konstanzer Straße untergekommen war. Die Telefonnummer hatte er schnell herausgefunden. Bald darauf hatte er Gisela Wittenbeck am Apparat.

Sterley zeigte sich von seiner einfühlsamen Seite. «Liebe Frau Wittenbeck, wir vom *Berliner Boulevard Blatt* können Ihren Schmerz nachvollziehen – den Verlust Ihres Mannes, den Verlust Ihres Hauses – und wollen Sie nicht mit unseren Fragen quälen. Im Gegenteil: Wir wollen Ihnen helfen, das heißt, wir wollen über Sie schreiben, damit Sie nicht weiter verdächtigt werden, Ihren Mann … Es ist doch ganz unvorstellbar, dass Sie die Gastherme in der Kaubstraße manipuliert haben, um … Das entspricht doch alles ganz und gar nicht Ihrer Persönlichkeit!»

«Vielen Dank für Ihre Bemühungen, aber wie kommen Sie dazu …»

Jürgen Sterley ließ Gisela Wittenbeck nicht ausreden. «Haben Sie denn wenigstens Freunde und Verwandte, die Sie auffangen?»

Etwas irritiert war Gisela Wittenbeck schon darüber, dass sich dieser Sterley herausnahm, sie so auszufragen, aber sie freute sich, wieder mit jemandem sprechen zu können. «Na ja, die Gerda Groß hier von der Pension kümmert sich ganz rührend um mich, aber sonst ... Ludwig und ich haben leider keine Kinder, und seine sowie meine Eltern sind schon tot. Geschwister haben wir beide auch keine mehr. Da gibt es nur einen Neffen von Ludwig, der ist der Inhaber von Möbel-Heideblick, das sagt Ihnen vielleicht etwas ...»

Nachdem sich Jürgen Sterley noch ein bisschen mit Gisela Wittenbeck unterhalten hatte, bedankte er sich und legte auf. Im Telefonbuch suchte er nach dem Möbelhändler, von dem Frau Wittenbeck gesprochen hatte. Nach nicht einmal einer Minute hatte er die Firma gefunden: *Möbel-Heideblick, Neukölln, Karl-Marx-Straße*. Und er zögerte nicht, sofort dorthin zu fahren, denn der Mann versprach etwas für die Seite sieben herzugeben. Schnell hatte er seinem Chef Bescheid gesagt und sich auf den Weg gemacht. Eine Viertelstunde später betrat er das Geschäft von Heideblick.

Ein kugelrunder Mann kam ihm entgegen. «Kann ich Ihnen behilflich sein?»

Jürgen Sterley zeigte sein schönstes Lächeln. «Ich brauche weder Stuhl noch Sofa. Ich möchte einfach nur mit Herrn Heideblick sprechen. Sind Sie das?»

«Nein, mein Name ist Nonnenfürst, ich bin sein Vertreter, in beiderlei Hinsicht, also Handelsvertreter wie Prokurist. Herr Heideblick ist im Augenblick leider nicht zu sprechen, er ist in die DDR gefahren. Nach Bautzen, ins Gefängnis.»

«Oh!»

«Nein, nein, ziehen Sie bitte keine falschen Schlüsse!», sagte Nonnenfürst schnell. «Es geht um Geschäfte. Dort sollen Möbel zu günstigen Konditionen hergestellt werden. Aber dürfte ich nun erfahren, warum Sie Herrn Heideblick zu sprechen wünschen?»

Jürgen Sterley zog seinen Presseausweis aus der Jackentasche und stellte sich vor. «Mein Name ist Sterley, Jürgen Sterley, und ich schreibe fürs *Berliner Boulevard Blatt*. Wir vom *BBB* berichten ausführlich über den Fall Ludwig Wittenbeck, und Herr Heideblick soll ja ein Neffe des Verstorbenen sein …»

«In der Tat. Herr Heideblick und seine Frau haben sehr an ihrem Onkel Ludwig gehangen. Von dessen Ableben haben sie mit großer Erschütterung Kenntnis erhalten. Sie sind noch ins Bestattungsinstitut nach Spandau gefahren, wo er aufgebahrt worden ist, um ganz persönlich Abschied von ihm zu nehmen.»

Jürgen Sterley war enttäuscht. Es schien ihm fraglich, ob er durch dieses Gespräch an Informationen gelangen würde, die er für einen guten Artikel gebrauchen konnte. Dennoch fragte er den Vertreter weiter aus. «Wie war denn das Verhältnis zwischen Herrn Heideblick und seinem Onkel?»

«Bestens! Herr Wittenbeck war kinderlos und hat daher Herrn Heideblick behandelt wie seinen eigenen Sohn. Und er hätte uns mit Sicherheit auch aus unserem finanziellen Engpass geholfen, wenn er nicht verstorben wäre … Aber was erzähle ich Ihnen da? Das geht Sie ja gar nichts an.»

Jürgen Sterley sah auf seinen Notizblock. Da stand noch immer viel zu wenig. «Wann ist es denn möglich, Herrn Heideblick persönlich zu sprechen?», erkundigte er sich.

«Herr Heideblick ist vielbeschäftigt. Vielleicht nach der Beisetzung seines Onkels», überlegte Nonnenfürst und nannte nebenbei ganz unbedacht Termin und Ort der Beerdigung. «Da an der Wand hängt übrigens ein Foto von Herrn Heideblick.»

Sterley reichten diese Informationen, und er verabschiedete sich.

Charlotte Storkau hatte eine Ausgabe der Wochenzeitung *Die Zeit* vor sich liegen und einen Artikel aufgeschlagen, der für sie persönlich ebenso wichtig war wie für das Gespräch mit einem jungen Patienten heute Nachmittag. Der trug die Überschrift *Angst vor intelligenten Frauen. Warum junge Männer sich bedroht fühlen — Mutmaßun-*

gen über Studentinnen. Warum hatte sie mit ihren 38 Jahren immer noch nicht den Mann fürs Leben gefunden? Alle Männer, für die sie sich ernsthaft interessiert hatte, hatte sie mit ihrer Intelligenz abgeschreckt. Hinzu kam, dass sie Psychologin war. Die meisten Männer hatten Angst davor, von ihr durchschaut und analysiert zu werden. So eine Frau war ihnen unheimlich. Dabei hätte sie manch ein Patient durchaus gereizt, dieser Jürgen Sterley zum Beispiel. Aber ihr Berufsethos ließ es nicht zu, dass sie sich mit ihm privat einließ.

Ihr Telefon klingelte und riss sie aus den Gedanken. Sie nahm ab und meldete sich mit «Psychologische Praxis Charlotte Storkau». Dann zuckte sie zusammen, denn Jürgen Sterley war am Apparat. Das konnte doch kein Zufall sein! Sie hielt nichts von Hans Bender in Freiburg und seiner Parapsychologie und sah Psi-Phänomene als ausgemachten Unfug an, aber seltsam war es doch, dass der Polizeireporter sie gerade in der Sekunde anrief, in der sie an ihn dachte.

«Ich hätte gern so schnell wie möglich einen Termin bei Ihnen», hörte sie Jürgen Sterley sagen. «Ich komme mit meiner beruflichen Situation beim *BBB* nicht mehr zurecht und muss dringend mit jemandem darüber sprechen.»

«In Ordnung.» Sie sah auf ihren Kalender. Schon heute wäre Zeit gewesen, aber sie hatte Angst vor einer erneuten Begegnung mit Jürgen Sterley. Ob sie ihre Gefühle für ihn würde verstecken können? Lieber gab sie sich noch ein paar Tage Zeit, um sich innerlich zu wappnen. «Nächsten Montag um zehn Uhr hätte ich noch einen Termin frei, früher geht es leider nicht.»

Als sie wieder aufgelegt hatte, war sie den Tränen nahe. Noch mehr als die Sache mit Jürgen Sterley quälte sie das Problem mit Ludwig Wittenbeck. Der hatte ihr von all seinen Todfeinden erzählt, und vermutlich war auch sein Mörder unter ihnen. Vorausgesetzt, er hatte sich nicht selbst das Leben genommen, das konnte sie nicht ganz ausschließen. Schließlich war er ziemlich labil gewesen. Aber berufliche Schweigepflicht hin oder her – war sie nicht vor Gott und ihrem Gewissen verpflichtet, der Kriminalpolizei die Liste mit den potenziellen Tatverdächtigen zukommen zu lassen: Thomas Suthfeld, Gerhard Glimbach, Bernd Edewecht, Gisela Wittenbeck? Während sie in dieser Sache mit sich rang, überkam sie die Lust zum Schreiben. Seit einem Jahr saß sie an einem Buch mit dem Titel *Das Innenleben von Mördern*, für das sie bereits einen renommierten Verlag gefunden hatte, das sie aber noch nicht veröffentlichen wollte, weil Freundinnen ihr geraten hatten, aus dem Thema eine Dissertation zu machen. Eitel war sie nicht, aber deren Argument leuchtete ihr ein: «Ein Doktortitel verschafft dir in deiner Praxis doch einen viel größeren Zulauf!»

Tatsächlich aber liebäugelte sie heimlich damit, einen Roman zu schreiben und keine wissenschaftliche Abhandlung. Die erwähnten Personen waren die perfekten Vorlagen für interessante Romanfiguren. Es bereitete ihr Spaß, sich einen dieser Menschen als Mörder vorzustellen. Was machte er gerade? Woran dachte er? Verdrängte er seine Tat, oder las er jeden Tag das *BBB*, um zu verfolgen, was Jürgen Sterley brühwarm über den Fall Wittenbeck zu berichten wusste?

So begann Charlotte Storkau, ihrer Reiseschreibmaschine ihre Gedanken anzuvertrauen: vier kleine Lebensbilder, die zwar zum größten Teil erfunden waren, sich aber der Informationen bedienten, die sie von Herrn Wittenbeck erhalten hatte.

Thomas Suthfeld
Wie jeden Mittwoch war Suthfeld zum Golfplatz Wannsee hinausgefahren, der südlich des Schäferbergs und der Königstraße gelegen war und immerhin neun Löcher aufwies. Dass das Hahn-Meitner-Institut für Kernphysik mit seinem kleinen Forschungsreaktor wie ein Keil in das Gelände hineinragte, störte ihn wenig. Mit seinem Freund Werner und einem Caddy zog er seine Bahn.
Bei der Annäherung an das Loch vier stützte sich Werner auf sein Eisen sieben und sah kopfschüttelnd zu Suthfeld hinüber. «Mensch, Tommy, was ist denn los mit dir? Zweimal hat dein Ball schon im Bunker gelegen, und jetzt ist er nicht auf dem Grün gelandet, sondern im Gebüsch.»

Suthfeld erschrak. Nachdem er in Wittenbecks Villa die Schraube an der Gastherme gelockert hatte, hatte er sich selbst als kaltblütigen Mörder eingeschätzt. Alles war wie ein Kinderspiel gewesen. Bei einem Besuch in der Kaubstraße hatte er vorgegeben, die Toilette aufzusuchen, sich stattdessen aber zur Gastherme geschlichen. Doch nun lagen seine Nerven blank. Als eine Schar Krähen über den Golfplatz hinwegflog, erinnerte er sich an Schillers Gedicht «Die Kraniche des Ibykus»:

Doch wehe, wehe, wer verstohlen
Des Mordes schwere Tat vollbracht!
Wir heften uns an seine Sohlen,
Das furchtbare Geschlecht der Nacht.

Die Erynnien, die Rachegöttinnen — Ludwig musste sie alarmiert haben, schoss es Suthfeld durch den Kopf. Ach, Unsinn! Aber auch sein nächster Schlag war eine Katastrophe. Er fasste sich ans Herz.

«Thomas, ist dir nicht gut, soll ich einen Arzt holen?», erkundigte sich sein Freund.
«Nein danke. Mich hat anscheinend nur etwas in die Brust gestochen.»
Thomas Suthfeld hatte doch alles bloß wegen der Firma getan. Mit Ludwig auf der Brücke wäre ihr Schiff garantiert schon bald gekentert. Er war ganz dem Denken der unmittelbaren Nachkriegszeit verhaftet gewesen und hatte nicht begriffen, dass ein neuer Wind in Deutschland wehte. Entweder man expandierte, oder man ging baden — so einfach war das. Wenn sie sich nicht anstrengten, konnten sie einpacken, und Schering übernahm das Ruder. Nur selten hatte Suthfeld Wittenbecks Zustimmung erhalten, wenn er mal wieder eine Idee für ein neues Produkt gehabt hatte. Jeden Tag hatten sie gestritten. So hatte es einfach nicht mehr weitergehen können. Suthfeld hätte sein gesamtes Vermögen, das er in die Firma gesteckt hatte, verloren, und ein Dutzend Männer und Frauen hätten bald keine Arbeitsplätze mehr gehabt, wenn er nicht gehandelt hätte. Es hatte kein Weg daran vorbeigeführt, seinen Partner zu beseitigen.

Gerhard Glimbach
Gerhard Glimbach hatte nie vergessen, was damals an der Tafel gestanden hatte, als es um die Wahl zum Klassensprecher gegangen war: «Gerhard Glimbach — Die Neandertaler sind zurück.»
Wie gern wäre er ein Adonis gewesen, von den Mädchen umschwärmt, doch sein Aussehen ließ auch noch das letzte Mauerblümchen vor ihm zurückschrecken.

«Lieber gehe ich ins Kloster und werde eine alte Jungfer, als dass ich mich auf den einlasse», hörte er es in der Reihen hinter sich flüstern. Auch während seines Chemiestudiums änderte sich das nicht. Die einzige Freundin, die er jemals gehabt hatte, verließ ihn wegen eines anderen. Trost fand er nur im Alkohol. Mit der Zeit entwickelte er sich zu einem Alkoholiker, in unregelmäßigen Intervallen gab er sich exzessiv dieser Sucht hin, war dann zwei, drei Tage wieder abstinent und blieb es manchmal auch über mehrere Wochen. Doch schon bald holte ihn die Erinnerung an die vielen Demütigungen wieder ein.

Sein Studium hatte er mit Ach und Krach zu Ende gebracht, und annehmbare Stellen waren in West-Berlin nur schwer zu finden gewesen, denn zu viele Firmen waren nach Westdeutschland gegangen. Die Probezeit bei einer bekannten Pharmafirma hatte er nicht bestanden, und er hätte sich ins Heer der arbeitslosen Akademiker einreihen müssen, wenn ihm sein Doppelpartner beim Tennis nicht den Job bei Wittenbecks Pulmo Sanitatem verschafft hätte. Aber immer wieder war er in angetrunkenem Zustand Kolleginnen auf den Leib gerückt, hatte er sich mit Kollegen geprügelt oder bei der Herstellung von Medikamenten Fehler gemacht.

Im August dieses Jahres hatte Ludwig Wittenbeck ihn dann zu sich gerufen. «Herr Glimbach, ich habe Sie x-mal ermahnt und zweimal sogar schriftlich abgemahnt, aber nun ist meine Geduld mit Ihnen am Ende: Ich kündige Ihnen hiermit fristlos!»

«Sie feuern mich? Das können Sie doch nicht machen!»

«Doch, das kann ich! Holen Sie sich Ihre Papiere ab. Und dann verschwinden Sie!»

Für Gerhard Glimbach war das der Untergang. Aber er wollte nicht alleine untergehen. Als er wieder einmal 3,5 Promille im Blut hatte, beschloss er, zu Wittenbecks neuer Villa zu fahren und unbemerkt den Gashahn aufzudrehen.

Bernd Edewecht

Bernd Edewecht lag mit Dietmar im Bett. Nachdem sie sich ausgiebig geliebt hatten, kam nun die Stunde, da sie plaudernd nebeneinanderlagen.

«Du, Bernd», sagte Dietmar und streichelte Edewecht die Brustwarzen, was der immer wieder genoss, «du liebst mich doch über alle Maßen, oder?»

«Natürlich, mehr als alles andere im Leben.»

«Dann verschaffe mir doch endlich Räume in deinem Gebäudekomplex am Südstern. Ich brauche sie unbedingt für meine D & L.» Damit meinte er seine neue Firma, die Destillerie & Liqueurfabrik. «Ich will die alten Marken wiederauferstehen lassen, also das Danziger Goldwasser und den Sauren mit Persiko, und dazu brauche ich Platz. Du wolltest doch diesen Pillendreher, diesen Wittenbeck, schon längst raussetzen.»

«Sein Kompagnon wäre schon mit einem Umzug einverstanden, doch Wittenbeck stellt sich quer.»

Dietmar küsste ihn. «Wenn du mich wirklich liebst, dann bringst du ihn um die Ecke. Ich verrate dir da einen ganz einfachen Trick.»

Gisela Wittenbeck

Gisela Wittenbeck hatte das Leben in ihrem miefigen Pensionszimmer mehr als satt, aber im eingemauerten West-Berlin eine Wohnung zu finden war gar nicht so einfach. In die Hochhaussiedlungen, die an den Stadtgrenzen, in Spandau, Reinickendorf und Neukölln entstanden, wäre sie niemals gezogen. So tief wollte sie nun doch nicht sinken, schließlich hatte sie jahrelang in einer Villa gelebt. Sie in einer Trabantenstadt und Ludwig in seinem neuen Palast in der Kaubstraße – das kam gar nicht infrage! Nach der Scheidung würde sie zwar keine arme Frau mehr sein, aber das dauerte ihr alles zu lange. Zudem: Wie hoch ihr Kontostand danach auch immer sein würde, Ludwig hatte ihr Leben verpfuscht. Er dagegen würde weiterhin jeden Tag genießen können, als der große Chef seiner Firma und als Liebhaber dieser Anita.

Es war also nicht verwunderlich, dass sie in dieser Stimmung beschloss, sich an ihrem Mann zu rächen. Warum sollte Ludwig nicht auch so sterben wie seine Mutter? Sie musste nur unbemerkt ins Haus gelangen und den Gashahn aufdrehen. Alles würde so aussehen, als hätte ihr Mann sich selbst das Leben genommen. Jeder wusste doch, wie launenhaft er war und dass ihn ab und zu ein Stimmungstief überkam.

ZWÖLF

HANS-GERT GALGENBERG erschien am Morgen als Erster im Büro. Er las mit Verwunderung einen Notizzettel, den ihm offenbar Kriminaloberkommissar Otto Kappe hinterlassen hatte: *Beerdigung Wittenbeck heute In den Kisten.* Darauf konnte er sich keinen Reim machen. Was hatte das zu bedeuten: *In den Kisten?* Da fiel ihm ein, dass er einmal bei der Beisetzung eines entfernten Verwandten in Holland gewesen war, und auf Niederländisch hieß Sarg *kist.* Aber war denn Wittenbeck gebürtiger Holländer? Als Otto Kappe eintraf, fragte er sogleich bei ihm nach.

«Mensch, Hans-Gert, leg dir endlich eine Brille zu! Ich habe geschrieben: *Beerdigung Wittenbeck heute In den Kisseln.*

«Mensch, Otto», erwiderte Galgenberg, «leg dir endlich eine lesbare Handschrift zu!»

Den Friedhof In den Kisseln draußen auf dem Falkenhagener Feld gab es schon seit 1886. Als er errichtet worden war, hatte Spandau noch gar nicht zu Berlin gehört. Doch Berlin wuchs und wuchs – und mit der Bevölkerung auch die Zahl der Menschen, die jährlich zu Grabe getragen wurden. Innerhalb der Stadtmauern war bald kein Platz mehr gewesen, und man hatte Friedhöfe draußen im Wald und auf der Heide anlegen müssen.

Ein Blick auf den Stadtplan zeigte Kappe und Galgenberg, dass sie durch ganz Spandau hindurchfahren mussten, um zum Friedhofseingang an der Radelandstraße zu gelangen. Die kannten sie gut, denn an der lag auch die Landespolizeischule. Da sie eine weite Strecke zurückzulegen hatten, hatten sie genug Zeit, um darüber zu diskutieren, ob und wie sinnvoll es

war, an der Beisetzungsfeier von Wittenbeck überhaupt teilzu-
nehmen.

«Vielleicht bricht der Mörder nach der Trauerrede zusammen
und gesteht alles. Vorausgesetzt, Wittenbeck ist überhaupt ermordet worden», spottete Hans-Gert Galgenberg.

«Ich studiere zwar nicht Psychologie wie mein Sohn, aber
Peter würde sagen, wenn es wirklich ein Mord aus Rache war, dann
zieht es den Täter ganz sicher zur Trauerfeier, weil er sich davon
überzeugen möchte, dass ihm sein Werk gelungen ist. Alles, was
mit der Beerdigung zusammenhängt, verschafft ihm vermutlich
eine Art Lustgefühl.»

«Aber er muss sich doch denken können, dass die Kripo auch
vertreten sein wird», wandte Galgenberg ein.

«Durchaus, aber erstens ist bei solchen Menschen das Gefühl
oft stärker als die Vernunft, und zweitens wird er sich sicher wäh-
nen, weil er weiß, dass wir schon einige Zeit im Dunkeln tappen.
Doch wie sollten wir ihn erkennen? Er wird bestimmt nicht laut
rufen: ‹Herr Kappe, Herr Galgenberg, ich war es! Bitte nehmen Sie
mich fest.›»

Dennoch sahen sie der Trauerfeier mit einer gewissen Spannung entgegen. Von Weitem erkannten sie schon Jürgen Sterley, der
am Friedhofstor stand.

«Der ist bei Mordgeschichten ebenso unvermeidlich wie eine
Ratte an der Mülltonne», seufzte Galgenberg. «Aber manchmal
sind Ratten ja auch nützlich, wenn man sein Ziel erreichen will.
Was wäre der Rattenfänger von Hameln ohne sie gewesen?»

Der Polizeireporter kam auf sie zu und begrüßte sie so freu-
dig, als wären sie gute alte Bekannte. «Lieber Herr Oberkommissar Kappe, was gibt's denn Neues im Fall Wittenbeck? Für mich
und das *BBB* wäre es das Größte, wenn Sie den Mörder in dem
Augenblick festnehmen würden, in dem der Sarg in die Grube ge-
senkt wird. Darf ich darauf hoffen?»

«Hoffen dürfen Sie», erwiderte Kappe. «Wahrscheinlich werde ich Sie aber enttäuschen müssen. Sehen Sie, bei einem Mordfall

verhält es sich wie bei einem guten Rotwein: Er braucht seine Zeit zum Reifen.»

Jürgen Sterley hatte schon seinen Notizblock gezückt. «Wunderbar! Das ist eine Theorie, die in jedes kriminologische Lehrbuch aufgenommen werden sollte.»

«Das ist nichts als eine Binsenweisheit.» Kappe schmunzelte.

«Mein Vater hat immer gesagt: Wer nur warten kann, zu dem kommt alles», fügte Galgenberg hinzu.

«Das heißt also, Sie möchten warten, bis sich der Täter selbst stellt?», sagte Jürgen Sterley. «Wenn es nun aber Suizid war – wer soll sich dann stellen?»

Otto Kappe führte diesen Gedanken lachend zu Ende. «Wenn sich nach einem Jahr immer noch keiner gemeldet hat, können wir davon ausgehen, dass sich Wittenbeck selbst umgebracht hat, und den Fall abheften.»

Sie erreichten die Friedhofskapelle, und Kappe bat den Polizeireporter, ihm und Galgenberg etwas über die Trauergäste zu erzählen, die er bereits mit Namen kannte. «Sie haben sich ja vermutlich schon über alle Personen im Umkreis von Wittenbeck informiert.»

«Drauf können Sie wetten! Ich habe im Gegensatz zu Ihnen sogar mit dem Mann gesprochen, der heute im Sarg liegt», sagte Jürgen Sterley. «Nach der Messerattacke in seiner Firma habe ich ihn interviewt.» Dann deutete er auf die Gruppe, die vor der Tür der Friedhofskapelle stand. «Die Frau da links vom Pfarrer ist Wittenbecks Witwe Gisela. Wie sehr sie trauert, weiß ich nicht. Neben ihr steht Wittenbecks Neffe Siegfried Heideblick. Aber mit den beiden werden Sie ja sicher gesprochen haben. Schräg hinter Heideblick steht seine Frau Ute. Auf der anderen Seite des Pfarrers haben wir Thomas Suthfeld, Wittenbecks Geschäftspartner. Mit ihm scheint die ganze Belegschaft gekommen zu sein.»

Otto Kappe bedauerte schon, den weiten Weg nach Spandau auf sich genommen zu haben, denn dies alles schien ihm nicht sehr vielversprechend. Als die Trauergemeinde dann in die Kapelle gerufen wurde, schloss sich dem Zug noch eine jüngere Frau an, die eine dunkelrote Rose in der Hand hielt: Anita Grabowski.

Nachdem die Musik verklungen war, trat der Pfarrer an das Stehpult, warf einen Blick auf den blumengeschmückten Sarg und begann mit seiner Trauerrede. «Liebe Frau Wittenbeck, liebe Anverwandte, Freunde und Mitarbeiter des Verstorbenen, lassen Sie uns Abschied nehmen von Ludwig Wittenbeck! Fast täglich sehen wir in den Zeitungen und im Fernsehen Bilder von Sterbenden und Toten. Und dennoch erfahren wir meist erst dann, was der Tod bedeutet, wenn Gott einen Menschen von uns nimmt, der uns als Ehemann, Onkel oder Freund nahestand. Herr, gib uns die Kraft, dieser Wirklichkeit standzuhalten, so traurig sie uns auch stimmt und so schmerzlich sie für uns auch ist! Wir können nur hoffen, dass wir bald Gewissheit haben, warum Ludwig Wittenbeck von uns gegangen ist, ob sein Leben nun von fremder Hand ausgelöscht worden ist, ob es ein Unfall war oder ob Ludwig Wittenbeck sich selbst ein Ende bereitet hat.»

Kappe und Galgenberg warfen sich einen Blick zu. Beide fanden es merkwürdig, dass der Pfarrer wie selbstverständlich von einem möglichen Freitod sprach. War es nach der christlichen Lehre keine Todsünde, sich selbst das Leben zu nehmen, das Gott einem gegeben hatte?

Der Pfarrer fuhr fort: «Nun zu den wichtigsten Stationen in Herrn Ludwig Wittenbecks Leben: Geboren wurde er in Ferch am Schwielowsee, und zwar am 11. November 1918, genau dem Tag des Waffenstillstands von Compiègne, also dem Ende des Ersten Weltkriegs. Seine Mutter war Lehrerin, sein Vater Professor im Fach Geologie, und trotz aller Nachkriegswirren verlebte er eine durchweg glückliche Kindheit in einer malerischen Landschaft. Nach seiner Volksschulzeit in Ferch ist er auf das Gymnasium in Potsdam gegangen und hat nach dem Abitur Pharmazie in Tübingen studiert. Doch kaum hatte er 1944 seine erste Stelle angetreten – bei der Firma Schering –, da wurde er zum Kriegsdienst eingezogen. Er erlebte die furchtbare Schlacht um Berlin. Nach dem Krieg arbeitete er bei verschiedenen pharmazeutischen Firmen in Nord-, Süd- und Westdeutschland, bis er Gisela, seine spätere Frau, kennenlernte und der Liebe wegen nach Berlin zog …»

Otto Kappe fielen beinahe die Augen zu. Neue Erkenntnisse würde er sich von dieser Veranstaltung wohl nicht erhoffen können.

Auch Jürgen Sterley hatte sich von Wittenbecks Beerdigung mehr versprochen. Das Geschehen gab für die Seite sieben des *BBB* nicht viel her. Er hatte das ganze provinzielle West-Berlin satt. Gleich nach Ende der Trauerfeier hatte er Heideblick aufgelauert, aber auch dieses Gespräch war uninteressant gewesen. Ihm war nichts übriggeblieben, als sich in seine «Ente» zu setzen, seinen Citroën 2CV, um zum sechzigsten Geburtstag seiner Mutter zu fahren, die gerade nach Wedel gezogen war. Viel hatte Sterley von diesem Ort noch nicht gehört, wusste aber, dass er unweit Hamburgs an der Unterelbe lag und Endstation einer S-Bahn-Linie war. Man feierte im «Schulauer Fährhaus», unweit der Schiffsbegrüßungsanlage «Willkomm-Höft». Da das Willkommenheißen in diesem Ort offenbar große Mode war, hatte Sterleys Mutter zur Begrüßung ihrer Gäste einen Clown engagiert, der sie mit munteren Sprüchen und kleinen Tricks erfreuen sollte.

Nach dem Kaffeetrinken und den ersten Festreden traten alle auf die Terrasse des Restaurants, um etwas frische Luft zu schnappen, und der Clown gesellte sich zu Sterley. Als das Geburtstagskind das sah, eilte es herbei, um beide miteinander bekannt zu machen. «Von meinem Sohn habe ich Ihnen ja schon viel erzählt, Herr Martin. Das ist er, mein Jürgen, von Beruf Polizeireporter. Und Jürgen, das hier ist Hansjörg Martin, Maler, Bühnenbildner, Dekorateur und Clown. In Leipzig hat er Kunst studiert, und dort ist er auch geboren.»

«In Leipzig-Gohlis», ergänzte Hansjörg Martin. «Da bin ich 1920 auf die Welt gekommen. Falls Sie etwas über mich schreiben sollten – Hansjörg bitte in einem Wort.»

Jürgen Sterley war etwas erstaunt über den letzten Satz des Mannes. «Wieso sollte ich etwas über Sie schreiben? Haben Sie etwa mit der Polizei zu tun?»

Hansjörg Martin lachte. «Das werde ich in Kürze.»

«Wieso das? Planen Sie einen Banküberfall auf die Wedeler Sparkasse?»

«Nein, ich werde mein Geld in Zukunft mit dem Schreiben von Kriminalromanen verdienen. Bei einem bekannten Verlag habe ich schon angeklopft. Sie kennen doch die rororo-Thriller?»

«Die kennt wohl jeder, die gibt es doch schon seit drei Jahren.» Jürgen Sterley zählte ein paar Autoren auf, die ihm in Erinnerung geblieben waren. «Hubert Monteilhet, John Bingham, Patricia Highsmith, Boileau und Narcejac …»

«Sehen Sie!», rief Hansjörg Martin. «Fällt Ihnen bei diesen Namen etwas auf?»

«Nein.»

«Das sind alles Franzosen, Engländer oder Amerikaner, kein Deutscher ist unter ihnen! Wir haben Fußballer von Weltklasse, aber keine Krimischreiber, die bekannt sind, von Frank Arnau einmal abgesehen. Dabei haben wir eine lange Ahnenreihe von begnadeten Schriftstellern, die Kriminalromane und -stücke geschrieben haben, auch wenn die damals noch anders bezeichnet wurden. Denken Sie an E. T. A. Hoffmann, Gerhart Hauptmann, Heinrich von Kleist und Theodor Fontane! Da will ich anknüpfen, ich will den neuen deutschen Kriminalroman begründen.» Und schon erzählte Hansjörg Martin von einigen Stoffen und Plots, die er im Kopf hatte, und nannte angedachte Titel. «*Gefährliche Neugier, Kein Schnaps für Tamara, Einer fehlt beim Kurkonzert*. Alles zauberhafte Geschichten.»

Jürgen Sterley nickte. «Hört sich gut an, und wenn Sie einmal ein Vorbild für einen Polizeireporter brauchen, dann nehmen Sie mich. Sie können mich jederzeit in Berlin anrufen, falls Sie Fragen haben.»

In West-Berlin mit seinen beschränkten Möglichkeiten der Freizeitgestaltung kamen Lauben immer mehr in Mode. Laubenpieper gab es in Berlin seit Kaisers Zeiten, und das Sprichwort «Wer Gott vertraut und Bretter klaut, der hat 'ne billje Laube» kannte jeder. In Ost-Berlin sagte man zur Laube neuerdings Datsche, während der West-Berliner die alte Bezeichnung beibehielt und auch den Begriff Laubenkolonie nicht aus seinem Wortschatz verbannte.

«Wo wa seit 1918 keene Kolonien in Afrika mehr ham, is det doch schön, det dit in Berlin noch welche gibt», hatte sein Vater immer gesagt, und nun hatte sich auch Hans-Gert Galgenberg eine Parzelle in der Kolonie Einigkeit an der Oranienburger Straße gepachtet, Ortsteil Wittenau.

«Wittenau, früher Dalldorf», hatte da ein Kollege gespottet. «Ist das wegen der Nähe der Karl-Bonhoeffer-Nervenklinik nicht ein bisschen zu gefährlich für dich? Dass sie dich da nicht für einen halten, der gerade entwischt ist ...»

Daran musste Galgenberg denken, als er dabei war, das letzte herabgefallene Laub vom Rasen zu harken. In einer deutschen Laubenkolonie musste alles seine Ordnung haben, da verstand der Vorstand keinen Spaß. Aber die Pflichten des Laubenpiepers lenkten wenigstens von den alltäglichen Sorgen ab. Im Fall Wittenbeck war absoluter Stillstand eingetreten. Die Trauerfeier In den Kisseln hatte sie keinen Zentimeter vorangebracht. Er fragte sich, warum er keinen anderen Beruf ergriffen hatte, einen, in dem nicht alles so unsicher war. Sabine, die er im letzten Jahr geheiratet hatte, war gelernte Buchhändlerin, und in Büchern war gemeinhin hundertprozentig sicher, wer was verbrochen hatte – das galt für *Die Buddenbrooks* von Thomas Mann ebenso wie für *Die Blechtrommel* von Günter Grass oder Heinrich Bölls *Billard um halb zehn.*

Kaum dachte er an seine Frau, kam sie auch schon um die Ecke. Sie war mit dem Fortschritt seiner Gartenarbeit sehr zufrieden, wünschte sich aber, dass er hinten am Zaun schnell noch eine

Grube für den Birnbaum aushob, den sie im nächsten Frühjahr setzen wollte.

«Warum soll es denn unbedingt ein Birnbaum sein?», fragte Galgenberg.

«Du weißt doch, dass ich Fontane verehre, und seine beste Kriminalgeschichte ist nun mal *Unterm Birnbaum.*»

«Ah ja! Und wie wird dort der Täter überführt?», wollte Galgenberg wissen, während er fleißig am Graben war.

Sabine musste einen Augenblick nachdenken. «Er richtet sich gewissermaßen selbst. Der Mörder, ein gewisser Hradschek, verscharrt den Ermordeten nach der Tat im Keller seines Gasthofes, und als er ihn später fortschaffen will, verunglückt er tödlich.»

Galgenberg winkte ab. «Schade, das lässt sich wohl kaum auf unseren Fall übertragen.» In diesem Augenblick stutzte er, denn er war mit seinem Spaten auf etwas Hartes gestoßen. «O nein, das sind bestimmt Knochen!»

«Ja», spottete Sabine. «Auf was soll ein Kriminalbeamter auch sonst stoßen?»

Otto Kappe war so verzweifelt darüber, dass sie im Fall Wittenbeck nicht vorankamen, dass er sogar daran dachte, etwas zu tun, wovor ein gestandener Kriminalbeamter normalerweise zurückschreckt: ins Kino zu gehen und sich einen Krimi anzuschauen. Minutenlang versuchte ihn seine Frau Gertrud bereits zu einem Kinobesuch zu überreden.

«So kommst du mal auf andere Gedanken und siehst, dass nicht nur du Mühe mit deinen Fällen hast.» Sie las die Kinoempfehlungen im Feuilleton vor. «*Im ‹Hexer› wird eine Frau tot in der Themse gefunden. Was wie ein Unfall aussieht, entpuppt sich später als Mord.*» Dann legte sie die Zeitung beiseite und sah ihren Mann auffordernd an. «Du, wenn das keine Parallele zu eurem Fall ist! Nimm dir ein Beispiel an Joachim Fuchsberger und Heinz Drache, die klären am Ende alles auf.»

Otto ließ sich schließlich überreden. «Nun gut. Aber ich

schaue mir das nur an, wenn der liebe Onkel Hermann auch mitkommt. Falls mich dann ein Kollege sieht, ist das nicht ganz so peinlich.»

Hermann Kappe schien froh darüber zu sein, mal wieder aus dem Haus zu kommen. Er erfreute sich sichtlich an dem, was der Regisseur Alfred Vohrer nach der Vorlage von Edgar Wallace auf die Leinwand gezaubert hatte.

«Vielleicht wird der Fall Wittenbeck ja auch verfilmt», sagte er am Schluss der Vorstellung zu seinem Neffen. «Möglicherweise hat der Drehbuchschreiber eine Idee, die euch weiterbringt.»

Otto verzog das Gesicht. «Da kann ich nur mit deinem alten Kumpel Gustav Galgenberg antworten: Vascheißan kann ick ma alleene!»

DREIZEHN

JÜRGEN STERLEY war nach seiner Rückkehr aus Wedel wieder einmal zu seinem Chefredakteur gerufen worden. Und Rainer Sülzles Gesichtsausdruck ließ keinen Zweifel daran zu, dass er sich den Polizeireporter auch diesmal zur Brust nehmen wollte.

«Sag mal, Jürgen, bist du von allen guten Geistern verlassen? Du solltest auf der Seite sieben Interessantes zum Fall Wittenbeck bringen und nicht ein Interview mit einem Schreiberling aus Sachsen, der noch keinen einzigen Kriminalroman veröffentlicht hat!»

«Hansjörg Martin wird aber mit Sicherheit bald berühmt werden, und dann sind wir diejenigen gewesen, die ihn entdeckt haben. Deshalb lautet die Überschrift ja auch: *Der Fall Wittenbeck soll ein großer Kriminalroman werden.* Hansjörg Martin hat mir versprochen, dass er über den Fall Wittenbeck schreiben wird.»

Rainer Sülzle lachte. «Obwohl der von West-Berlin so viel Ahnung hat wie ich von Pitcairn!»

«Wer ist Pit Cairn?», fragte Jürgen Sterley irritiert.

«Mensch, Jürgen, Pitcairn ist eine Insel, auf die sich die Meuterer auf der Bounty flüchteten!» Rainer Sülzle gab sich wieder einmal maßlos überlegen. «Wenn du so weitermachst, landest du als *BBB*-Verkäufer am Kudamm. Ich will auf der Seite sieben etwas Sensationelles, etwas, das die Leute mitreißt wie ein Hollywoodfilm. Wenn die Wirklichkeit nichts hergibt, dann denk dir halt etwas aus! Nun beeil dich, und sorg dafür, dass die Leute uns die nächste *BBB*-Nummer wegen der Wittenbeck-Story aus der Hand reißen!»

Als Jürgen Sterley wieder in seinem Büro war, hätte er sich am liebsten aus dem Fenster gestürzt. Aber da sein Arbeitszimmer im ersten Stock lag, hätte ihm das höchstens eine Querschnittslähmung mit Rollstuhlgarantie eingebracht und keinen dauerhaften Aufenthalt auf dem Friedhof In den Kisseln dicht neben Ludwig Wittenbeck. Und wenn er Rainer Sülzle erwürgte, müsste er den Rest seines Lebens in der JVA Tegel verbringen. Also schluckte er allen Ärger hinunter und machte sich auf den Weg zu seiner Therapeutin.

Bevor sie auf seine Probleme zu sprechen kamen, fragte er Charlotte Storkau, ob denn Ludwig Wittenbeck seinem Rat gefolgt sei und sie aufgesucht habe.

«Ja, das hat er.»

«Und? Hat er Ihnen auch etwas von denen erzählt, die ihm nach dem Leben getrachtet haben?»

«Darüber darf ich Ihnen keine Auskunft geben, aber ...» Sie stockte und sagte dann: «Doch nun zu Ihnen!» Sie begann die Sitzung wie immer mit den Worten «Erzählen Sie mal!» und hörte sich alles an, was Jürgen Sterley bedrückte. Währenddessen machte sie sich Notizen.

Hatte Sterley anfangs wegen ihres viel zu kurzen Rocks immer auf ihre Knie starren müssen, so konzentrierte er sich nach einigen Minuten immer stärker auf ihr Notizbuch. Vielleicht hatte sie dort auch vermerkt, was Ludwig Wittenbeck ihr anvertraut hatte. Vielleicht hatte sie sogar etwas über seine Feinde aufgeschrieben. Ihr Zögern eben konnte darauf hindeuten. Wenn er über diese Personen etwas in Erfahrung bringen könnte, dann hätte er den Stoff, den er für die Story auf der Seite sieben brauchte. Doch wie gelangte er an diese Informationen? Kurz entschlossen fasste er sich ans Herz und tat, als würde er in der nächsten Sekunde kollabieren. Er stöhnte: «Wasser, bitte einen Schluck Wasser!»

Charlotte Storkau stürzte sofort hinaus.

Die Pariser Straße, die am Olivaer Platz ihren Anfang nahm und an der Bundesallee endete, nachdem sie den Ludwigkirchplatz und die Uhlandstraße gekreuzt hatte, gab sich an diesem Vormittag so bürgerlich gediegen, als läge sie im schweizerischen Solothurn. Und niemand hätte Anita Grabowski, die dort aus einer Taxe stieg, für eine Frau gehalten, die für Geld zu manchem bereit war. In Robert Lembkes Fernsehsendung *Was bin ich?* hätte sie sich ohne Weiteres als Chefsekretärin ausgeben können. Sie war heute sehr früh auf dem Weg ins «Séparée P», den Nachtklub mit angeschlossenem Bordell, weil sie gestern dort die wertvolle goldene Kette liegen lassen hatte, die ihr Ludwig Wittenbeck einmal geschenkt hatte. Ein Freier hatte sich an ihr gestört, weshalb sie sie abgenommen hatte. Anita Grabowski hoffte, dass die Reinigungskräfte noch nicht am Werke gewesen waren und sich die Kette immer noch an Ort und Stelle befand.

Sie besaß einen eigenen Schlüssel für das «Séparée P», da sie die Geliebte und die Geschäftspartnerin von Louis L. war. Der gab sich dem schönen Schein wegen als gebürtiger Pariser aus und nannte sich Louis Leblanc, kam aber in Wirklichkeit aus Winsen an der Luhe und hieß Lothar Lehmann.

Beim Eintreten bekam Anita Grabowski unwillkürlich Lust auf ein Glas Gin Tonic und steuerte auf die Regale hinter dem Tresen zu. Ihr Blick war so auf die dort aufgereihten Flaschen fixiert, dass sie zunächst nicht merkte, wie sie in eine Pfütze trat. Fast wäre sie ausgerutscht. «So ein Mist!», rief sie aus. Da mussten die Putzfrauen doch schon hier gewesen sein. Dann schrie sie so laut auf, dass man es fast bis zum Ludwigkirchplatz gehört hätte. Denn sie war nicht etwa in Putzwasser getreten, sondern in eine Blutlache. Daneben lag Louis L. Er war tot.

Da Otto Kappe und Hans-Gert Galgenberg nach Meinung ihres Vorgesetzten schon mit dem Fall Wittenbeck überfordert waren, wurden ausnahmsweise Gerhard Piossek und Günter Kynast beauftragt, sich um den Mord an Louis L. zu kümmern, allerdings hatten sie immer Rücksprache mit Otto Kappe zu halten und ihn über jeden Schritt, den sie taten, zu informieren. Da zudem Anita Grabowski, die die Leiche des Zuhälters gefunden hatte, als eine Tatverdächtige im Fall Wittenbeck galt, setzten sie sich schon bald mit Kappe in Verbindung.

«Otto, halt dich fest, wir haben im ‹Séparée P› K.-o.-Tropfen gefunden, die aus der Firma von Wittenbeck stammen. Was, meinst du, kann man daraus schließen?», fragte ihn Piossek.

«Alles oder nichts.» Otto Kappe überlegte. «Anita kann sie ihm beschafft haben, Louis L. und Wittenbeck können sich gekannt haben. Dass die liebe Anita und / oder Louis L. Wittenbeck erpresst haben, ist auch nicht auszuschließen. Vielleicht hat das eine mit dem anderen aber auch gar nichts zu tun, und Louis L. ist von Konkurrenten erstochen worden – möglicherweise von Persern, die in sein Revier vordringen wollten. Dieser Sterley hat schon vor zwei Monaten in einem *BBB*-Artikel über die Kämpfe im Rotlichtmilieu geschrieben.»

Die alte Zeitung lag noch im Regal, und Otto Kappe holte sie sich, nachdem er aufgelegt hatte. Schnell hatte er den besagten Artikel gefunden und überflog ihn noch einmal.

Nach West-Berlin der Sünde wegen
In ganz Berlin dominiert das Rot. In Ost-Berlin sind es die Fahnen, in West-Berlin ist es das Milieu. Nirgendwo in Deutschland gibt es mehr Dirnen und Strichjungen pro Kopf als in der Frontstadt an der Spree, und auf Straßen, auf Parkplätzen, in Stundenhotels und in Luxusappartements kann sich jeder Tourist so ausleben, wie er es nirgendwo zwischen Flensburg und Konstanz je wagen würde. Babelsberg liegt zwar in der DDR, Deutschlands Sünden-Babel aber im westlichen Berlin. Eine Polizeistunde kennt man hier nicht, und es gibt 4 500 Stätten, wo man sich nächtens köstlich amüsieren kann, von der Buletten-Bude am Bahnhof Zoo und dem Striptease in Charlottenburg bis zum Bordell in Wilmersdorf und dem Homosexuellen-Treff in Schöneberg. In teuren Pensionen im noblen Stadtteil Westend gibt es spezielle Massagesalons, aber die mehr als 4000 Prostituierten beiderlei Geschlechts bieten ihre Dienste auch auf der Straße

des 17. Juni an, wo zwei Minuten auf dem Autorücksitz schon für 20 DM zu haben sind. Gegen West-Berlin hat Las Vegas nichts zu bieten, und unterm Strich verdient die Halbstadt eine Menge an denen, die sich einmal so richtig vergnügen wollen.

Das ist die eine Seite der Medaille, die andere aber sieht man nicht, und die erinnert stark an die sogenannten Ringvereine, die Berlin in den Endzeiten der Weimarer Republik eine filmreife Unterwelt beschert haben. «Immertreu» und «Muskel-Adolf» waren in aller Munde. Heute teilen sich eine deutsche und eine persische Bande den Markt für Glücksspiele, Hehlerei, Rauschgift, Waffenhandel, Erpressung und Prostitution. Die Deutschen sind auf die Zuhälterei spezialisiert, zwingen Bierzapfer und Rausschmeißer dazu, sich als Beschützer ihrer Damen zur Verfügung zu stellen, und verhökern auch gern Diebesgut. Wer sich regelmäßig die Reihe «Es geschah in Berlin» im RIAS anhört, kann darüber viel erfahren. Die Perser erzielen ihre Gewinne vor allem aus dem Rauschgifthandel und dem Glücksspiel. Beide Banden haben eine Art Burgfrieden miteinander geschlossen. Wir müssen aber den Tag fürchten, da die eine Seite in das Territorium der anderen einzudringen sucht.

«Ich habe ja keine Ahnung davon», sagte Otto Kappe zu Hans-Gert Galgenberg. «Aber nehmen wir einmal an, Wittenbeck hätte in seinem Labor künstlich Rauschgift herstellen können und Louis L. hätte mit ihm zusammengearbeitet oder ihn dazu gezwungen. Dadurch hätte er auch den Persern das Geschäft vermasselt, und die hätten allen Grund dazu gehabt, Wittenbeck aus dem Verkehr zu ziehen.»

«Das wäre eine schöne Drehbuchvorlage für Alfred Vohrer», meinte Galgenberg.

«Hm …» Otto Kappe überlegte kurz und rief dann bei Schering an. Er erfuhr, dass man Heroin seit 1896 synthetisch herstellen konnte. «Das ergibt ja nun eine hochinteressante neue Hypothese.»

Galgenberg lachte. «Und wenn nun doch alles ganz einfach ist und dieser Monteur mit dem schönen Namen Ronnie Nassmacher die Gastherme nur falsch angeschlossen hat?»

In der GWS Hakenfelde gab es eine Menge zu tun. Wieder einmal musste Herr Weisig eine Kundin am Telefon beruhigen. «Frau Schuster, es tut mir wirklich leid, dass wir Ihre Gasttherme noch immer nicht angeschlossen haben, aber mein Monteur … Gut, ich komme heute nach Geschäftsschluss selbst bei Ihnen vorbei und bringe die Sache in Ordnung. Nichts zu danken!»

Ronnie Nassmacher war zufällig aus der Werkstatt gekommen und hatte mitgehört. Nun war er auf 180. «Watten, ick darf keene Jasthermen mehr anschließen? Soll dit heißn, det Se mia imma noch in Vadacht ham, det der Tod von dem Wittenbeck da in die Kaubstraße uff meen Konto jeht?»

Weisig wand sich ein wenig. «Nein, Ronnie, aber die Kunden … Seitdem die vom *BBB* deinen Namen in einem ihrer Artikel genannt haben, da … Mord und Suizid schienen als Todesursache am wahrscheinlichsten, aber auch ein Fehler des Monteurs sei nicht auszuschließen, hieß es da. Wer das gelesen hat, der möchte nicht so gerne, dass du …»

«Den, der det jeschriem hat, tu ick umbringen!», schrie Ronnie Nassmacher. «Wenn ick 'n Knast komme, is det nich so schlimm, det kenne ick ja.»

Er konnte sich den ganzen Tag über nicht beruhigen, und auch als er am Sonnabend mit seiner Freundin zum Tanzen ins Schützenhaus Hakenfelde ging, dachte er noch über die Sache nach.

«Bärbel, weeßte, det is reina Rufmord. Die Idioten vonna Kripo tun den richtjen Mörda nich finden und schiem nu allet uff den doofen Ronnie Nassmacher. Wer so'n dämlichen Namen hat, der is ooch zu dämlich dazu, so 'ne Jastherme richtig anzuschließen.»

Doch auch Bärbel brachte ihn nicht auf andere Gedanken. Sie wehrte sich gegen seine Annäherungsversuche, denn sie wollte unbefleckt in die Ehe gehen.

Ronnie Nassmacher war am Boden zerstört. Langsam begann er an sich selbst zu zweifeln. Vielleicht hatten sein Chef, der Journalist dieser Zeitung und die Polizei ja recht, und er hatte bei der Installation der Gastherme wirklich einen Fehler gemacht. Die hatten mehr im Kopf als er und verstanden alles, was in der Welt geschah, so kompliziert es auch war. Solche Leute konnten sich nicht irren! Wieder und wieder versuchte er, sich an das zu erinnern, was er bei Wittenbeck in der Küche getan hatte. Hatte er die Zuleitungsschläuche wirklich geprüft? Hatte er alle Gewinde richtig geschnitten? Hatte er tatsächlich alle Schrauben und Muttern festgezogen? Er war sich einfach nicht mehr sicher.

Von Tag zu Tag nahm ihn dieser Gedanke mehr ein, und Ronnie schlief immer schlechter. Als er dann am nächsten Sonnabend beim Heimspiel des 1. FC Hakenfelde einen Elfmeter schießen sollte, dachte er ganz automatisch: Geht er rein, habe ich bei Wittenbeck alles richtig gemacht, geht er daneben oder hält der Torwart ihn, dann habe ich beim Anschließen der Gastherme einen Fehler begangen.

Anlauf, Schuss – und der Ball ging übers Tor.

Siegfried Heideblick gab Olaf Nonnenfürst letzte Anweisungen, bevor er mit seiner Frau Ute nach Hannover fahren wollte, um deren Schwester zu besuchen.

«Bei dem Sofa da in der Ecke können Sie ruhig mit dem Preis auf die Hälfte runtergehen, das werden wir sowieso nicht mehr los. Und wenn Kunden Anbauschränke oder Wohnwände kaufen wollen, dann ziehen Sie bitte alle Register, die bringen nämlich am meisten ein.»

Bald darauf kam seine Frau, um ihn abzuholen. Schließlich hatte Heideblick keinen Führerschein, und sie musste den Firmenwagen über die Interzonenautobahn nach Hannover lenken. Allerdings setzte sie sich nur ungern in das Auto, denn sie hatte Angst, die DDR-Grenzer würden sie wieder zurückschicken. «Wenn die die Aufschrift *Möbel-Heideblick* lesen, drehen die doch durch, weil sie das als Hetze gegen ihren Staat verstehen, wo man dort ewig auf neue Möbel warten muss.»

Heideblick lachte. «Tja, die verkaufen halt alles Hochwertige, was sie bauen, lieber in den Westen. Aber mach dir mal keine Sorgen, was die Werbung auf dem Wagen betrifft!»

Vor der ersten Grenzkontrolle mussten sie eine halbe Ewigkeit warten.

«Da hat bestimmt wieder einer eine Transitleiche im Koffer», scherzte Heideblick.

«Eine was?»

«Eine Transitleiche. Da bringt einer in West-Berlin einen um, packt die Leiche in den Kofferraum, fährt über die Interzonenautobahn und legt sie irgendwo auf einem Rastplatz in der Ostzone ab.»

Ute Heideblick konnte sich die Bemerkung nicht verkneifen, dass sie dann im Falle seines Onkels ja noch Glück gehabt hätten.

«Hör auf!», rief Heideblick. «Das ist mir zu makaber.»

Doch Ute kam vom Thema Ludwig Wittenbeck nicht mehr los. «Wer erbt denn nun eigentlich sein ganzes Vermögen?»

«Ich bestimmt nicht. Wahrscheinlich die liebe Tante Gisela, sie waren ja immerhin noch verheiratet. Es kann natürlich auch sein, dass er ihr nur das Pflichtteil vermacht hat und der Rest einem Tierschutzverein zukommt … Du, aufrücken, sonst kommen wir heute nicht mehr durch!»

«Vielleicht hätten wir doch mit dem Zug fahren sollen», überlegte Ute.

«Mit dem Interzonenzug? Grässlich! In den DDR-Waggons riecht es immer so nach Desinfektionsmittel.»

Otto Kappe freute sich, dass sein Sohn Peter wieder einmal mit ihnen am Mittagstisch saß. Das kam in letzter Zeit nicht oft vor, immerzu war er unterwegs. Gertrud hatte ein Gericht zubereitet, das sie noch aus den Notzeiten nach dem Krieg in Erinnerung behalten hatte: Nieren mit Hirn. Sie genoss das Essen, während die beiden Männer Mühe hatten, nicht aufzuspringen und davonzulaufen.

Peter erzählte seinen Eltern, dass er eine Kommilitonin namens Esther Schlesinger kennengelernt habe und mit ihr in der Synagoge in der Pestalozzistraße gewesen sei. Dort seien sie Estrogon Nachama begegnet.

«Hat er dort auch so schön gesungen wie freitags immer im RIAS?», erkundigte sich Otto.

«Nein, leider nicht. Er hat nur im Talmud gelesen. Und wisst ihr», fuhr Peter fort, «wen wir auf dem Kudamm getroffen haben?»

Gertrud lachte. «Walter Ulbricht, inkognito, beim Schaufensterbummel?»

«Nein, Wolfgang Neuss.»

Otto musste schmunzeln. «Hat er euch verraten, wie hoch Hertha beim nächsten Spiel verliert?» Er spielte mit dieser Frage darauf an, dass Wolfgang Neuss vor zwei Jahren vorzeitig ausgeplaudert hatte, wer der Mörder im Durbridge-Krimi *Das Halstuch* war.

Peter lachte nur und fragte seinen Vater dann, ob er nicht zum Basketball mitkommen wolle. «In der Columbia-Sporthalle spielen die Neuköllner Sportfreunde, die NSF, gegen einen Verein aus Westdeutschland.»

Otto zögerte mit einer Antwort. «Ich bin ja eigentlich Faustballer.»

«Dann lernst du wenigstens mal was Neues kennen», wandte sein Sohn ein.

Otto war empört über die Unterstellung, er würde diese Sportart nicht kennen. «Wir haben früher Korbball dazu gesagt, aber heute muss ja alles amerikanisch klingen.»

Um seinen Vater weiter zu necken, sagte Peter nun auf Englisch: *«The Harlem Globetrotters are the greatest in basketball.»*

«Aber die spielen nicht in Berlin?», mischte sich nun Gertrud ein.

«Nein, natürlich nicht», bedauerte Peter.

Schließlich konnte er seinen Vater doch noch überreden, mit ihm zum Basketballspiel zu kommen. Als sie in der Columbia-Sporthalle eintrafen, die gegenüber dem Flughafen Tempelhof gelegen war, gab es sogar noch Karten für die erste Reihe, genau auf Höhe der Freiwurflinie.

Nachdem sie Platz genommen hatten, blieben noch zehn Minuten bis zum Anpfiff. Otto sah sich etwas um und studierte aus Langeweile die Reklame, die über der Tribüne auf der anderen Seite der Halle angebracht war. Plötzlich stach ihm der Schriftzug *Möbel-Heideblick* ins Auge. «O Gott, auch das noch!», stöhnte er. «Da will ich mich nun mal ablenken von diesem aussichtslosen Fall Ludwig Wittenbeck, und dann werde ich auch noch im Stadion an ihn erinnert. Seht ihr die Werbung dort drüben: *Möbel-Heideblick?* Dieser Heideblick ist der Neffe vom Wittenbeck.»

«Das tut mir leid, aber das habe ich nicht ahnen können», erwiderte sein Sohn.

Aber an diesem Tag sollte es noch schlimmer für Otto kommen. Denn als einer der NSF-Spieler dem angreifenden Gegner den Ball mit ziemlicher Kraft aus der Hand schlug, flog er Otto mit voller Wucht gegen den Kopf. Als er wieder zu sich kam, fiel ihm erneut die Reklame von Heideblick ins Auge, doch statt *Möbel-Heideblick* las er nun *Mörder-Heideblick.*

VIERZEHN

NIEMAND sagte es Otto Kappe direkt ins Gesicht, weder seine Frau Gertrud noch sein Sohn Peter und erst recht nicht Hans-Gert Galgenberg, aber ein jeder dachte für sich, dass er verrückt geworden sei. Denn seitdem ihn der Ball in der Columbia-Sporthalle am Kopf getroffen hatte und er über der Tribüne *Mörder-Heideblick* statt *Möbel-Heideblick* gelesen hatte, wollte er unbedingt mit Heideblick sprechen.

Otto Kappe nahm es stoisch hin, dass seine Familie sowie Galgenberg über ihn spotteten. Er wollte alles tun, um den Fall Wittenbeck endlich zu lösen. Und auch ohne seinen «Geistesblitz» in der Sporthalle konnte man Siegfried Heideblick als nahen Verwandten Wittenbecks durchaus als einen Tatverdächtigen betrachten. Denn schließlich gab es eine Menge zu erben: die Grundstücke und die Villen in Kladow und in der Kaubstraße, die Hälfte der Pharmafirma, ein Grundstück im Landkreis Lüchow-Dannenberg, wie es sich viele West-Berliner nach dem Mauerbau zugelegt hatten, eine Menge Wertpapiere und ein reichgefülltes Schließfach bei der Berliner Bank. Ludwig Wittenbeck war schon lange Millionär. Aus Otto Kappes Sicht reichte das allemal als Mordmotiv. Für ihn war der Besuch bei Möbel-Heideblick deshalb fällig. Er erklärte dies auch Hans-Gert Galgenberg.

«Gut», sagte der schließlich, «ich begleite dich natürlich gern ins gute alte Rixdorf.» Er schlug vor, mit der Straßenbahn zum Hermannplatz zu fahren, die 3 sei seine Lieblingslinie.

«Du Witzbold!» Otto Kappe konnte da nur lachen, denn im Juli dieses Jahres hatte man auch den Betrieb der Linie 3 eingestellt, um in Ruhe die U-Bahn-Linie 7 bauen zu können. So mussten sie für ihre innerstädtische Reise auf Bus und U-Bahn zurückgreifen.

Als sie am Hermannplatz die Treppen nach oben stiegen und den Komplex des Karstadt-Kaufhauses auf der Kreuzberger Seite vor Augen hatten, stieß Otto Kappe einen tiefen Seufzer aus. «Vor dem Krieg sah Karstadt aus wie ein kleines Empire State Building, jetzt gleicht es einer etwas längeren Turnhalle!»

Am Rollkrug-Kino bogen sie in die Karl-Marx-Straße ein und hatten nach fünf Minuten Fußmarsch den Flachbau von Möbel-Heideblick erreicht. Als sie einen Augenblick vor einem der Schaufenster stehen blieben, konnten sie mithören, was sich zwei Männer erzählten, die hinter ihnen Richtung Rathaus Neukölln gingen.

«Bei dem koof mal bloß nüscht! Unsa Bette, det wa von Möbel-Heideblick ham, is zuammenjebrochen, als Elli und ick unsre Hochzeitsnacht hatten.»

«Na, so schlecht, wie dem seine Jeschäfte loofen, machta sowieso nicht mehr lange. Aba man weeß ja nie.»

Kappe und Galgenberg maßen diesem Gequatsche keine Bedeutung zu. Sie betraten das Geschäft und bemerkten, dass sich zu dieser frühen Stunde dort noch keine Kunden eingefunden hatten.

Ein kugelrunder Mann nahm sie in Empfang. «Die Herren wünschen?»

«Nichts weiter, als Herrn Heideblick zu sprechen», gab Galgenberg zur Antwort.

«Ah, die Steuerprüfung?»

«Nein, Herr ...»

«... Nonnenfürst.»

«Nein, Herr Nonnenfürst.» Otto Kappe zögerte ein wenig, die Kripomarke aus der Tasche zu ziehen. «Eher die Weiße-Weste-Prüfung.»

Nonnenfürst grinste. «Ich verstehe! Möglicherweise ist ja Ludwig Wittenbeck keines natürlichen Todes gestorben, und mein

Chef soll nun vor Ihnen Details aus dem Leben seines Onkels ausbreiten, damit Sie bei der Klärung des Falles vorankommen.»

Galgenberg nickte. «Genau so ist es.»

«Da muss ich Sie leider enttäuschen, denn Herr Heideblick ist noch nicht zugegen. Er müsste aber jeden Augenblick hier eintreffen. Wenn Sie bitte zum Warten hier Platz nehmen würden», sagte Nonnenfürst und deutete auf zwei Stühle.

Als Siegfried Heideblick dann im Geschäft erschien, hatten Otto Kappe und Hans-Gert Galgenberg nicht das Gefühl, dass er überrascht darüber war, dass sie ihm einen Besuch abstatteten.

«Habe ich Sie nicht schon bei der Beerdigung meines Onkels gesehen? Ich bin erstaunt, dass Sie erst jetzt den Weg zu mir gefunden haben. Doch das Testament meines Onkels ist ja noch nicht – wie sagt man? – eröffnet worden. Aber wahrscheinlich werde ich ja doch einiges erben, und Sie sehen mich deshalb als potenziellen Täter an – sofern er sich denn nicht selbst das Leben genommen hat.»

Otto Kappe war aufgrund dieser Begrüßung um die passenden Worte etwas verlegen. «Ja, Herr Heideblick, Sie haben ja alles schon vorweggenommen ... Da bliebe nur noch eine Frage, die ich Ihnen stellen muss, nämlich die nach Ihrem Alibi. Wo waren Sie vom späten Nachmittag des 7. bis in die frühen Morgenstunden des 8. Oktober?»

«Da muss ich erst mal in meinem Kalender nachschauen.» Heideblick zog ihn aus einer Innentasche seines Jacketts und schlug ihn auf. «Also, bis achtzehn Uhr war ich hier im Geschäft, und dann bin ich nach Hause gelaufen. Ich wohne ja gleich um die Ecke, an der Kreuzung Hobrechtstraße / Lenaustraße. Anschließend bin ich zum Ausgleich wie jeden Abend noch ein wenig durch die Hasenheide spaziert. Ja, und als ich dann zu Hause war, habe ich mich in meinen Sessel gesetzt, die *Revue* gelesen und auf meine Frau gewartet, die in ihrer Gymnastikgruppe beim TuS Neukölln war, hinten in der Werbellinstraße. Schließlich haben wir noch ein wenig miteinander geredet und sind dann ins Bett gegangen. Ausnahmsweise habe ich bis sieben geschlafen und war dann erst um neun wieder hier im Geschäft. Normalerweise fange ich früher an zu arbeiten, müssen Sie wissen.»

Otto Kappe machte sich Notizen, sah aber keinen Grund, misstrauisch zu werden. Heideblicks Aussage klang sehr überzeugend. Dass er in der Sporthalle *Mörder-Heideblick* gelesen hatte, war wohl doch kein Wink des Schicksals gewesen.

Er nahm sich vor, den Fall Wittenbeck noch einmal mit seinem kriminologischen Ziehvater zu besprechen, aber als er Hermann Kappe später zu Hause anrief, erfuhr er nur, dass der einen Ausflug nach Ost-Berlin gemacht hatte. Da er einen Reisepass der BRD besaß, war ihm das jederzeit möglich.

Hermann Kappe hatte mit seinen 76 Jahren nun schon beinahe ein Alter erreicht, das er in seiner Jugend selbst als biblisch bezeichnet hätte, fühlte sich aber immer noch zu jung und zu kraftvoll, um zu Hause zu sitzen und sich darauf zu beschränken, seinen Ruhestand zu genießen. Ab und an unterrichtete er noch an den Polizeischulen am Spandauer Damm und an der Radelandstraße, aber auch das konnte ihn nicht ganz ausfüllen. Er pflegte Kontakt zu alten Kollegen, die noch im Dienst waren, und auf diesem Wege hatte er auch erfahren, dass sich sein Neffe Otto am Fall Wittenbeck die Zähne ausbiss. Das schmerzte ihn, fiel Ottos Versagen doch irgendwie auch auf ihn zurück. Aber wie konnte er ihm helfen? Lange hatte er vergeblich darüber nachgedacht. Doch dann hatte er in einem der vielen Berichte von Jürgen Sterley im *BBB* gelesen, dass Wittenbeck in Ferch am Schwielowsee zur Welt gekommen und aufgewachsen war, also in der heutigen DDR. Vielleicht hatte Wittenbeck dorthin noch alte Verbindungen gehabt und war in irgendwelche krummen Geschäfte mit der DDR verwickelt gewesen, überlegte Hermann Kappe. Schließlich hatte er einmal seinen Apotheker in Schöneberg, der in Jena Pharmazie studiert hatte, munkeln hören, dass Pharmafirmen in der BRD planten, neue Medikamente an Patienten aus der DDR zu testen, weil das für sie wesentlich kostengünstiger war. «Und im Todesfalle wird dann auch nicht so viel Aufhebens gemacht wie bei uns. Für westliche Devisen hält man auch den Mund, wenn es sein muss», hatte der Apotheker damals hinzugefügt.

Hermann Kappe stellte sich nun folgendes Szenario vor: In Ost-Berlin stirbt ein Kind bei einer Versuchsreihe mit einem Medikament, das aus der Firma von Wittenbeck stammt. Daraufhin lässt sich der Vater, ein Stasi-Offizier, nach West-Berlin schleusen, um den Tod seines Kindes zu rächen.

Als Hermann seiner Frau von dieser Möglichkeit erzählte, tippte die sich nur an die Stirn. «Deine Fantasie möchte ich haben!»

Hermann Kappe ließ sich dadurch aber nicht beirren und sagte: «Ein Kriminalbeamter ohne Fantasie ist kein guter Kriminalbeamter.»

So machte er sich auf den Weg nach Ost-Berlin, um über seinen Sohn Hartmut herauszufinden, ob es in der DDR in letzter Zeit mysteriöse Todesfälle nach Medikamententests gegeben hatte.

Der Dienstsitz seines Sohnes lag in der Neuen Königstraße nahe dem Alexanderplatz, in einem Gebäude, in dem sich früher die Karstadt-Verwaltung befunden hatte. Vor zwei Jahren hatte Hermann Kappe es schon einmal gewagt, dort aufzutauchen. Da es West- wie Ostkriminalbeamten streng verboten war, Kontakt zueinander aufzunehmen, hatte er es mit einem Trick versucht und sich beim Pförtner als der Onkel Albert von Hartmut Kappe ausgegeben und behauptet, dass er seinen Neffen in einer dringenden Angelegenheit sprechen müsse.

Das wollte er auch diesmal so machen. Doch als er dann nach reibungslos verlaufenem Grenzübertritt in der Neuen Königstraße angekommen war, zögerte er. Denn er hatte plötzlich deutlich die Worte im Ohr, die ihm sein geliebter Sohn beim letzten Abschied gesagt hatte: «Wenn meine Vorgesetzten das erfahren, darf ich mich in der Produktion bewähren. Also lass es in Zukunft bitte!» Hermann Kappe erschrak über sich selbst und sein unbedachtes Handeln. Er schämte sich dafür, dass er um ein Haar seinen

Sohn in Gefahr gebracht hatte. Er wollte wieder nach Hause, raus aus dieser verdammten DDR, ehe sie ihn verhafteten. Er verfiel in Panik. Erst als sich sein Puls wieder etwas normalisiert hatte, ärgerte er sich darüber, vergebens nach Ost-Berlin gefahren zu sein. Er überlegte, wie er den Tag nutzen könnte. Vielleicht sollte er vom Alexanderplatz zum Tierpark Friedrichsfelde fahren? Nein, das war zu umständlich, denn eine direkte U-Bahn-Verbindung dorthin war erst geplant, und einen Zoo hatte man auch in West-Berlin. Unschlüssig bummelte er über den Alexanderplatz. Da sah er etwas, das ihn faszinierte: einen Oberleitungsbus, kurz auch Obus genannt. Er trug die Nummer 030. Hermann Kappe stieg ein, ohne das Zielschild zu beachten. Über die Dimitroffstraße, die Greifswalder Straße, die Leninallee und die Ebertystraße fuhr er Richtung Osten. Für einen Augenblick wusste er nicht mehr, wer er war. Am Loeperplatz stieg er dann aus und trat die Rückfahrt an. Dabei kam er in der Leninallee am Städtischen Krankenhaus Friedrichshain vorbei. Plötzlich hatte er die Idee, sich dort als Abgesandter von Ludwig Wittenbeck auszugeben und nach den Medikamententests zu fragen, die man für die PSB durchgeführt habe.

Gisela Wittenbeck lag seit Stunden auf ihrem Bett und starrte an die Zimmerdecke. Sie kam sich vor wie eine Stoffpuppe, mit der keiner mehr spielen wollte und die achtlos in eine Ecke geworfen worden war. Wozu aufstehen, wozu über den Kudamm schlendern? «Ich fühle mich, als wäre ich schon gestorben», hatte sie gestern zu Gerda Groß gesagt, in deren Pension sie noch immer wohnte. Seit Tagen schlief sie kaum noch, weil sie eine unbeherrschbare innere Unruhe ergriffen hatte. «Die hat doch ihren Mann umgebracht», glaubte sie die Leute hinter ihrem Rücken flüstern zu hören. Sie aß nicht mehr richtig, duschte nicht und schminkte sich nicht mehr. Wozu sollte sie das auch noch tun?

Jetzt klopfte es an ihrer Zimmertür, und auf ihr schwaches «Ja bitte!» kam die Pensionsinhaberin Gerda Groß herein.

«Gisela, bitte, steh endlich auf! Du musst unbedingt wieder arbeiten gehen, damit du auf andere Gedanken kommst!»

«Ach, wer nimmt mich denn, wo ich so lange nicht mehr in meinem Beruf tätig war? In der Radiologie hat sich doch in der Zwischenzeit so viel verändert. Und diese Müdigkeit, die mich immerzu plagt. Ich halte doch keinen Arbeitstag mehr durch.»

«Komm, reiß dich zusammen, du schaffst das schon!»

Gisela Wittenbeck schloss die Augen. «Ach, wozu denn? Selbst wenn ich eine Stelle finden würde – bald kommt ja doch die Kripo und verhaftet mich, weil alle denken, ich hätte Ludwig umgebracht.»

Gerda Groß riss ihr die Bettdecke weg. «Los, raus jetzt! Wir gehen zum Arzt!»

«Ach, wozu denn? Mir kann ja doch keiner helfen.»

«Doch, ich! Und nachher sehen wir uns deine neue Wohnung an. Ein alter Freund von mir zieht da aus, und du kannst sie haben: Kreuzberg, Charlottenstraße 4, in einem neuen Hochhaus, siebzehntes Stockwerk.»

Otto Kappe litt weiterhin arg unter seiner Erfolglosigkeit im Fall Wittenbeck und versuchte, sich mit seinem Sport und den deutschen Erfolgen bei den Olympischen Spielen in Tokio abzulenken. Die gesamtdeutsche Mannschaft war hinter den USA, der Sowjetunion und Japan mit zehn Goldmedaillen auf dem vierten Platz gelandet.

«Der Fall Wittenbeck kostet mich Jahre meines Lebens», erzählte er jedem, den er traf. «Immer wieder neue Spuren, und alle verlaufen sie im Sande.» Er war so durcheinander, dass er, als Gertrud ihn beim Lösen ihres Kreuzworträtsels fragte, wo denn die Luther-Eiche stünde, «In Wittenbeck» statt «In Wittenberg» zur Antwort gab.

Immer wieder neue Spuren, und alle verlaufen sie im Sande, ging es ihm wieder einmal durch den Kopf, als ihn Gerhard Piossek anrief. «Gleich wird die Anita Grabowski bei uns sein.

Vielleicht solltest du anwesend sein, wenn wir sie befragen. Es geht zwar um diesen Louis L., aber es ist ja nicht ausgeschlossen, dass Wittenbeck irgendetwas damit zu tun hat.»

«Danke, ich komme!»

Bei der Befragung von Anita Grabowski erfuhr Otto Kappe nur wenig, was für ihn von Interesse war. Interessant wurde es bei der Frage, von wem denn Lothar Lehmann alias Louis L. die Drogen bezogen habe, die man im «Séparée P» konsumiert habe.

«Keine Ahnung, da habe ich mich nicht eingemischt. Vielleicht von einem Kolumbianer, der öfter bei uns war», antwortete Anita Grabowski.

«Nicht von Ludwig Wittenbeck?», erkundigte sich Piossek.

Anita Grabowski gab sich ahnungslos. «Weiß ich nicht.»

Jetzt hob Kappe die Hand. «Wenn ich mal kurz eine Zwischenfrage stellen darf: Aber Ludwig Wittenbeck war bei Ihnen im ‹Séparée P›?»

«Natürlich, da habe ich ihn ja kennengelernt!» Anita Grabowski grinste anzüglich und fügte hinzu: «Bevor er mich dann als Putzfrau eingestellt hat.»

«Und später sind Sie seine Geliebte geworden?», hakte Kappe nach, obwohl die Frage eigentlich überflüssig war.

«Ja.» Anita Grabowski wusste nicht, was sie dazu noch sagen sollte.

Otto Kappe fixierte sie. «Wissen Sie denn auch, ob er Sie in seinem Testament bedacht hat?»

Anita Grabowski zögerte mit einer Antwort. Denn selbstverständlich war ihr klar, dass sie bei einem Ja noch stärker unter Mordverdacht geraten würde. «Darauf bin ich selbst gespannt.»

«Das sind wir alle.»

FÜNFZEHN

PETER KAPPE hatte sich in die Vorlesung *Alltagskriminalität* von Doktor Fleckenstein zwar nicht gerade verirrt, aber mit großer Vorfreude war er auch nicht in den vergleichsweise kleinen Hörsaal geeilt. Seine Begeisterung für die Kriminalpsychologie hatte etwas nachgelassen, weil sein Vater ihm zu bedenken gegeben hatte: «Junge, du weißt doch jetzt noch nicht, ob du dich als psychologischer Gutachter einmal um Serienmörder wie Fritz Haarmann, Paul Ogorzow oder Karl Großmann kümmern musst oder nur um kleine Eierdiebe.»

Doktor Fleckenstein war ein schon etwas älterer wissenschaftlicher Rat, halb Soziologe, halb Psychologe, der mit seinem Spezialgebiet Kriminalsoziologie nicht renommieren konnte und gegen Kollegen, die bei Karl Marx, Max Weber, Talcott Parsons und Theodor W. Adorno gelernt hatten, bei Berufungen keine Chance hatte.

«Wenn es in Deutschland um die gesellschaftliche Gewichtung von Straftaten geht, dann unterscheiden wir zwischen Bagatelldelikten, leichter Kriminalität, mittlerer Kriminalität, Schwerkriminalität und Schwerstkriminalität. Uns interessieren in dieser Lehrveranstaltung die ersten beiden Formen, für die wir auch die Begriffe Alltags- oder Massenkriminalität gebrauchen können. Jährlich fallen in diesen Bereichen in Deutschland Hunderttausende von Fällen an, darunter Sachbeschädigung, Diebstahl und Leistungserschleichung. Immer wieder müssen wir uns fragen: Warum tun die Menschen das, in was für einer Lage befinden sie sich, wie können sie wieder in die Gesellschaft eingegliedert werden? So, damit hätte ich kurz mein Programm für dieses Semester umrissen.»

Peter Kappe erschrak. Wenn es seine berufliche Zukunft werden sollte, in irgendeinem Bezirksamt zu sitzen und zu prüfen, ob man Karlchen Krause, der wiederholt als Schwarzfahrer erwischt wurde, als Büroboten einstellen konnte oder nicht, dann grauste ihm davor. Wie war doch da sein Vater um seine berufliche Aufgabe zu beneiden! Auch wenn der gerade darunter litt, dass er in diesem Fall Wittenbeck nicht weiterkam.

Als Peter Kappe nach der Vorlesung zusammen mit Esther Schlesinger in der Mensa saß, kam er auf dieses Thema zu sprechen. «Sag mal, du schreibst doch gerade an deiner Diplomarbeit über Suizid ...»

«Ja, aber vor allem beschäftige ich mich mit dem Suizid von Juden nach der Wannseekonferenz. Meine Tante Rahel hat sich auch das Leben genommen, um nicht nach Theresienstadt oder Auschwitz gebracht zu werden.»

Peter schwieg. Er wusste nicht, was er darauf antworten sollte. Er war viel zu jung gewesen, um sich persönlich schuldig zu machen. Dennoch gab es fraglos eine Kollektivschuld ... Nur mit Mühe fand er wieder zu seinem eigentlichen Anliegen zurück. «Dieser Fall Wittenbeck ...»

Esther Schlesinger nickte. «Ich habe aufmerksam verfolgt, was dieser Sterley im *Berliner Boulevard Blatt* von sich gibt. Es ist immer noch nicht klar, ob es sich um Mord, Unfall oder Suizid handelt, oder?»

Peter nickte. «Wie ist deine Meinung? Könnte dieser Wittenbeck bei einem Suizidversuch seine Gastherme so manipuliert haben, dass es aussah, als hätte es ein anderer getan?»

Esther Schlesinger musste etwas ausholen. «Zunächst ist zu beachten, dass nicht jeder Selbsttötungsversuch wirklich den eigenen Tod intendiert. Häufig handelt es sich um einen sogenannten demonstrativen Suizidversuch. Der Betreffende will tatsächlich gerettet werden. Ziel ist es, auf seine Nöte aufmerksam zu machen.

Aber natürlich kann ein demonstrativer Suizidversuch auch einmal gelingen – ungewollt.»

Peter Kappe unterbrach sie. «Dann könnte Wittenbeck die Gastherme also nur manipuliert haben, um vorzutäuschen, dass er aus dem Leben scheiden wollte? Vielleicht hat er mit der Rückkehr seiner Frau gerechnet und darauf gehofft, dass sie ihn rettet, doch …»

«… doch dabei hat er sich tragischerweise verrechnet», vollendete Esther seinen Satz. «Solch ein Vorgehen ist typisch für neurotische Persönlichkeiten, aber wenn man dem Glauben schenken darf, was Sterley schreibt, war Wittenbeck eine. Verbittert, von seiner Frau nicht verstanden, in der Firma nicht sehr geschätzt … Da kann ihm durchaus der Gedanke gekommen sein: Wenn ich mich jetzt versuche umzubringen, dann geben die Leute euch die Schuld daran. Das ist meine Rache für alles, was ihr mir angetan habt.»

Peter Kappe bedankte sich. «Ich werde meinem Vater davon erzählen. Das scheint doch am wahrscheinlichsten. Dann kann er die Suche nach einem Mörder getrost einstellen.»

Morgens im Büro versuchte Hans-Gert Galgenberg, die Stimmung etwas aufzulockern. «Die Menschheit rätselt, warum es das Weltall gibt und warum sie selbst existiert. Dann kann uns doch wohl niemand einen Vorwurf machen, nur weil wir nicht herausfinden, warum Ludwig Wittenbeck das Zeitliche gesegnet hat.»

Otto Kappe seufzte. «Sag das mal unserem Polizeipräsidenten oder dem Niederzier!»

«Frag doch mal deinen Onkel Hermann!», stichelte Galgenberg. «Der weiß bestimmt schon längst, wer der Mörder ist und wie sich die Tat ereignet hat.»

«Ich werd 'n Teufel tun und Hermann fragen!», rief Otto Kappe aufgebracht.

Das brauchte er auch gar nicht, denn keine zehn Minuten später rief Hermann Kappe in seinem Büro an.

«Guten Tag, Otto! Ich bin unversehrt aus Ost-Berlin zurück.

Aber deinetwegen hätten die mich dort beinahe verhaftet», berichtete ihm der Onkel.

«Warum denn das?»

«Mich hat das Gefühl nicht losgelassen, dass Wittenbeck Kontakte nach drüben hatte, um dort günstig seine neuen Medikamente testen zu lassen», begann Hermann Kappe. «Und bei Geschäften mit der DDR kommt man allzu leicht unter die Räder. Um diesem Verdacht nachzugehen, habe ich mich im Krankenhaus Friedrichshain als ein Vertreter von Wittenbeck ausgegeben und nachgefragt, ob dort Medikamente von der PSB verabreicht werden. Und halt dich fest: Ja, das tun sie! Plötzlich aber schöpften sie wohl Verdacht. Ich konnte mich gerade noch rechtzeitig vom Acker machen.»

Otto Kappe bedankte sich für den Anruf und erzählte dann Galgenberg von der Spur, der sein längst pensionierter Onkel aus eigenem Antrieb nachgegangen war.

Galgenberg lächelte. «Sterley würde vermutlich nun auf Seite sieben schreiben: *DDR-Ministerpräsident Otto Grotewohl ist nach Einnahme eines Medikaments von Wittenbeck gestorben – und darum hat sich die DDR jetzt an ihm gerächt.*»

Kappe stand auf. «Auch wenn die Gefahr besteht, dass wir wieder einmal einer falschen Spur nachgehen: Wir müssen uns in der PSB umhören, um erstens herauszubekommen, wer mit diesem Louis L. Kontakt hatte, und zweitens, was es mit diesen Medikamententests in der DDR auf sich hat.»

So setzten sie sich in die U-Bahn. Bis zum Bahnhof Südstern war es nicht weit.

«Als ich noch zur Schule gegangen bin, hieß die Station Hasenheide, 1933 hat man sie dann in Kaiser-Friedrich-Platz und 1939 in Gardepionierplatz umbenannt. 1947 ist sie schließlich auf Südstern getauft worden», erzählte Kappe. «Das habe ich jedenfalls gestern in der Zeitung gelesen.»

Galgenberg lachte. «Und wo haben wir den West- und den Oststern? Ich kenne nur den Nordstern.»

Jetzt staunte Kappe. «Wo gibt's denn den?»

«Im Fußball: Nordstern 07.»

Derart munter plaudernd, erreichten sie ihr Ziel und traten ins Vorzimmer des Chefs der PSB, um sich melden zu lassen. «Wir hätten gern Herrn Suthfeld gesprochen. Kappe und Galgenberg von der Kriminalpolizei.»

Thomas Suthfeld schien von ihrem Besuch nicht überrascht zu sein. «Ich habe Sie schon bei Ludwigs Beerdigung gesehen ...»

Otto Kappe lachte. «Wir Sie auch.»

Suthfeld bat sie, Platz zu nehmen, und schlug dann einen ironischen Tonfall an. «Ich vermute mal, dass Sie heute nicht gekommen sind, um mir im Vertrauen mitzuteilen, wer Ludwig Wittenbeck nun wirklich auf dem Gewissen hat, bevor ich es morgen im *BBB* lesen kann.»

Kappe war bemüht, sachlich zu bleiben. «Noch können wir Ihnen nichts verraten, da aber in West-Berlin die Aufklärungsquote bei Delikten nach dem Paragrafen 211 des Strafgesetzbuchs fast hundert Prozent beträgt, bin ich guter Hoffnung, dass bald ganz Berlin erfahren wird, wer der Mörder Wittenbecks ist.»

Suthfeld nickte. «Als Mörder des Herrn Wittenbeck kommen ja so einige infrage ... Die Befriedigung seines Geschlechtstriebs hat ihm viel Ärger mit seiner Ehefrau eingebracht ... Aber das mit der Anita werden Sie ja schon herausgefunden haben. Meinen Sie, dass Habgier das Motiv war? Die Anita könnte wohl damit gerechnet haben, dass Ludwig sie in seinem Testament großzügig bedenkt. Und sein Neffe Siegfried Heideblick könnte das Erbe zur Sanierung seines Möbelladens auch gut gebrauchen.»

Otto Kappe unterbrach ihn. «Das ist durchaus alles von Belang, was Sie da sagen, Herr Suthfeld, aber ich möchte gerne über zwei andere Punkte sprechen.»

«Bitte, natürlich. Pardon!»

«Zuerst eine kleine Frage: Kennen Sie einen Louis L.?»

Suthfeld lachte. «Ja, natürlich. Ich bin Junggeselle, und da ist es doch nicht verboten, ab und an einmal ins ‹Séparée P› zu gehen.

Dass man Louis umgebracht hat ... Mein Gott, das hat er nicht verdient! Aber in der West-Berliner Unterwelt geht es ja langsam genauso zu wie in Chicago.»

Galgenberg hatte sich ein wenig mit dem Thema Rauschgift befasst und übernahm nun die Gesprächsführung. «Herr Suthfeld, es steht ja völlig außer Frage, dass man im ‹Séparée P› leicht an Rauschgift kommen konnte. Grundsätzlich werden in West-Berlin Drogen immer mehr zu einem Problem. Ist es ein Zufall, dass das hervorragend ausgestattete Labor der PSB durchaus die Möglichkeit böte, etwas zusammenzubrauen, das man im ‹Séparée P› für viel Geld als Droge verkaufen kann?»

Suthfeld hob die Augenbrauen. «Wenn Sie mir das wirklich unterstellen, dann können Sie Gift darauf nehmen, dass Sie demnächst eine Klage wegen Verleumdung am Hals haben.»

Galgenberg ließ sich nicht einschüchtern. «Aber Sie stellen mit Ihrem Sana-Sedatio ein Medikament her, das man in entsprechender Dosierung durchaus als Narkotikum verwenden kann.»

«Halten Sie es für völlig ausgeschlossen, dass Ludwig Wittenbeck seine neue Villa in der Kaubstraße auf diese Art und Weise finanziert haben könnte? Schließlich war er ein erfahrener Pharmakologe», mischte sich nun Kappe ein.

Suthfeld schloss die Augen. «Ludwig Wittenbeck war mein Freund und Kompagnon, und über die sagt man nichts Schlechtes und über Tote erst recht nicht, aber ... Es gab viele dunkle Punkte in Ludwigs Leben. Doch wenn in unserem Labor wirklich etwas Illegales hergestellt wurde, dann am ehesten durch Gerhard Glimbach.»

«Ist der zurzeit anwesend?», erkundigte sich Galgenberg.

«Nein, nicht mehr, den hat Ludwig entlassen.»

«Das ist ja interessant!», rief Kappe. «Können Sie uns sagen, wo er sich aufhält?»

«Wahrscheinlich in seiner Wohnung. Lassen Sie sich von meiner Sekretärin die Adresse geben!»

160

Das taten Otto Kappe und Hans-Gert Galgenberg dann auch. Aber bevor sie zu Glimbach nach Wilmersdorf in die Blissestraße fuhren, fiel Kappe ein, dass sie Suthfeld gar nicht auf die Spur angesprochen hatten, auf die Hermann Kappe gestoßen war. Sie gingen also noch einmal zurück in Suthfelds Büro.

«Herr Suthfeld, wir haben da doch noch eine Sache, über die wir mit Ihnen sprechen müssen. Kann es sein, dass Ihre Firma Medikamententests in der DDR hat durchführen lassen?», fragte Kappe.

Suthfeld winkte ab. «Das war allein Ludwigs Sache. Da sollte es um das eben erwähnte Sana-Sedatio gehen. Doch ich habe keine Ahnung, wie weit die Sache gediehen ist. Aber Ihre Mitarbeiter können ruhig kommen und sich unsere Akten ansehen.»

«Danke, wir werden darauf zurückkommen.» Otto Kappe glaubte nicht, dass sie diese Spur weiterbrachte. Außerdem war es unmöglich, in Ost-Berlin zu ermitteln. Mehr Hoffnung legte er in das Gespräch mit Gerhard Glimbach.

«Wie kommen wir denn vom Südstern am besten zur Blissestraße?», wollte Galgenberg wissen.

Da musste Otto nur kurz überlegen. «Mit der U-Bahn bis Neukölln und dann mit der S-Bahn bis Wilmersdorf.»

Galgenberg spielte den zutiefst Erschrockenen. «Was denn, du willst als West-Berliner Beamter mit der S-Bahn fahren und damit Ulbrichts Mauer und den Stacheldraht finanzieren?»

«Die sind ja schon längst finanziert, und verboten hat uns das keiner.»

Gern gesehen war es noch immer nicht, dass West-Berliner die S-Bahn benutzten, die aufgrund des Viermächteabkommens auch auf West-Berliner Gebiet in DDR-Regie betrieben wurde. Doch zum Glück waren Bahnsteige und Züge so leer, dass sie nicht befürchten mussten, erkannt zu werden.

«Weißt du, was mir sofort aufgefallen ist, als ich hörte, dass Glimbach in der Blissestraße wohnt?», fragte Galgenberg, als sie am Bahnhof Wilmersdorf wieder aus der S-Bahn stiegen. Die Antwort gab er sich selbst. «Von hier zur Kaubstraße ist es wirklich nicht sehr weit.»

«Da muss ich dir recht geben …» Kappe verstand Galgenbergs Gedanken. «Du meinst, Wittenbeck hat Glimbach entlassen, und der hat sich dann gerächt, indem er dessen Gastherme in der Kaubstraße manipuliert hat?»

«Ist das so abwegig?»

«Nein, aber vermutlich können wir es Glimbach nicht nachweisen.»

«Und warum gehen wir dann überhaupt zu ihm?», wollte Galgenberg wissen.

«Weil das unsere Pflicht ist und wir dafür bezahlt werden», antwortete Kappe lakonisch. «Und zum Beruf eines Kriminalbeamten gehört nun einmal, sich damit abzufinden, dass sein Tun oft vergeblich ist.»

Über die Detmolder erreichten sie die Blissestraße. Glimbachs Wohnung lag zwischen dem Volkspark und den Eva Lichtspielen. Als der ihnen öffnete, zuckte Kappe ein wenig zusammen, denn Gerhard Glimbach erinnerte ihn an eine Figur, die einem in der Geisterbahn auf dem Rummel begegnete. Gott, der arme Teufel!, schoss es Kappe durch den Kopf. Wer so aussah, musste ja ungeheure Schwierigkeiten haben, mit dem Leben zurechtzukommen.

«Verzeihen Sie, dass wir Sie behelligen», sagte Kappe, nachdem er sich und Galgenberg vorstellt hatte, «aber wir müssen Ihnen leider im Fall Wittenbeck ein paar Fragen stellen.»

«Das war zu erwarten.» Glimbach bemühte sich um ein Grinsen, was ihn nicht eben hübscher machte. «Immer herein, die Herren!»

Er bot ihnen einen Whisky an, den sie aber ablehnten. Dann konfrontierte Kappe Glimbach mit den Mutmaßungen, die sie schon gegenüber Suthfeld geäußert hatten.

Glimbach stritt alles entschieden ab. «Weder kenne ich einen Louis L., noch habe ich irgendwelche Drogen angemischt. Und

162

von irgendwelchen Medikamententests in der DDR weiß ich auch nichts.»

Otto Kappe ließ jedoch nicht locker. «Herr Glimbach, wenn ich mich in Ihrer Wohnung so umschaue, fällt mir auf, dass Sie sehr nobel eingerichtet sind. Kann sich denn ein einfacher Angestellter einer kleinen Pharmafirma so etwas leisten?»

«Worauf wollen Sie hinaus? Ich bin ein sparsamer Mensch, das Einzige, was ich mir gönne, ist ein schönes Heim, das ist mir wichtig. Zudem habe ich von der Bank einen Kredit bekommen», erklärte Glimbach.

Wer's glaubt, wird selig, dachte Kappe und verabschiedete sich von Glimbach mit dem Gefühl, dass hier noch einiges der Klärung bedurfte.

Es war fünf Minuten nach Geschäftsschluss, und Olaf Nonnenfürst hatte sich schon seine Aktentasche gegriffen, um den Heimweg anzutreten, da wurde noch einmal kräftig an die Schaufensterscheibe geklopft. Erst war Nonnenfürst erschrocken, dann rief er nach hinten: «Chef, Ihre Frau!»

«Ach ja, wir wollen ja noch meine Tante besuchen.»

«Ah, die Frau Wittenbeck?»

«Ja, die hat jetzt 'ne eigene Wohnung.» Siegfried Heideblick eilte nach vorn, um seiner Frau persönlich die Tür aufzuschließen. Dann verabschiedeten sie sich von Nonnenfürst und setzten sich in den Firmenwagen, seine Frau am Steuer, um in die Charlottenstraße zu fahren.

«Irgendwie fühle ich mich Tante Gisela gegenüber verpflichtet», sagte Heideblick. «Sie hat sich doch öfter für mich eingesetzt, während Onkel Ludwig ...»

Ute Heideblick lächelte. «Aber bei seiner Beerdigung hat man nur Gutes über ihn gehört.»

«Wie sollte es auch anders sein?»

Von der Karl-Marx-Straße bis zum südlichen Ende der Charlottenstraße brauchten sie kaum mehr als eine Viertelstunde.

Hermannplatz, Hasenheide, Südstern. Vor dem Gebäude der Pulmo Sanitatem Berlin hielten sie einen Moment, um Ludwig Wittenbeck zu gedenken.

«Wenn er noch am Leben wäre, würden wir hinaufgehen und einen Cognac mit ihm trinken», sagte Ute Heideblick.

«Wie das Leben so spielt …», sagte Heideblick. «Hoffentlich findet dieser Kriminaloberkommissar Otto Kappe bald heraus, wie Ludwig ums Leben gekommen ist. Das war ja bisher eine ziemlich schwache Leistung von ihm.»

«Er ist eben kein Übermensch», merkte Ute Heideblick an. «Darf ich jetzt über die Blücherstraße fahren, oder bekommst du dann schlechte Laune?», fragte sie, weil einer der großen Konkurrenten dort seinen Firmensitz hatte und seine Werbesprüche überall zu lesen waren: *Möbel-Kunst, das weiß ich, wohnt Blücherstraße 32 – zwischen Südstern und Halleschem Tor.*

«Ja, dann kann ich endlich mal 'ne Bombe in den Laden werfen», brummte Heideblick.

Als sie dann an dem Geschäft vorbeifuhren, schloss er aber nur die Augen. Sie überquerten den Landwehrkanal, fuhren die Lindenstraße hinauf und waren bald am Ziel.

Gisela Wittenbeck freute sich über ihren Besuch, soweit das ihre depressive Grundstimmung zuließ. Die kleine Wohnung im siebzehnten Stockwerk war noch lange nicht vollständig eingerichtet. Mithilfe von Gerda Groß, der Pensionswirtin aus der Konstanzer Straße, die inzwischen auch ihre Freundin geworden war, hatte sie einiges aus den Häusern in Kladow und in der Kaubstraße herbeischaffen lassen, aber noch keine der vielen Umzugskisten ausgeräumt.

«Ich bin zu müde dazu und liege meist den ganzen Tag über im Bett», erklärte sie mit schwacher Stimme ihrem Neffen und dessen Frau.

«Wir kommen am Wochenende zu dir und machen hier klar Schiff», versprach ihr Ute Heideblick.

Siegfried Heideblick sah seine Tante an. «Und du bist dir sicher, dass du nicht in die Kaubstraße ziehen möchtest? Das Haus steht ja nun leer.»

«Nein, auf keinen Fall! Du kannst es gerne haben, wenn du willst.»

Heideblick winkte ab. «Mich kriegen keine zehn Pferde aus meinem Neuköllner Kiez heraus!»

«Und ich ziehe niemals in ein Haus, in dem Ludwig gewohnt hat! In Kladow sind wir uns fremd geworden, und ich habe gehofft, dass wir in dem neuen Zuhause wieder zueinanderfinden würden. Aber dann erwischte ich ihn mit dieser Anita. Ich habe Ludwig von Tag zu Tag mehr gehasst, ich hätte ihn ...» Sie brach ab. «O Gott, wenn das dieser Kriminalkommissar hören würde!»

SECHZEHN

ALS OTTO KAPPE UND HANS-GERT GALGENBERG
am nächsten Morgen die Seite sieben des *BBB* aufschlugen, konnten sie folgenden Artikel lesen:

Wer soll da noch durchblicken? – *Im Fall Wittenbeck verlaufen alle Spuren im Sande*
Fest steht nur, dass Ludwig Wittenbeck, Inhaber der Pharmafirma Pulmo Sanitatem Berlin GmbH (PSB) an der Hasenheide, am Morgen des 8. Oktober dieses Jahres tot in seinem Haus in der Wilmersdorfer Kaubstraße aufgefunden worden ist, nachdem eine Bekannte durch das Betätigen der elektrischen Türklingel eine kleine Explosion ausgelöst hatte. Die Obduktion ergab, dass er irgendwann zwischen 21 Uhr abends und 3 Uhr morgens durch ausströmendes Stadtgas ums Leben gekommen ist. An der Zuleitung zu seiner neuen Gastherme war eine Schraube locker.
Für die Mordkommission unter Leitung des erfahrenen Kriminaloberkommissars Otto Kappe stellt sich nun die Frage, ob es ein Unfall war, ob Wittenbeck Suizid begangen hat oder ob er ermordet worden ist. Der Monteur, der die Gastherme angeschlossen hat, bestreitet energisch, einen Fehler begangen zu haben. Wittenbeck selbst kann keine Auskunft mehr darüber geben, ob er sich selbst das Leben genommen hat. Pech für die Kripo ist nun, dass die Spezialisten des LKA nur die Fingerabdrücke dieser beiden Männer an der Zuleitung wie an der Gastherme selbst gefunden haben.
Für einen Mord könnte sprechen, dass Ludwig Wittenbeck mit etlichen Menschen verfeindet war. Wie das «BBB» erfahren hat, hat der betuchte Unternehmer deshalb auch eine Psychologin aufgesucht. Namen sind uns bekannt, doch können wir sie hier aus naheliegenden Gründen nicht nennen. Weiterhin besteht der Verdacht,

dass in dem Labor der PSB Drogen hergestellt wurden, die im Nachtklub des
ermordeten Louis L. verkauft wurden.
Trotz all dieser Spuren und Verdachtsmomente scheint die Berliner Polizei nicht in
der Lage zu sein, den Fall Wittenbeck zu lösen.

Galgenberg warf die Zeitung in den Papierkorb. «Nichts als Geschwätz! Nach dem Krieg hätten wir solch eine Zeitung zerschnitten und als Klopapier genutzt.»

Kappe blieb gelassener. «Immerhin scheint Jürgen Sterley Namen zu kennen. Es wäre doch einmal interessant zu erfahren, woher er sein Wissen hat.»

Galgenberg winkte ab. «Du weißt doch, wie diese Burschen von der Presse sind, die rücken nichts raus!»

«Aber er wird sich doch sicherlich im Hinblick auf eine mögliche spätere Zusammenarbeit nicht weigern, uns seine Quellen und seine Informationen zu nennen. Das könnte doch ganz aufschlussreich sein. Vielleicht ist er auf jemanden gestoßen, an den wir noch gar nicht gedacht haben.»

Eine halbe Stunde später saßen Otto Kappe und Hans-Gert Galgenberg dem Journalisten Jürgen Sterley gegenüber, der ihnen von einer Sekretärin zwei Tassen Kaffee bringen ließ. Als sie gerade den ersten Schluck trinken wollten, schaute ein Mann zur Tür hinein. «Ah, Sie sind sicher die Herren von der Kripo! Bedanken Sie sich gerade beim Kollegen Sterley, dass er den Fall Wittenbeck für Sie aufgeklärt hat? Wo bleibt der Sekt?» Und verschwunden war er wieder.

«Mein Chefredakteur Rainer Sülzle», sagte Jürgen Sterley mit einer hilflosen Geste.

«Er scheint Sie nicht gerade über alle Maßen zu schätzen», sagte Otto Kappe voller Mitgefühl.

«Er will immer den sensationellen Exklusivbericht», erklärte ihnen Jürgen Sterley. «Auf der Seite sieben soll jeden Tag etwas stehen, das den Lesern den Atem stocken lässt.»

168

Kappe nickte. «Ich verstehe. Sie haben in Ihrem Artikel ja keine Namen genannt, Herr Sterley, aber wir wären Ihnen sehr dankbar, wenn Sie uns verraten würden, ob Ihnen tatsächlich Namen vorliegen oder Sie nur gebluft haben.»

Jürgen Sterley zögerte einen Augenblick, zog dann aber seinen Notizblock aus der Schublade. «Thomas Suthfeld, Gerhard Glimbach, Bernd Edewecht und Gisela Wittenbeck», sagte er nur.

«Thomas Suthfeld, warum denn der? Und wer ist Bernd Edewecht?», fragte Galgenberg.

«Suthfeld war knapp bei Kasse und könnte es auf Wittenbecks Geld abgesehen haben. Und Edewecht ist der Vermieter der Firmenräume am Südstern und wollte Wittenbeck anscheinend raushaben.»

«Ah ja, und das, meinen Sie, reicht als Mordmotiv? Doch woher haben Sie diese Informationen eigentlich?»

Sterley zögerte erneut mit einer Antwort, sagte dann aber: «Wittenbeck hat sie mir persönlich genannt, als ich ihn nach der Messerattacke interviewt habe.»

Otto Kappe nickte. «Ah ja.» Aber warum hatte Sterley gezögert? Kappe war sich sicher, dass Sterley log und die Informationen von einer dritten Person hatte. Doch es schien ihm aussichtslos, noch etwas aus Sterley herauszubekommen, also unterließ er weitere Fragen.

«Überschrift: *Das Hornberger Schießen diesmal in Berlin*», kommentierte Galgenberg ihren Besuch beim *BBB*, als sie das Redaktionsgebäude verließen.

«Na, das mit dem Suthfeld kann vielleicht noch wichtig werden, nur das mit dem Edewecht können wir wohl gleich vergessen.»

Dutzende von Möbelpackern wuselten in den Räumlichkeiten der PSB herum, um den Umzug der Firma vorzubereiten.

Thomas Suthfeld hatte kaum Zeit, den Nachruf auf Ludwig Wittenbeck zu lesen, der im *Mitteilungsblatt des Bundesverbandes der Pharmazeutischen Industrie e. V.* erschienen war. Man würdigte

Wittenbeck als einen großen Pharmazeuten und gab seiner Hoffnung Ausdruck, dass man den Grund seines Ablebens bald aufkläre.

Da die Tür zu Suthfelds Büro wegen des allgemeinen Tohuwabohus offen stand, konnte Bernd Edewecht beim Eintreten erkennen, was Suthfeld gerade las. Er grinste. «Schreiben die auch, wer sich alles freut, dass dieser Bremsklotz endlich weg ist?»

Suthfeld unterdrückte ein Lachen. «Das sind ja hauptsächlich wir beide: Sie können diese Räume teuer weitervermieten, und ich kann in die Flottenstraße ziehen und expandieren. Die Zeit der Faltenfrei-Salbe und anderer Produkte, mit denen sich nichts verdienen lässt, ist vorbei. Wir werden uns auf Medikamente gegen zu hohen Blutdruck und Tuberkulose sowie Schmerzmittel konzentrieren.»

Edewecht setzte sich. «Der Preis dafür scheint aber für uns beide recht hoch zu sein: Jeder von uns steht im Verdacht, bei Wittenbeck gleichsam den Gashahn aufgedreht zu haben.»

Suthfeld lachte nun doch laut los. «Da sind wir ja dem *BBB* zufolge nicht die Einzigen. Und ich habe Wittenbeck so gut gekannt, dass ich vor jedem Gericht schwören würde, dass er unter Depressionen litt und Suizidgedanken hatte.»

Da Gisela Wittenbeck mit nichts zu tun haben wollte, was ihren Mann betraf, hatten Siegfried und Ute Heideblick es übernommen, sich um einen Grabstein für Ludwig Wittenbeck zu kümmern. So fuhren sie zu einem Steinmetz, der seine Werkstatt in der Nähe des Friedhofs In den Kisseln hatte. Auf dem kleinen Platz vor dem Geschäft führte der ihnen die unterschiedlichen Grabsteinmodelle vor.

«Grundsätzlich unterscheidet man zwischen drei Grabsteinarten», erklärte der Steinmetz, «dem stehenden Grabstein, dem liegenden Grabstein und dem Wiesenstein.»

«Was ist denn ein Wiesengrabstein?», erkundigte sich Heideblick. «Davon habe ich noch nie gehört.»

«Das ist eine kleine Grabplatte, die wir ebenerdig in den Boden einarbeiten.»

Heideblick winkte ab. «Nein, das würde meinem Onkel dann doch nicht gerecht werden. Er war ein bedeutender Unternehmer.»

Der Steinmetz nahm das gelassen zur Kenntnis. «Nun gut, dann würde ich Ihnen auch von einem liegenden Grabstein abraten, denn der kommt Ihnen zwar günstiger, weil die Kosten für das Fundament entfallen, aber aufgrund seiner Nähe zum Boden ist er sehr anfällig für Verschmutzungen.»

Ute Heideblick sah ihn an. «Dann bleibt also nur ein stehender Grabstein.»

«Sie sagen es. Wir legen ein sicheres Fundament, sodass es zu keinen Absenkungen kommen wird. Sie müssen sich nur noch entscheiden, welche Art von Stein Sie möchten und was für eine Inschrift er tragen soll.»

Ute und Siegfried Heideblick waren sich schnell einig, dass es schwedischer Granit werden sollte. Doch bei der Frage nach einer Inschrift gab es lange Diskussionen.

«Ludwig hat mit den von ihm entwickelten und vertriebenen Medikamenten so vielen Mensch geholfen, dass dies bei der Auswahl des Grabspruchs unbedingt berücksichtigt werden sollte», sagte Siegfried Heideblick mit einem gewissen Pathos in der Stimme.

Daraufhin zog der Steinmetz ein kleines Notizbuch hervor, in dem er sich gängige Sinnsprüche notiert hatte. «Ich schlage vor: *Das einzig Wichtige im Leben sind die Spuren von Liebe, die wir hinterlassen, wenn wir ungefragt weggehen und Abschied nehmen müssen.* Das ist von Albert Schweitzer.»

«Bloß nicht!», rief Heideblick, der sich nur ungern an die Albert-Schweitzer-Schule erinnerte.

Der Steimetz machte den nächsten Vorschlag. «*Das kostbarste Vermächtnis eines Menschen ist die Spur, die seine Liebe in unseren Herzen zurückgelassen hat.*»

«Das ist mir zu lang!», wandte Ute Heideblick ein.

Der Steinmetz suchte sie zu beruhigen. «So viel teurer ist das nun auch nicht. Ich hätte aber auch etwas ganz Kurzes für Sie: *Der Tod trennt – der Tod vereint.*»

Siegfried Heideblick verzog das Gesicht. «Das klingt ja so, als ob ihm die, die an seinem Grab stehen, bald nachfolgen werden.»

Schließlich entschieden sich die Heideblicks für einen Spruch, der ihrer Meinung nach auch dem ungeklärten Tod von Wittenbeck Rechnung trug: *Ein ewiges Rätsel ist das Leben – und ein Geheimnis bleibt der Tod.*

Als sich der Steinmetz nach Geburts- und Sterbetag von Ludwig Wittenbeck erkundigte und Heideblick ihm die Daten nannte, stutzte er. «Kann denn keiner genau sagen, wann der Herr nun gestorben ist, am 7. oder am 8. Oktober?»

«Nein», erklärte Heideblick. «Bei der Obduktion hat man die genaue Stunde seines Ablebens nicht feststellen können.»

«Da muss ich erst mit der Friedhofsverwaltung sprechen, dort gelten ganz strenge Vorschriften.»

Wer im West-Berlin des Jahres 1964 Jazz hören wollte, der ging in die «Badewanne» in der Nürnberger Straße oder die «Eierschale» am Breitenbachplatz.

Ronnie Nassmachers Freundin Bärbel hatte sich für letzteren Klub entschieden. Er selbst hörte lieber deutsche Schlager, war ihr zuliebe aber mitgegangen. Bevor die Combo zu spielen begann, konnten sie in Ruhe ein paar Worte wechseln.

«Du siehst heute so bedrückt aus», stellte Bärbel fest und sah ihren Freund fragend an.

«Keen Wunda, lies ditte hier mal!» Damit zog er eine einzelne Zeitungsseite aus seiner hinteren Hosentasche.

Bärbel nahm das Papier entgegen und las, während ihr Gesichtsausdruck immer bedrückter wurde.

Hat der Monteur im Fall Wittenbeck gepfuscht?
Seit Wochen widmet sich das «BBB» dem Fall Ludwig Wittenbeck. Wittenbeck ist in seiner Villa in der Kaubstraße durch eine Gasvergiftung ums Leben gekom-

men. Es ist nicht auszuschließen, dass Wittenbeck Suizid begangen hat, doch die
Mordkommission unter der Leitung des bekannten Kriminaloberkommissars Otto
Kappe scheint der Überzeugung zu sein, dass Wittenbeck ermordet wurde.
Wie wir gestern bereits berichteten, hatte Wittenbeck anscheinend viele Feinde, von
denen jeder einzelne ein Mordmotiv gehabt haben könnte.
Was aber nun, so fragen wir uns, wenn die Sache ganz anders gewesen ist? Der
Monteur, der Wittenbecks neue Gastherme in der Kaubstraße angeschlossen hat, ist
nicht nur jung und unerfahren, er hat auch, so haben unsere Recherchen ergeben,
nicht gerade den besten Leumund. Es wird gemunkelt, dass besagter Handwerker
Kontakte zum kriminellen Milieu habe und selbst bereits straffällig geworden sei.

Bärbel knüllte die Zeitung zusammen. «Mann, is det jemein!»

Ronnie Nassmacher kippte sein Bier hinunter. «Manchmal jloob ick ja selba schon, det ick et jewesen bin.» Und er erzählte ihr von seinen Schlafstörungen und dass er zu trinken angefangen habe. «Ick halt dit allet nich mehr aus!» Er frage sich nur, ob er nach Westdeutschland gehen oder den Beruf wechseln solle. Er sei nicht mehr in der Lage, hier in Berlin seinen Beruf auszuüben. «Und wenn nu eena von die neuen Kunden mitkricht, det ick det bei Wittenbeck jewesen bin, denn …» Er brach mitten im Satz ab, weil er meinte, seiner Freundin ansehen zu können, dass sie ihm die Schuld an Wittenbecks Tod gab.

Wenn ihm tatsächlich ein Fehler bei der Installation unterlaufen war, dann war er zwar kein Mörder – aber auch fahrlässige Körperverletzung mit Todesfolge wurde mit mehrjährigen Gefängnisstrafen geahndet.

SIEBZEHN

GERTRUD KAPPE schimpfte mit ihrem Mann. «Otto, du musst endlich mal auf andere Gedanken kommen! Immer nur Wittenbeck! Einmal Faustball in der Woche reicht da zum Ausgleich nicht. Spiel doch mal wieder mit Galgenberg und Peter eine Runde Skat. Rosemarie und ich gucken gerne zu.»

Otto Kappe war nicht sehr begeistert. «Galgenberg war mal im Skatverein, da verlier ich nur wieder.»

Aber schließlich kam die Skatrunde doch zusammen. Galgenberg kam zu ihnen, und es ging los mit dem Reizen und dem Sprücheklopfen.

Rosemarie setzte sich hinter Peter. Sie verstand nichts vom Skat und wollte alles darüber erfahren.

«Kiebitzen kannst du gerne», belehrte sie Galgenberg. «Aber bitte nicht kommentieren, was Peter für Karten in der Hand hat!»

Der fühlte sich berufen, seine Verwandte aus Wendisch-Rietz in die Wissenschaft des Skatspiels einzuführen. «Skat kommt vom lateinischen Wort für ‹weglegen›. Das bezieht sich auf die beiden Karten, die beim Geben verdeckt zur Seite gelegt werden – sie heißen Skat, so wie das ganze Spiel.» Anschließend versuchte er ihr die wichtigsten Spielregeln nahezubringen, aber er hatte es schwer, ihr die gängigen Ausdrücke und Redewendungen zu erklären wie etwa «Dem Freunde kurz, dem Feinde lang» oder «Beim Grand spielt man Ässe, oder man hält die Fresse».

Gertrud stand derweil im Hintergrund und bügelte Wäsche. Nach drei Stunden hatte man genug gespielt, und der Sieger stand fest. Entgegen allen Erwartungen war es Otto.

«Und so wie heute Abend wirst du auch im Spiel Ludwig Wittenbeck gegen die Mordkommission als Sieger vom Platz gehen!», rief sein Sohn da zu Ottos Ärger aus. Der hatte dieses Thema lieber ruhen lassen wollen. «Vater, wo du heute deinen Glückstag hast, könnten wir doch mal per Gottesurteil herauszufinden versuchen, wie es sich nun wirklich verhält im Fall Wittenbeck!»

«Wovon redest du?», fragte Rosemarie erstaunt. «Wollt ihr jetzt in die Kirche gehen, vor dem Kreuz die Namen aller Tatverdächtigen vorlesen und dann darauf warten, dass Gott euch irgendein Zeichen gibt?»

«Man merkt, dass du in der atheistischen DDR aufgewachsen bist», erwiderte Peter und holte dann zu einer längeren Erklärung aus. «Das Gottesurteil war im Mittelalter eine Art sakrale Rechtsfindung, die auf der Vorstellung beruhte, ein Urteil über Schuld oder Unschuld eines Angeklagten durch ein Zeichen Gottes fällen zu können. Und um dieses Urteil zu erhalten, gab es unter anderem die Bissenprobe und die Feuerprobe. Bei der Bissenprobe musste vom Verdächtigen ein Stück geweihtes Brot oder Käse geschluckt werden. Wer sich dabei verschluckte, galt als schuldig. Und bei der Feuerprobe musste der Tatverdächtige barfuß über glühende Pflugscharen gehen oder aber ein heißes Eisen in den bloßen Händen tragen. Verheilten die entstandenen Brandwunden ohne Probleme, so galt seine Unschuld als erwiesen.»

Otto lachte. «Und wo kriege ich in Berlin glühende Pflugscharen her?»

Doch sein Sohn ließ sich nicht beirren. «Wir können auch alle Lösungsmöglichkeiten auf Zettel schreiben und dann einen von uns ziehen lassen. Das ist doch genau der Kommissar Zufall, auf den ihr bei der Kripo immer hofft.»

Otto winkte ab. «Das ist doch absoluter Unsinn!»

«Man kann's ja trotzdem mal probieren!», mischte sich vom Bügelbrett Gertrud ein.

Und schon war Peter dabei, einen DIN-A4-Bogen in mehrere

gleich große Stücke zu reißen. «Dann sagt mir doch bitte mal, wer als Täter oder was als Todesgrund alles infrage kommt.»

Galgenberg tat, wie ihm geheißen, und Peter beschrieb fleißig die einzelnen Papiere:

1. *Ludwig Wittenbeck, Freitod*
2. *Fehler des Monteurs, fahrlässige Tötung / Unfall*
3. *Gisela Wittenbeck, Mord*
4. *Gerhard Glimbach, Mord*
5. *Siegfried Heideblick, Mord*
6. *Anita Grabowski, Mord*
7. *Unbekannt, Mord*

Dann knüllte er die Papiere zusammen, warf sie in eine Kristall-schale und ging damit zu seiner Mutter. «Nun liegt alles in deiner Hand. Die Antwort, die du ziehst, entspricht der Wahrheit.»

Gertrud schloss die Augen, drehte sich mit dem Rücken zur Schale, nahm einen Zettel heraus, faltete ihn auseinander und las laut vor, was darauf geschrieben stand: «*3. Gisela Wittenbeck, Mord.*»

Karl-Heinz Laaske war mit Leib und Seele Hausmeister. Er selbst hielt sich für einen der bedeutendsten Menschen auf dem Erdball und war immerzu misstrauisch. Irgendein Mieter verstieß stets gegen irgendetwas, das ihm heilig war, vor allem gegen Ruhe und Ordnung. «Diese Idioten!», schimpfte er immer wieder. Mal lärmten sie auf dem Balkon, mal warfen sie ihren Müll aus dem Fenster. Doch die Mieter nahmen Laaskes Aggressionen und seinen Reinlichkeitsfimmel durchweg kommentarlos hin, denn er war ein begnadeter Handwerker und unentbehrlich, wenn etwas im Haus kaputtgegangen war und repariert werden musste.

An diesem Abend hatte er mit einem kaum lösbaren Problem zu kämpfen: Punkt acht Uhr waren die Haustüren seines Blocks zu verschließen, Punkt acht Uhr begann aber auch die *Tagesschau*, die er auf keinen Fall verpassen durfte. Normalerweise erledigte seine Frau diesen Rundgang, die aber besuchte heute Abend eine Freundin. Was sollte er also tun? Diese Frage beschäftigte ihn derart intensiv, dass er sich nicht richtig auf das Vorabendprogramm konzentrieren konnte, die *Berliner Abendschau*, moderiert von Harald Karas.

Gerade berichtete man über nahende Herbststürme, da flog etwas an seinem Balkonfenster vorbei, das wie eine Matratze aussah. Wütend sprang er auf. Da waren diese Verrückten in den oberen Stockwerken wohl wieder zu faul, ihren Müll nach unten zu tragen, obwohl es einen geräumigen Fahrstuhl gab! Laaske stürzte auf den Balkon. Wenn er von dort aus nach oben schauen würde, ließe sich vielleicht erkennen, wo ein Fenster offen stand. Vielleicht folgte auch noch eine zweite Ladung. Aber nein, da kam nichts mehr. Laaske wohnte im Hochparterre und beugte sich nun über die Balkonbrüstung, um zu sehen, was da wirklich aus dem Fenster geworfen worden war. Er traute seinen Augen kaum: Dort unten lag keine alte Matratze, sondern ein menschlicher Körper. Er lief zum Telefon, um die 112 anzurufen.

Otto Kappe hatte keine Lust fernzusehen und las lieber die *Morgenpost*. Der entnahm er, dass der Ost-Berliner Polizeipräsident Fritz Eikemeier nach elfjähriger Tätigkeit aus gesundheitlichen Gründen aus dem Amt scheiden und durch den 37-jährigen Oberst Horst Ende ersetzt werden sollte. Hartmut hatte da wohl keine Chance gehabt. Ende … Otto überlegte, der Name kam ihm bekannt vor. Aber ihm fiel nur Michael Ende ein. Dessen Buch *Jim Knopf und Lukas der Lokomotivführer* war seit Neuestem sehr beliebt bei Kindern. Vielleicht würde sein Sohn ja auch einmal ein Kind in die Welt setzen.

Seine Frau Gertrud kam herein und riss ihn aus den Gedanken. Sie wollte endlich mit ihm die Planung für den Winterurlaub besprechen und erkundigte sich, ob er nicht Lust hätte, nach Bayern oder Österreich zu fahren. «In Mittenwald habe ich eine schöne Pension gefunden», erklärte ihm Gertrud. «Aber auch in Seefeld und in Mösern.»

Ehe sie über das Reiseziel diskutieren konnten, klingelte das Telefon.

Gertrud eilte zum Apparat. «Das wird Peter sein, der sitzt bestimmt wieder irgendwo in einer Kneipe und hat sein Portemonnaie vergessen. Du musst hinfahren und ihn auslösen.»

Es war aber nicht der Sohn, der anrief, sondern der Koordinator aller Mordkommissionen. «Otto, für dich», sagte Gertrud nur und reichte ihm den Hörer.

«Guten Tag, Herr Kappe. Ich hoffe, Sie sind bereit. Schnappen Sie sich bitte den Kollegen Galgenberg und fahren mit ihm in die Charlottenstraße 4. Dort ist eine Gisela Wittenbeck durch einen Sturz aus dem siebzehnten Stock zu Tode gekommen. Da sie auch im Falle ihres verstorbenen Mannes als Tatverdächtige gilt, müssen wir unbedingt herausfinden, ob es sich hier um einen Unfall oder einen Mord handelt.»

«In Ordnung.» Otto schluckte. Hielt man ihn für so dumm, dass man ihm das erklären musste?

«Gehen Sie schon mal vor die Haustür, wir schicken Ihnen einen Dienstwagen vorbei.»

Als der am Horstweg vorfuhr, saß Galgenberg bereits auf dem Rücksitz. Kappe stieg ein und begrüßte ihn und den Fahrer.

«Was für 'ne Überraschung!», sagte Galgenberg. «Ich kann mir schon die nächste Überschrift von Sterley vorstellen: *Gattenmörderin richtet sich selbst. Der Fall Wittenbeck klärt sich von alleine auf.*»

Kappe wusste darauf nichts Rechtes zu erwidern und beließ es deshalb bei einem «Hm».

«Du scheinst dir dessen nicht so sicher zu sein?», fragte Galgenberg.

«Nein, denn es kann ja durchaus sein, dass sie jemand aus dem Fenster gestoßen hat.»

Galgenberg lachte. «Natürlich, jetzt wo es Winter wird, stehen die Fenster ja auch alle pausenlos offen.»

179

«Warten wir's ab.»

Als sie in der Charlottenstraße angekommen waren, ließen sie sich von den Feuerwehrleuten und Rettungssanitätern kurz Bericht erstatten, dann fuhren sie mit dem Fahrstuhl zur Wohnung von Gisela Wittenbeck hinauf. Die Nachbarin hatte einen Zweitschlüssel, sodass die Tür nicht aufgebrochen werden musste.

Man sah auf den ersten Blick, dass Frau Wittenbeck erst vor Kurzem hier eingezogen war. Manches Möbelstück fehlte noch, und viele Umzugskartons waren noch nicht ausgepackt worden. Die Kollegen der Spurensicherung machten sich ans Werk, während Kappe und Galgenberg nach einem Abschiedsbrief oder sonstigen Hinweisen Ausschau hielten.

«Nichts zu finden», musste Galgenberg schon nach kurzer Zeit feststellen.

«Muss denn jemand, der freiwillig aus dem Leben scheidet, immer einen Abschiedsbrief schreiben?», überlegte Otto Kappe laut.

«Es kommt wohl immer darauf an, ob man einen Suizid schon länger geplant hat oder ob es ein plötzlicher Impuls ist, sich das Leben zu nehmen», beantwortete Hans-Gert Galgenberg seine Frage.

Kappe nahm den Gedanken auf. «Wenn sie ihren Mann wirklich mit Gas vergiftet hat, dann könnte sie schon in dem Augenblick daran gedacht haben …»

«Du meinst, sie könnte von Anfang an die Absicht gehabt haben, nach dem Scheitern ihrer Ehe und ihrer Lebensplanung ihren Mann und sich selbst zu töten? Sie verlor darüber zunächst den Mut, sich selbst zu richten, und wollte das jetzt nachholen?»

Kappe schaute aus dem Fenster. «Vielleicht werden wir das nie herausfinden.»

Während sie noch schwiegen, schaute die Nachbarin herein und fragte, ob sie ihnen irgendwie bei der Arbeit behilflich sein könne.

Otto Kappe nickte. «Ja. Vielleicht können Sie uns sagen, in

welcher Stimmung Frau Wittenbeck in letzter Zeit war und von wem sie Besuch hatte.»

Die Nachbarin überlegte kurz. «Ja, die Stimmungslage … Sie war schon sehr niedergeschlagen und sah wohl keine Zukunft mehr für sich, nachdem ihr Mann sie betrogen hatte und der dann auch noch ums Leben gekommen war. Sie hat mir erzählt, dass sie keine Arbeit mehr finden würde, weil sie so lange nicht in ihrem Beruf tätig gewesen sei. Als ich ihr einmal gesagt habe, dass sie mit dem, was sie erben würde, doch ein neues Leben beginnen könne, hat sie mich gefragt, was sie denn mit dem ganzen Geld anfangen solle. ‹Machen Sie ein Geschäft auf, Frau Wittenbeck›!, habe ich ihr geraten. ‹Am besten etwas mit Mode. Oder steigen Sie in die Firma Ihres verstorbenen Mannes ein.› Doch das wollte sie auf keinen Fall.» Die Nachbarin machte eine hilflose Geste. «Ich glaube, dass ihr nicht mehr zu helfen war und ihr Entschluss, allem ein Ende zu machen, schon festgestanden hat, als sie hier eingezogen ist.»

«Von wem hat sie denn in der kurzen Zeit seit ihrem Einzug Besuch bekommen?», wollte Galgenberg wissen.

«Hauptsächlich von ihrer Freundin, der Frau Groß, in deren Pension sie nach der Trennung von ihrem Mann untergekommen war. Auch ihr Neffe und seine Frau waren hier, dieser Möbelhändler aus Neukölln.»

Otto Kappe bedankte sich bei der Nachbarin und zog sich dann mit Galgenberg zu einer kurzen Beratung ins Bad zurück, wo die Spurensicherung ihre Arbeit schon beendet hatte.

«Falls das hier auch ein Mord war, spricht für mich nun alles gegen Heideblick», stellte Otto Kappe fest. «Erst der Onkel, dann die Tante, und nun ist er vermutlich Alleinerbe.»

Dem konnte Galgenberg nur zustimmen. «Fahren wir also zu Heideblick nach Neukölln, wir müssen ihn ja sowieso vom Tod seiner Tante in Kenntnis setzen. Und wenn er kein hieb- und stichfestes Alibi für die Tatzeit hat, dann nehmen wir ihn vorläufig fest und führen ihn dem Untersuchungsrichter vor.»

Eine knappe halbe Stunde später standen sie vor Heideblicks

Haustür in der Hobrechtstraße. Doch die war um diese Uhrzeit, gegen 22 Uhr, natürlich verschlossen, und ein «Klingelklavier» gab es hier noch nicht.

«Warten wir, ob ein Bewohner nach Hause kommt, oder suchen wir uns eine Telefonzelle und rufen Heideblick an?» Otto Kappe war unschlüssig.

«Ich versuche es mal auf die direkte Art und Weise», sagte Galgenberg, und ehe Kappe ihn daran hindern konnte, schrie er nach oben: «Herr Heideblick, bitte öffnen Sie uns!» Nichts passierte.

Kappe verlor nun doch die Geduld und hämmerte mit der Faust gegen einen heruntergelassenen Rollladen im Parterre. «Bitte aufmachen, Kriminalpolizei!» Aber wieder blieb jede Reaktion aus. «Also auf zur nächsten Telefonzelle!»

Zum Glück stand Heideblick im Telefonbuch, und sie konnten ihn erreichen. Er kam nach unten, um ihnen mit seinem Durchsteckschlüssel die Haustür aufzuschließen.

«Da bin ich ja gespannt, was Sie zu so später Stunde zu mir treibt», sagte er noch im Hausflur.

«Wir müssen Ihnen leider mitteilen, dass Ihre Tante verstorben ist. Unser herzliches Beileid!», sagte Otto Kappe trocken.

Heideblick fasste sich ans Herz. «Was denn, Tante Gisela?»

«Ja, sie ist nach einem Sturz aus ihrer Wohnung verstorben. Es ist noch unklar, ob sie sich selbst das Leben genommen hat oder ...»

«Mein Gott!»

Wortlos stiegen sie nach oben. Ute Heideblick erwartete sie bereits an der Wohnungstür. Ihr Mann erklärte ihr, was geschehen war, und sie brach in Tränen aus. Nachdem sie sich wieder etwas beruhigt hatte, fauchte sie Kappe an: «Und nun sind Sie hier, weil Sie denken, dass mein Mann sie ...»

Kappe machte eine beschwichtigende Handbewegung. «Es ist unsere Pflicht, uns nach seinem Alibi zu erkundigen, so leid es mir tut.»

Heideblick fragte: «Wann ist denn Tante Gisela ...»

«Fast genau um zwanzig Uhr.»

«Da war mein Mann hier bei mir zu Hause!», rief Ute Heideblick. «Das schwöre ich Ihnen bei Gott und allem, was mir heilig ist!»

«In Ordnung, das reicht uns zunächst.» Otto Kappe wandte sich zur Tür. «Dann machen wir Feierabend für heute.» Bei allem Mitgefühl konnte er sich aber eine Bemerkung nicht verkneifen: «Bei der Testamentseröffnung von Ludwig Wittenbeck sehen wir uns dann sicherlich wieder.»

Als sie unten auf der Straße waren, zeigte sich Hans-Gert Galgenberg über das Verhalten seines Vorgesetzten ein wenig erstaunt. «Im Fußball nennt man das Nachtreten, und das gibt eine Verwarnung. Es spricht doch nun alles dafür, dass Gisela Wittenbeck erst ihren Mann und dann sich selbst umgebracht hat. Der Fall Wittenbeck ist damit abgeschlossen!»

Otto Kappe sah das anders. «Der Heideblick steckt doch mit seiner Frau unter einer Decke. Die hat ihm bestimmt ein falsches Alibi gegeben!»

ACHTZEHN

OTTO KAPPE hatte den Paragrafen 348 des «Gesetzes über Verfahren in Familiensachen und in den Angelegenheiten der freiwilligen Gerichtsbarkeit» genauestens studiert und dabei folgenden Absatz entdeckt: *Das Gericht kann zur Eröffnung der Verfügung von Todes wegen einen Termin bestimmen und die gesetzlichen Erben sowie die sonstigen Beteiligten zum Termin laden.* Zuvor hatte Galgenberg herausgefunden, dass für Ludwig Wittenbeck, da er sich noch nicht nach Wilmersdorf umgemeldet hatte, das Nachlassgericht Spandau, Altstädter Ring 7, zuständig war. Doch das hatte vor der Testamentseröffnung partout keine Auskunft über den Inhalt von Wittenbecks Testament geben wollen. Deshalb hatte Otto Kappe noch einmal den Rechtspfleger angerufen, der die Verlesung des Testaments vornehmen sollte, und ihn davon überzeugen können, dass auch Mitglieder der Mordkommission, die den Fall Wittenbeck zu untersuchen hatte, durchaus geladen werden konnten. «Steht der Termin fest, wird er Ihnen mitgeteilt», hatte der Rechtspfleger Kappe versprochen.

Und an diesem Tag war es nun so weit. Otto Kappe und Hans-Gert Galgenberg machten sich überpünktlich auf den langen Weg nach Spandau – «Spandau bei Berlin», wie man immer lästerte.

«Da kommen wir ja beinahe am Kriegsverbrechergefängnis Spandau vorbei», stellte Galgenberg fest, «wo Baldur Schirach, Albert Speer und Rudolf Heß einsitzen.»

Kappe brummte. «Im Gespräch mit meinem Onkel merke ich immer wieder, wie viele alte Nationalsozialisten es noch bei der

Polizei und anderen Behörden gibt. Onkel Hermann kennt noch so manchen von ihnen aus den früheren Zeiten. Das ist nicht nur reine Ostpropaganda. Und weiter oben sieht es nicht besser aus. Man denke nur an Hans Globke, der bis zum letzten Jahr noch Chef des Kanzleramts war.»

«Lass und lieber das Thema wechseln. Du siehst schon ganz blass aus», meinte Galgenberg.

«Das liegt an der freudigen Erwartung, dass wir heute den Fall Wittenbeck endgültig lösen können. Erbt Heideblick alles, dann spricht doch alles dafür, dass er seinen Onkel auf dem Gewissen hat.»

Dem konnte Galgenberg nur zustimmen. «Im Wettbüro würde ich glatt tausend Mark, wenn ich sie denn hätte, auf Siegfried Heideblick setzen.»

«Wenn das der Favorit ist, bekommst du aber nicht viel, falls er wirklich gewinnt», hielt Otto Kappe ihm vor. «Wer viel gewinnen will, muss auf einen Außenseiter setzen.»

Zwei von denen begegneten ihnen, als sie im Nachlassgericht auf der Suche nach dem richtigen Amtszimmer waren, nämlich Thomas Suthfeld und Anita Grabowski. Beide waren vom Amtsgericht angeschrieben worden, sodass Kappe und Galgenberg davon ausgehen konnten, dass sie in Wittenbecks Testament zumindest erwähnt wurden.

«Ich hoffe, dass er mich mit einem gewissen Betrag bedenkt», erklärte ihnen Suthfeld. «Immerhin gäbe es ohne mich die Firma nicht.»

Und Anita Grabowski sagte: «Das mit seiner Frau war ja schon längst vorbei. Geliebt hat er nur mich, und er hat mir immer versprochen, mich zu fördern.»

Als Letzter erschien Siegfried Heideblick mit seiner Ehefrau. Er begrüßte Kappe und Galgenberg mit einem breiten Grinsen. «Dass Sie hier sind, war zu erwarten. Ich kann mir schon vorstellen, was Sie denken . . .»

«Siggi, bitte!», unterbrach ihn Ute Heideblick.

«Auch wenn du ihn nicht sonderlich gemocht hast – Ludwig war dir immer zugetan. Vielleicht hat er auch dich bedacht.»

Die Spannung stieg von Minute zu Minute, doch der Rechtspfleger, der das Testament eröffnen sollte, ließ auf sich warten. Der Raum, den man ihnen genannt hatte, war noch verschlossen.

Inzwischen war es November geworden, und das war der trübste Monat in Berlin. Alles war nur noch grau. Gerhard Piossek war der Überzeugung, dass grau und grausam einander bedingten.

Günter Kynast lachte, als sein Kollege das sagte, und wollte etwas entgegnen, als eher zaghaft an die Tür geklopft wurde. Auf Piosseks «Ja bitte!» wurde sie langsam geöffnet. Im Türrahmen stand ein Mann, der Gerhard Piossek aufgrund seiner Erscheinung an einen Neandertaler denken ließ.

«Mein Name ist Gerhard Glimbach ...»

«Ah!», rief Gerhard Piossek, der sich daran erinnerte, dass Otto Kappe ihm erzählt hatte, dass der Mann auf der Liste der Tatverdächtigen im Fall Wittenbeck stand. «Wenn Sie wegen des Falles Wittenbeck gekommen sind und ein Ge...», bevor er das Wort Geständnis aussprach, besann er sich, «... ein Gespräch mit unserem Kollegen Kappe suchen, dann muss ich Sie enttäuschen, denn der ist im Augenblick nicht im Hause.»

«Nein, nein, ich ... ich ....» Glimbach war sichtlich aufgeregt. «Ich komme wegen dem ... wegen des Mordes im ‹Séparée P›, also weil der Lothar Lehmann ermordet worden ist ... ich meine, der Louis L. In meinem Briefkasten lag eine Vorladung.»

Günter Kynast nickte. «Das ist richtig. Uns ist zu Ohren gekommen, dass Sie Stammgast im ‹Séparée P› sind. Deshalb möchten wir Sie gerne in dieser Sache befragen.»

«Ja, das bin ich», sagte Glimbach geradezu mit Stolz in der Stimme. «Und mit Louis war ich richtig befreundet, was ich jetzt auch gern zugeben will, auch wenn ich das vor Ihren Kollegen zunächst bestritten habe. Sein Tod ist für mich ...» Er musste schlucken.

Gerhard Piossek wartete einen Augenblick, bis Glimbach sich gefangen hatte. «Haben Sie denn einen Verdacht, wer ihn ermordet haben könnte?»

Jetzt sprudelte es aus Glimbach nur so heraus. «Ja, sogar nicht nur einen Verdacht, sondern ich bin mir ziemlich sicher, dass es nur einer gewesen sein kann, nämlich dieser Mohamoud Simindasht.»

Gerhard Piossek stutzte. «Das ist doch der Teppichhändler in der Bismarckstraße. *Echte Perser nur vom echten Perser!*»

«Das ist alles nur Tarnung!», rief Glimbach. «Kurz bevor Louis ermordet wurde, hat er mir noch erzählt, dass der Mohamoud Simindasht der Kopf einer persischen Bande ist, die in Berlin den Rauschgiftmarkt und die Prostitution unter ihre Kontrolle bekommen will. Und von Louis weiß ich auch, dass es da einen erbitterten Kampf zwischen den Deutschen und den Persern gegeben hat.»

Gerhard Piossek und Günter Kynast schrieben sich alles auf, was Glimbach vortrug, und kaum war er wieder gegangen, machten sie sich auf zu Mohamoud Simindasht in die Bismarckstraße.

«Hat der Kerl nur eine blühende Fantasie – zu viele Kriminalromane gelesen –, oder sollte an dieser Geschichte wirklich etwas dran sein?», fragte sich Gerhard Piossek laut.

«Da könnte schon was dran sein», gab Kynast zu bedenken. «Der Sterley hat schließlich im *BBB* schon einiges über den Machtkampf in der Rotlichtszene geschrieben.»

Sie betraten das Teppichgeschäft und gaben sich als Kunden aus, die sich erst einmal umsehen wollten. Bald schon kam ein Verkäufer auf sie zu, um sie in akzentfreiem Deutsch zu beraten. «Ein persischer Teppich, ein *qālī*, gehört zu unserer Kultur wie zu eurer deutschen der Weihnachtsbaum. Er besteht aus einem schweren Gewebe mit unzähligen Mustern. Im sogenannten Gartenteppich haben wir Gärten und Wasserläufe – wie bei diesem hier. Daneben sehen Sie einen mit vielen Medaillons. Diese hier vorne sind auch prächtig mit einem Arabesken- und einem Gittermuster ...»

Gerhard Piosseks Interesse an sündhaft teuren Perserteppichen hielt sich in Grenzen, und so bat er den Verkäufer, sie zum Chef zu bringen, sie hätten ein besonderes Anliegen.

Die Augen des Verkäufers leuchteten auf. «Ich verstehe, unser Schah will ja bald einmal nach Berlin kommen, da ist vieles zu besprechen ...» Langsam schien ihm aber zu dämmern, dass die beiden nicht wegen der Teppiche gekommen waren, und er zischte: «Ich warne Sie!»

Da kam Mohamoud Simindasht aus den hinteren Räumen. Als er die beiden Beamten erblickte, stockte er kurz, dann lief er zu einer Hintertür und auf den Innenhof hinaus.

«Ich laufe ihm hinterher!», rief Gerhard Piossek zu Kynast. «Und Sie rennen auf die Bismarckstraße hinaus, damit er uns da nicht entkommen kann!»

Doch Mohamoud Simindasht kannte sich in dieser Gegend offensichtlich besser aus als die beiden, und als sie vor dem Schaufenster des Teppichladens wieder aufeinandertrafen, hatten sie ihn aus den Augen verloren.

«Er wird versuchen, unentdeckt zu seinem Auto zu gelangen», vermutete Gerhard Piossek.

«Behalten wir mal alle Luxuskarossen im Auge.»

Sie mussten nicht lange Ausschau halten, bis sie drüben an der Richard-Wagner-Straße einen knallroten Ferrari 275 GTB entdeckten.

«Wenn das nicht seiner ist, fresse ich einen Besen», sagte Gerhard Piossek.

Sie gingen in einem nahegelegenen Hausflur in Deckung und warteten. Ihre Vermutung war richtig gewesen, denn keine zehn Minuten später erschien Mohamoud Simindasht auf der Bildfläche. Offensichtlich wollte er so schnell wie möglich fliehen. Bevor er seinen Wagen aufschloss, sah er sich noch einmal nach allen Seiten um – und entdeckte seine beiden Verfolger. Offensichtlich erfasste ihn Panik, und er rannte in Richtung U-Bahnhof Deutsche Oper. Gegenüber Gerhard Piossek und Günter Kynast hatte er einen Vorsprung von etwa achtzig Metern. Wenn nun unten auf dem Bahnsteig gerade ein Zug abfahrtbereit stand, würde er noch schnell hineinhuschen können. Aber kein Zug weit und breit, und so blieb Mohamoud Simindasht nichts anderes übrig, als auf die Gleise hinunterzuspringen und durch den Tunnel in Richtung Sophie-Charlotte-Platz zu laufen. Dabei stolperte er aber und stürzte auf die Stromschiene, die auf der Linie A1 nach oben hin offen dalag. Die 750 Volt waren tödlich.

Endlich erschien der Rechtspfleger, auf den Otto Kappe und Hans-Gert Galgenberg sowie alle zu der Testamentseröffnung Geladenen schon gewartet hatten.

«Entschuldigen Sie, aber meine Armbanduhr ist stehengeblieben, und ich habe es zu spät gemerkt», erklärte er.

«Hauptsache, Ihr Herz ist nicht stehengeblieben», scherzte Galgenberg. Dass ihn der Mann ein wenig an den alten Hindenburg kurz vor dem ersten Schlaganfall erinnerte, behielt er lieber für sich.

Der Rechtspfleger schloss die Tür zum kleinen Sitzungssaal auf und bat alle, einzutreten und Platz zu nehmen.

«Nun müsste die Schicksalsmelodie erklingen», flüsterte Galgenberg Kappe zu.

Für den Rechtspfleger aber, der die Mappe mit dem Testament Wittenbecks in der Hand hielt, war solch eine Testamentseröffnung eine Routineangelegenheit. Sichtbar gelangweilt brachte er die vorgeschriebenen Präliminarien hinter sich, bevor er zum Inhalt des Testaments kam. «Hiermit gebe ich bekannt, was der Verstorbene notariell beglaubigt verfügt hat.» Er überflog den mit der Hand geschriebenen Text noch einmal, dann las er ihnen kurz und knapp den zentralen Passus vor. «*Hiermit erkläre ich meinen Neffen Siegfried Heideblick zu meinem Alleinerben.*»

Thomas Suthfeld und Anita Grabowski war die Enttäuschung deutlich vom Gesicht abzulesen. Daran änderte sich auch nichts, als verlesen wurde, dass sie ein paar Gemälde und Statuen aus der Kladower Villa des Verstorbenen bekommen würden.

Alle Augen waren nun auf Siegfried Heideblick gerichtet. Man sah deutlich, dass der seine Freude kaum unterdrücken konnte. Und Otto Kappe war sich sicherer denn je, dass Heideblick seinen Onkel ermordet hatte, um an dessen Vermögen zu gelangen.

Doch plötzlich erhob sich Siegfried Heideblick und erklärte feierlich: «Ich gebe hiermit zu Protokoll, dass ich das Erbe ausschlage. Ich habe genügend finanzielle Mittel, ich brauche nichts mehr. Das Nachlassgericht möge das Erbe meines Onkels an das Rote Kreuz oder andere Wohltätigkeitsorganisationen spenden.»

NEUNZEHN

OTTO KAPPE UND HANS-GERT GALGENBERG saßen in der Frühstückspause zusammen und wussten nicht recht, worüber sie sich unterhalten sollten. Das war schon seit Ewigkeiten nicht mehr vorgekommen und irritierte die beiden.

«Schweigen wir lieber von etwas anderem», sagte Galgenberg schließlich.

Kappe stöhnte ostentativ. «Mir liegt die Pleite mit Heideblick schwer im Magen.»

Galgenberg lachte. «Wo du doch so davon überzeugt warst, dass Heideblick der Mörder ist, nachdem du Mörder-*Heideblick* in der Sporthalle gelesen hattest.»

«Das Motiv Habgier lag ja nun wirklich nahe», verteidigte sich Kappe, «nachdem wir auch noch gehört hatten, dass seine Firma wirtschaftliche Probleme hat.»

«Und dann schlägt er das Millionenerbe aus!»

Kappe schüttete den Rest des von zu Hause mitgebrachten Kaffees aus der Thermosflasche in seine Tasse. «Wobei immer noch eine klitzekleine Restwahrscheinlichkeit bleibt, dass er das Erbe nur ausgeschlagen hat, um jeden Verdacht von sich zu lenken.»

Galgenberg tippte sich mit dem Finger an die Stirn. «Du spinnst ja wohl!»

Kaum hatte er das gesagt, wurde an ihrer Tür geklopft, und auf ihr «Ja bitte, herein!» erschien Jürgen Sterley.

«Ah!», rief Galgenberg und reimte: «Die neue Seite sieben / ist wohl noch nicht geschrieben.»

«Doch.» Jürgen Sterley warf ihnen ein Manuskript auf den Schreibtisch und setzte sich auf den Besucherstuhl. Und die beiden begannen zu lesen:

Jürgen Sterley legt ein Geständnis ab – Der Fall Wittenbeck ist aufgeklärt
Wochenlang tappte die Mordkommission unter Leitung von Kriminaloberkommissar Otto Kappe im Fall Ludwig Wittenbeck im Dunkeln. Der Freitod des Pharmaunternehmers, der in der Wilmersdorfer Kaubstraße wohnte, war nicht ganz auszuschließen, aber die Berliner Kripo ging von einem Mord aus. Und einige Menschen aus Wittenbecks Umfeld gerieten unter Tatverdacht. Verdächtigt, die Gastherme manipuliert und damit Wittenbeck umgebracht zu haben, wurde auch seine Ehefrau Gisela, die sich kurz vor seinem Ableben von ihm getrennt hatte und inzwischen ebenfalls verstorben ist. Ihr Tod erscheint ebenso mysteriös wie der ihrer Mannes: Ist sie vom Balkon ihrer neuen Wohnung im 17. Stockwerk in die Tiefe gesprungen, weil sie sich das Leben nehmen wollte, oder hat sie jemand gestoßen?
Aber zurück zu ihrem Mann: Ludwig Wittenbeck hatte ein schweres Schicksal zu tragen. Erst verlässt ihn seine Frau, dann wird er in seiner Firma von einem Einbrecher niedergestochen, der Gisela Wittenbeck bei einem Rendezvous die Schlüssel zu den Privat- wie den Geschäftsräumen ihres Mannes entwendet hat. Ludwig Wittenbeck ist verzweifelt. Er sieht nur noch einen einzigen Ausweg, um von seinem Elend erlöst zu werden: den Freitod. Er erinnert sich an seine Mutter, die mit 62 Jahren den Gashahn aufgedreht hat. Doch sein neuer Gasherd ist noch nicht angeschlossen. Die Gastherme hingegen schon. Wenn er die Schraube an der Zuleitung lockert, dann … Langsam strömt das tödliche Gas in die Wohnung. Er sitzt in einem Sessel und dämmert in die Ewigkeit hinüber. «Mutter, gleich bin ich bei dir.» Es ist sein fester Wille zu sterben, doch er ist zu schwach, die Tat zu begehen. In diesem Moment klingelt der Polizeireporter Jürgen Sterley bei ihm, um ihn für das «BBB» zur Messerattacke zu interviewen. Die beiden Männer kommen ins Gespräch und trinken einen Cognac nach dem anderen. Wittenbeck öffnet Jürgen Sterley sein Herz, und der hat Mitleid mit ihm. Schließlich ist er derart voller Mitgefühl, dass er nicht Nein sagen kann, als Wittenbeck ihn bittet, vor dem Verlassen des Hauses die Zuleitung zur Gastherme zu manipulieren. So nimmt das Schicksal seinen Lauf …

Nachdem sie die Lektüre beendet hatten, schauten sich Kappe und Galgenberg an. Sie waren fassungslos.

«So wird es morgen im *BBB* stehen», sagte Jürgen Sterley im feierlichen Ton. «Und hiermit stelle ich mich selbst und bitte, dem Untersuchungsrichter zugeführt zu werden.»

Otto Kappe war noch immer sprachlos, dann fiel ihm aber der Paragraf 216 des Strafgesetzbuches ein: Tötung auf Verlangen. Er zitierte: «*Ist jemand durch das ausdrückliche und ernstliche Verlangen des Getöteten zur Tötung bestimmt worden, so ist auf Freiheitsstrafe von sechs Monaten bis zu fünf Jahren zu erkennen.*»

Galgenberg ergänzte: «Wer sich selbst fälschlich einer Straftat bezichtigt, hindert uns daran, den wahren Täter zu finden, und das kann mit einer Freiheitsstrafe bis zu fünf Jahren oder mit einer Geldbuße bestraft werden. Auch der Versuch ist strafbar. Haben Sie sich also ganz genau überlegt, was Sie da tun, Herr Sterley?»

Der Polizeireporter lächelte. «Ja, das habe ich. Aber danke für die Belehrung.»

Otto Kappe und Hans-Gert Galgenberg rätselten nun hin und her: Hatte Jürgen Sterley Ludwig Wittenbeck wirklich auf dessen Verlangen hin getötet, oder hatte er sich der Tat nur fälschlicherweise bezichtigt, um für das *BBB* eine sensationelle Story schreiben zu können? Schließlich entschieden sie sich, zum Chefredakteur des *BBB* zu fahren und Informationen über Jürgen Sterley einzuholen.

Galgenberg hatte noch einen anderen Verdacht. «Vielleicht ist die Idee zu diesem Coup auch auf dem Mist des Herrn Chefredakteurs gewachsen. Das *BBB* erregt auf diese Weise sehr viel Aufmerksamkeit – möglicherweise weltweit. Die Auflage wird in die Höhe schnellen.»

Als sie dann Rainer Sülzle gegenübersaßen, sagte Kappe: «Sie wissen sicherlich, warum wir hier sind?»

«Die Mordkommission? Nein.» Rainer Sülzle schien wirklich ahnungslos.

«Vielleicht hilft Ihnen das hier auf die Sprünge ...» Otto

Kappe legte ihm Sterleys Manuskript auf den Schreibtisch. «Hat Sterley Ihnen das noch nicht gezeigt?»

«Nein.»

«Und ist es auch noch nicht gedruckt worden?»

«Nicht dass ich wüsste.» Rainer Sülzle überflog den Text und wurde immer blasser. «Mein Gott!»

Kappe fixierte ihn. «Und was sagen Sie? Kann das Ihrer Meinung nach den Tatsachen entsprechen, was er hier schreibt, oder hat sich Sterley alles nur ausgedacht?»

Rainer Sülzle starrte aus dem Fenster. «Nun … Der Jürgen Sterley … Ich kann nur sagen, dass er recht egozentrisch ist. Er ist nur glücklich, wenn alle über ihn reden. Wenn er das, was er in seinem Artikel schildert, wirklich getan hat, dann kennt bald ganz Deutschland seinen Namen. Und er hat erreicht, was er immer wollte. Niemand anderes würde für so etwas freiwillig ins Gefängnis gehen. Aber er wird diesen Preis möglicherweise gern zahlen, weil er sich einredet, dadurch unsterblich zu werden.»

«Aber dieser Plan geht nur auf, wenn Sie es auch drucken», warf Kappe ein.

«Ja, das stimmt.»

«Und? Werden Sie?»

Rainer Sülzle zögerte mit einer Antwort. «Da bin ich mir noch unschlüssig. Auf der einen Seite ist es wirklich eine sensationelle Story, auf der anderen Seite aber könnte es dem Ansehen des *BBB* auch schaden. Mord auf Verlangen kann durch nichts gerechtfertigt werden.»

«Was werden Sie also tun?»

Rainer Sülzle lächelte. «Erst einmal abwarten. Wenn Sie, meine Herren, in den nächsten Tagen einen anderen Täter ermitteln, den wirklichen Mörder von Ludwig Wittenbeck, dann werden wir Sterleys Text nicht drucken. Tappen Sie aber weiterhin im Dunkeln, werden wir den Artikel vermutlich veröffentlichen. Denn dann spricht doch alles dafür, dass Jürgen Sterley die Wahrheit sagt, oder?»

Otto Kappe war froh, dass er sich ins Wochenende flüchten konnte. Gern nahm er den Vorschlag seines Sohnes an, mit ins Olympia- stadion zu kommen.

«*Sonnabend, 14. November 1964*», las Peter aus der *Morgenpost* vor. «*Bundesliga, 11. Spieltag: Hertha BSC gegen den 1. FC Kaiserslautern, Anstoß 14.30 Uhr.*»

Otto rief seinen Onkel Hermann an und lud ihn ein mitzu- kommen.

In der U-Bahn auf dem Weg ins Stadion maulte Hermann ein wenig. «Kein Fritz Walter mehr, kein Ottmar Walter mehr, kein Horst Eckel und kein Werner Kohlmeyer mehr. Was soll nur aus dem deutschen Fußball werden?»

So wie er mussten auch Zehntausende andere Berliner ge- dacht haben, denn als die Mannschaftsaufstellungen verlesen wur- den, hatten sich gerade einmal 15 000 Zuschauer ins weite Rund des Olympiastadions verirrt. Für Hertha BSC traten Krumnow, Rehhagel, Schimmöller, Sundermann, Eder, Klimaschefski, Kram- pitz, Faeder, Borchert, Altendorff und Kremer an. Für den 1. FC Kaiserslautern waren Strich, Kiefaber, Kostrewa, Wrenger, Schnei- der, Mangold, Braner, Kapitulski, Reitgaßl, Richter und Leydecker aufgestellt.

«Wie sieht es denn mit der letzten Wahrheit im Fall Witten- beck aus?», erkundigte sich Hermann, der bereits von Otto von Sterleys Artikel erfahren hatte, bei seinem Neffen noch vor dem Anstoß. «War es nun dieser Sterley, oder war er's nicht?»

Peter antwortete für seinen Vater. «Lieber Onkel Hermann, lass meinen Vater jetzt bitte mit dem Thema Wittenbeck in Ruhe und freue dich darüber, dass du schon lange pensioniert bist. Sonst lautet die nächste Überschrift von Jürgen Sterley womöglich: *Mord in der Familie Kappe.*»

Hertha BSC hatte an diesem Nachmittag Glück, die Mann- schaft siegte 4:2.

«So sehen also Sieger aus», stellte Otto nicht ganz ohne Neid fest.

Peter hatte sich ein Programmheft gekauft, sah auf die alte Tabelle und rechnete. «Hertha dürfte jetzt auf dem elften Tabellenplatz liegen. Drei Siege, vier Unentschieden, vier Niederlagen, 15:22 Tore, 10:12 Punkte. Da, lieber Vater, hast du doch wesentlich mehr aufzuweisen.»

Otto legte ihm den Arm um die Schultern. «Das ist lieb von dir, dass du mich trösten willst.»

ZWANZIG

ALS AM MONTAGMORGEN Otto Kappe ins Büro kam, hatte er schon das *Berliner Boulevard Blatt* gelesen. Dieser Sülzle hatte also Sterleys Artikel doch gedruckt.

Auf seinem Schreibtisch lagen zwei Notizzettel, anscheinend stammten sie von seinem Chef höchstpersönlich. Auf dem ersten stand: *Sterley hat sein Geständnis widerrufen!* Und auf dem zweiten konnte er lesen: *Abschiedsbrief von Gisela Wittenbeck gefunden. Zeugin hat sie vor dem Sprung allein auf dem Balkon gesehen.*

Daraufhin musste sich Kappe erst einmal setzen. Denn jetzt wurde immer klarer: Er war nicht in der Lage, den Fall Wittenbeck zu lösen. Nun gut, dachte er, auch der genialste Mathematiker ist nicht imstande, eine Gleichung mit sieben Unbekannten zu lösen. Oder waren es sogar mehr? Er schrieb die Namen aller derer noch einmal auf einen Zettel, die sie des Mordes verdächtigt hatten: *Gisela Wittenbeck, Siegfried Heideblick, Gerhard Glimbach, Uwe Dreetz, Anita Grabowski.* Auch Thomas Suthfeld kam in Betracht. Sterley hatte ihn ja auch genannt. Es konnte durchaus sein, dass noch andere infrage kamen, die sie bisher übersehen hatten. Aber vielleicht war es doch kein Mord. So notierte er darunter die weiteren Möglichkeiten: *Freitod Wittenbeck, Montagefehler Nassmacher, Sterley war es doch.*

Als Hans-Gert Galgenberg ins Büro kam und Kappe ihm von den neuen Ereignissen berichtete, schloss er sich seinem Wehklagen an. «Da hilft nur noch beten.»

In diesem Moment bekamen sie Besuch von einem Mann, mit dem sie überhaupt nicht mehr gerechnet hatten: Ronnie Nassmacher.

O nein!, dachte Kappe, als er den Monteur aus Spandau vor sich sah. Noch einer, der sich wichtig machen will, so wie Sterley! Vielleicht hat er dem *BBB* eine Story verkauft, an der er mehr verdient als sonst im ganzen Jahr.

Ronnie Nassmacher grinste. «Mit mia ham Se nich jerechnet, wa?»

Das konnte Otto Kappe nur bestätigen. «Nein, zugegeben, das haben wir nicht.» Er machte eine kleine Pause. «Wollen Sie also doch gestehen, dass Sie beim Anschluss der Gastherme bei Wittenbeck einen Fehler gemacht haben?»

«Nee, det will ick nich, aba wat anderet.»

Dann erzählte er den beiden Kriminalbeamten in seinem waschechten Berlinerisch und in aller Ausführlichkeit, was ihn in ihre Dienststelle geführt hatte. Im Protokoll, das Otto Kappe anfertigte, konnte man später Folgendes lesen:

Ronnie Nassmacher will nach Anschluss der Gastherme am Mittwoch, dem 7. Oktober, bei Ludwig Wittenbeck dessen neu erworbenes Haus in der Kaubstraße verlassen haben, um mit dem Werkstattfahrzeug seiner Firma, das er um die Ecke in der Brienner Straße geparkt hatte, wieder zurück nach Spandau zu fahren. Zufällig habe sein Fotoapparat, eine Agfa Click auf dem Beifahrersitz gelegen, da er ihn auf dem Weg zu Wittenbeck von einer Reparatur abgeholt habe. Spontan sei ihm die Idee gekommen, noch einmal zur Villa Wittenbecks zurückzugehen und sie zu fotografieren, um später zu seiner Freundin sagen zu können, dass er solch eine Immobilie auch einmal für sie beide und ihre Kinder erwerben werde. Danach habe er den Film erst abknipsen wollen und sei deshalb erst heute ins Fotogeschäft gegangen, um ihn entwickeln und sich Abzüge machen zu lassen. Als er die Fotografie mit der Villa Wittenbeck in der Kaubstraße dann in der Hand gehabt habe, sei ihm aufgefallen, dass am rechten Bildrand ein Mann zu sehen ist, der gerade am Gartentor klingelt.

Bevor sich Ronnie Nassmacher von den beiden Kriminalbeamten verabschiedete, sagte er noch: «Ick hoffe, det Sie mit det Bild wat anfangn könn und det det Ihnen weitabringt. Wenn eena an die

Jastherme rumjefummelt hat, denn kann der det doch jewesen sein, oda? Als ick da jeknipst hab, issa ma jar nich uffjefalln.»

Nachdem Nassmacher wieder gegangen war, diskutierten Kappe und Galgenberg kurz darüber, warum Nassmacher wohl bei ihnen aufgetaucht war. Sie waren sich schnell darüber einig, dass er vermutlich darunter litt, in der Öffentlichkeit immer noch als Tatverdächtiger zu gelten.

«Freuen wir uns nicht zu früh», dämpfte Otto Kappe die Erwartungen. «Noch erkenne ich auf dem Foto nichts Genaues.»

Die sechs mal sechs Zentimeter große Fotografie gab nun wirklich nicht viel her, zumal sie unterbelichtet und auch noch etwas verwackelt war. Das Gesicht des Mannes, der am Zaun der Wittenbeck'schen Villa zu sehen war, war nicht viel größer als ein Stecknadelkopf.

«Jedenfalls ist es keine Frau», sagte Galgenberg. «Damit wäre Gisela Wittenbeck aus dem Schneider. Und dass es Sterley ist, glaube ich auch nicht, der läuft nie ohne Fotoapparat und Umhängetasche herum.»

Otto Kappe suchte nach seiner Lupe, und nachdem sie das Foto mit ihrer Hilfe längere Zeit betrachtet hatten, kamen sie zu dem Schluss, dass es sich bei dem Besucher nur um Siegfried Heideblick oder Thomas Suthfeld handeln könne.

Galgenberg rang die Hände. «Gott, Heideblick kommt doch eigentlich nicht mehr infrage, seit er das Erbe ausgeschlagen hat.»

Otto Kappe lächelte und stand auf. «Ich bringe das Bild jetzt zu unseren Spezialisten, und die sollen es so vergrößern, dass man ein bisschen mehr erkennen kann.»

Olaf Nonnenfürst wusste noch nicht, dass Jürgen Sterley sein Geständnis widerrufen hatte, und so empfing er seinen Chef Siegfried Heideblick mit einer Umarmung, als der sein Geschäft betrat. «Ich bin ja so glücklich, dass Sie jetzt mit völlig weißer Weste dastehen und nicht in Tegel einsitzen müssen. Das sollten wir nachher gebührend feiern.»

Auch Heideblick strahlte. Er zitierte die Überschrift des *BBB*. «*Jürgen Sterley legt ein Geständnis ab.*»

Nonnenfürst lachte. «Wer's glaubt, wird selig. Sicherlich wird er doch Geld dafür bekommen haben.»

Heideblick lachte ebenfalls. «Ihm ging es sicherlich einzig und allein darum, plötzlich in aller Munde zu sein. Meinem Onkel ging es psychisch so schlecht, dass ich Sterley durchaus glaube. Beihilfe zum Suizid. Mein Onkel hat schon öfter davon gesprochen, sich das Leben zu nehmen, und nachdem ihn Tante Gisela verlassen hatte, da ... Gott, ist das alles schrecklich!»

Thomas Suthfeld war in den letzten Tagen und Wochen richtig aufgeblüht. «Das ist doch nur zu verständlich», erzählte seine Sekretärin allen, die sie darauf ansprachen. «Bis jetzt hat er immer im Schatten von Herrn Wittenbeck gestanden, nun hat er das Sagen in der Firma.» Die PSB war zu großen Teilen schon von der Hasenheide in die Reinickendorfer Flottenstraße umgezogen. Dort hatte man ein ganzes Fabrikgebäude zur Verfügung und konnte das tun, was Suthfeld am Herzen lag: expandieren. Zudem sollte die Firma umbenannt werden. Heute hatte Suthfeld deshalb einen Termin bei einem Rechtsanwalt, der ihn dabei beraten sollte. Im Hinblick auf den internationalen Markt schwebte Suthfeld so etwas wie «Suthfeld Medical Supplies» vor. Wittenbeck hätte solch einem Firmennamen niemals zugestimmt, da war sich Suthfeld sicher.

Der große Augenblick war gekommen: Der Bürobote hatte den DIN-A4-Umschlag mit der Vergrößerung des Fotos von Ronnie Nassmacher gebracht. Otto Kappe riss ihn auf und zerrte das Bild heraus.

Kappe und Galgenberg starrten auf das Foto und riefen wie aus einem Munde: «Heideblick!» Es gab keinen Zweifel, dass er der Mann auf dem Foto war.

«Jetzt haben wir ihn!», jubelte Galgenberg.

Kappe war sich noch nicht ganz so sicher. «Was hätte dein

Ahnherr gesagt, der liebe Gustav? Versuch mal einen Pudding an die Wand zu nageln!»

«Verstehe ich nicht …» Galgenberg sah ein wenig hilflos drein.

Kappe lachte. «Heideblick wird zugeben, das Haus seines Onkels kurz nach der Montage der Gastherme betreten zu haben, aber nur um mit ihm eine Partie Schach zu spielen – oder etwas in der Art.»

«Warten wir's ab!»

Sie machten sich sofort auf in die Karl-Marx-Straße, um sich Heideblick vorzunehmen. Der wurde keineswegs kreidebleich, als er sie kommen sah, und einen Fluchtversuch unternahm er schon gar nicht. Im Gegenteil, er begrüßte sie lächelnd und mit selbstsicherer Arroganz. «Ah, die Herren haben vom Polizeipräsidenten neue Büromöbel versprochen bekommen und wollen sich nun einmal bei mir umsehen. Das ist nett von Ihnen. Aber ich muss Sie leider enttäuschen: Möbel-Heideblick hat sich inzwischen auf Schlaf- und Wohnzimmer konzentriert.»

Otto Kappe nickte. «Und wir konzentrieren uns auf Sie. Hans-Gert, würdest du Herrn Heideblick bitte einmal das Foto zeigen, das uns, sagen wir, der Himmel hat zukommen lassen?»

Als Heideblick es in der Hand hielt, stieß er keinen Schreckensschrei aus, sondern kommentierte das, was zu sehen war, nur lakonisch mit den Worten: «Das bin ja ich, wie ich meinen Onkel besuche.»

Kappe stieß sofort nach. «Und wann war das in etwa?»

Heideblick zuckte mit den Schultern. «Keine Ahnung, aber sicherlich, nachdem er von Kladow in die Kaubstraße gezogen ist.»

Galgenberg reagierte nun etwas gereizt. «Nu wer'n Se ma nich kiebig!»

«Pardon?»

Kappe bemühte sich um einen sachlichen Tonfall. «Sehr geehrter Herr Heideblick, aufgrund einer verlässlichen Zeugenaussage wissen wir nun mit hundertprozentiger Sicherheit, dass

Sie Ihren Onkel genau dann besucht haben, als die neue Gastherme gerade angeschlossen worden war. Welch einmalige Chance, sie zu manipulieren, um dann dem Monteur die Schuld am Tod Ihres Onkels zu geben! Natürlich sollte alles so aussehen, als ob Ihr Onkel sich selbst das Leben genommen hätte – erschüttert, wie er war, nachdem ihn seine Frau verlassen hatte. Alles schien dagegen zu sprechen, dass Sie der Täter sind. Und die Millionen des Ludwig Wittenbeck waren eine zu große Versuchung.»

Wieder lachte Heideblick. «Die habe ich aber ausgeschlagen!»

«Um Ihren Kopf aus der Schlinge zu ziehen!», hielt Galgenberg ihm entgegen.

Heideblick ließ sich durch nichts erschüttern. «Meine Herren, Ihr Foto mag beweisen, dass ich das Haus meines Onkels betreten habe, aber nicht, dass ich auch …»

Jetzt zog Kappe seine Trumpfkarte aus dem Ärmel: den Zettel mit der Protokollnotiz über ihr erstes Gespräch mit Heideblick. «Herr Heideblick, unser Foto beweist, dass Sie, kurz nachdem die neue Gastherme bei Ihrem Onkel angeschlossen wurde, in seinem Haus in der Kaubstraße gewesen sind. Als wir aber vor Wochen bei Ihnen waren, um Sie nach Ihrem Alibi zu befragen, da haben Sie gesagt, Sie seien bis achtzehn Uhr im Geschäft gewesen und dann über einen Umweg nach Hause gelaufen. Dort hätten Sie auf Ihre Ehefrau gewartet. Anschließend seien Sie schlafen gegangen und am nächsten Morgen um neun Uhr wieder im Geschäft gewesen.» Otto Kappe machte eine kleine Pause. «Sie haben damals nicht die Wahrheit gesagt. Warum wohl?»

Jetzt war Heideblick zum ersten Mal um eine schnelle Antwort verlegen. «Tja …». Er rang sichtlich nach Worten. «Um nicht in Verdacht zu geraten.»

«Sie sind also im Haus Ihres Onkels», führte Otto Kappe weiter aus, «kennen seinen elenden seelischen Zustand und denken sich: Welche Chance, ihn aus der Welt zu schaffen und an sein Geld zu gelangen!»

«Aber ich habe das Erbe nicht angenommen!», rief Heideblick.

«Ja, aber nur, weil Ihre Täterschaft im gegenteiligen Falle so gut wie bewiesen gewesen wäre», sagte Otto Kappe energisch.

Kappe war so in Rage, dass er sich zu einem minutenlangen lautstarken Wortwechsel mit Heideblick hinreißen ließ, weil der die Tat partout nicht gestehen wollte.

Schließlich versuchte Galgenberg einen Trick anzuwenden. «Nun, Herr Heideblick, wir haben ja volles Verständnis dafür, dass Sie in Wirklichkeit das getan haben, was sich Jürgen Sterley nur ausgedacht hat: Sie haben den Gashahn bei Ihrem Onkel aus reiner Barmherzigkeit aufgedreht.»

Da lachte der Möbelhändler nur. «Das ist doch nur eine billige Falle, in die Sie mich da locken wollen!»

Nach einer Stunde verlor Otto Kappe die Geduld. «Herr Heideblick, Sie sind vorläufig festgenommen und werden dem Untersuchungsrichter zugeführt.»

Siegfried Heideblick hat im Mai 1965 vor dem Moabiter Schwurgericht die Tat gestanden und zugegeben, das Testament seines Onkels schon lange vor der Eröffnung gekannt zu haben. Er wurde nach Paragraf 211 des Strafgesetzbuches wegen Mordes aus Habgier zu einer langjährigen Freiheitsstrafe verurteilt.

Otto Kappe fühlte sich wieder einmal bestätigt. Sein Instinkt hatte ihm von Anfang an gesagt, dass Wittenbeck ermordet worden war, obwohl viele Fakten dagegen gesprochen hatten. Einmal mehr hatte seine kriminalistische Hartnäckigkeit zum Erfolg geführt.

Es geschah in Berlin ...

Alle Bände sind auch als E-Book erhältlich.